Katrin Janitz

Auch noch ein Morgen

Roman

Querverlag

Lektorat: Regina Nössler

Erste Auflage März 2007

Umschlag und grafische Realisierung von Sergio Vitale unter Verwendung einer Fotografie von getty images.

Druck und Weiterverarbeitung: Druckhaus Köthen
ISBN 978-3-89656-140-4
Printed in Germany

Bitte fordern Sie unser Gesamtverzeichnis an:
Querverlag GmbH, Akazienstraße 25, D-10823 Berlin
http://www.querverlag.de

„It's a damn cold night
Trying to figure out this life."

Avril Lavigne, *I'm with You*

Für Annett

1

Es regnet, wie so oft in diesem Sommer. Der Regen bildet schmale Bäche auf meinem Rücken und auf meinen Armen. Es ist August, und langsam wird es dunkel. Ich stehe und starre in die hell erleuchteten Fenster des Hauses. Ich gehöre weder hinein noch nach draußen, sitze fest im Niemandsland.

„Wo willst du hin, Juli? Mia hat sich so viel Mühe mit dem Abendbrot gegeben."

Oliver steht in der Haustür und sieht mich an.

„Sag ihr, sie kann ihren Öko-Fraß alleine essen, sie ist doch sowieso am liebsten mit dir allein, oder?", antworte ich und denke für eine Sekunde, mein Bruder wird zu mir auf die Straße kommen und mir eine knallen. Doch er steht nur da, seine Hände hängen schlaff an ihm herunter.

„Mann, was ist nur aus dir geworden?", schreie ich, „sieh dich doch mal an!"

„Sieh dich doch selber an", zischt er leise und schließt die Tür hinter sich.

Geh bitte nicht weg, denke ich.

Die Regentropfen rinnen mir in die Augen, zwischen meine geöffneten Lippen, auf meine Zunge. Sie schmecken nach nichts und gleichzeitig nach Erde und Asphalt, nach Sommer. Ich presse die Lider zusammen, bis das Bild verschwimmt und sich an den Rändern auflöst.

Ich spüre, wie Gänsehaut über meine Oberschenkel kriecht und dann in mich hinein, bis mein Innerstes nur noch aus Kälte zu bestehen scheint. Meine Zehen sind nackt in den Flip-Flops, sie sehen aus wie Regenwürmer im grauen Asphaltmeer.

Siebzehn, das ist wie auf einem Wartegleis zu stehen, bevor die Welt beginnt, dich wahrzunehmen.

Als das Licht im Erdgeschoss verlischt, beginne ich zu rennen. Ich bin ziemlich gut darin, Kunst und Sport waren immer die einzigen Fächer in der Schule, bei denen es zu einer Eins gereicht hat, den Rest habe ich meistens unter „ferner liefen" abgehakt.

Oliver ist fünfundzwanzig und mein Vormund, bis ich volljährig bin. In knapp drei Monaten werde ich achtzehn, dann ist er mich endgültig los.

Unsere Eltern sind letzten Sommer bei einem Autounfall gestorben, weil sich mein Vater besoffen hinters Steuer gesetzt hat. Seitdem ist mein Leben das absolute Chaos.

Ich hatte mit dem Wort „Waise" nie etwas anfangen können. Ich kannte niemanden, der Waise war, der Begriff existierte höchstens in den Prospekten, die uns jedes Jahr pünktlich zu Weihnachten ins Haus flatterten: „Helft den Aids-Waisen in Uganda". Und auf einmal sollte dieses Wort zu mir gehören?

Wenn die Nachbarn über die „Sache" reden, dämpfen sie ihre Stimmen.

Jeder scheint von mir zu erwarten, dass ich still und traurig bin. Was aus meinen Träumen wird, interessiert niemanden. Wenn ich es wage, mit meinem Mountainbike durch die Straßen zu rasen, sehen sie mir nach, als täte ich etwas Unanständiges.

Manchmal hasse ich meine Eltern, weil sie sich heimlich davongemacht haben. Mein Vater war Anwalt und hatte eine eigene Kanzlei. Sie haben uns einen Haufen Geld vermacht, aber ich will sein beschissenes Geld nicht, ich will seine Anwesenheit in meinem Leben. Ich habe ihm nicht annähernd genug Fragen gestellt.

Meine Mutter und ich haben in den letzten Jahren nur noch miteinander geredet, um uns zu streiten. Wir haben uns wegen allem und jedem gestritten, wegen Kleinigkeiten. Manchmal denke ich, wir hatten uns so daran gewöhnt, dass wir gar nicht mehr anders konnten.

Ich weiß, wie meine Eltern ihren Kaffee am liebsten getrunken und welche Filme sie sich zusammen angesehen haben, aber die wirklich wichtigen Dinge, wie den Klang ihrer Stimmen und ihres Gelächters am Frühstückstisch? Fehlanzeige. Der absolute Filmriss, als hätte jemand mit einer Schere ein Loch in meine Erinnerung geschnitten.

Manchmal liege ich nachts wach und warte darauf, dass etwas zurückkommt, aber da ist nichts als gähnende Leere in meinem Kopf.

Ich überstehe den Alltag. Atme weiter, lache, esse, trinke. Doch seitdem Oliver an Mias Lippen hängt, schiebe ich Panik. Davor, ihn auch noch zu verlieren.

Sie ist Ende zwanzig, gertenschlank und rothaarig. Sie hat eine Haut, auf der garantiert noch niemals ein Pickel gesprossen ist. Mit einem Wort: Sie ist perfekt. Sie ist so schön, dass sie ihm den Verstand zukleistert mit ihrem Zuckerlächeln.

Vielleicht ist es auch die Tatsache, dass sie Jura studiert, genau wie mein Vater? Vielleicht denkt er, dass sie ihm gefallen hätte. Und vermutlich hat er damit Recht.

Ich hasse sie, seit er sie mir zum ersten Mal vorgestellt hat.

„Juli, das ist Mia, sie wird ab jetzt bei uns wohnen."

Meinetwegen kann er sich zwanzig Freundinnen suchen, mit denen er herumvögelt, aber nicht unter diesem Dach!

Das Licht im Schlafzimmer geht an und wieder aus. Ich werde wahnsinnig, wenn ich nur daran denke, dass er lieber Zeit mit ihr verbringt. Ihm ist es scheißegal, ob ich hier draußen erfriere, solange sie nur bei ihm ist.

Es sind die Kleinigkeiten, die mich zornig machen. Seine Hand, die wie zufällig über ihren Rücken streicht, wenn wir am Esstisch sitzen. Als wäre ich ein dämliches Kleinkind, das nichts mitkriegt! Wie er sie anlächelt, wenn sie spricht, so als gäbe es nichts Intelligenteres und Wichtigeres auf der Welt. Wie sie miteinander reden mit leisen Stimmen, als hätten sie Angst, ich könnte ihre Gespräche belauschen.

Ich bin siebzehn.

Wann soll ich erwachsen werden, wenn nicht jetzt, heute, am besten noch gestern?

Nächtelang habe ich es mir ausgemalt: sie vor ihrem hundertprozentig vollwertigen Abendessen sitzen zu lassen. Ich habe wach gelegen und mir ihre Reaktionen vorgestellt, doch aufzustehen und zu gehen dauerte nur ein paar Sekunden. Ein Kinderspiel.

Sie waren so erstaunt, dass ihre Fragen zu spät kamen. Da war ich schon längst im Flur und hatte mir meine Flip-Flops geschnappt. Keine Ahnung, warum ich davon ausgegangen bin, dass es draußen warm wäre, wo es doch seit Tagen nur geregnet hat. Vielleicht dachte ich, es wäre passend für diesen Anlass. Die einsame Heldin, auf der Flucht in den Sonnenuntergang?

Bis Oliver geschnallt hat, was passiert, war ich schon die halbe Treppe hinunter.

Jetzt stehe ich auf der Straße und habe keine Ahnung, wohin. Will nur weg von hier. Höre Mias Stimme. „Lass sie", sagt sie, „sie beruhigt sich schon wieder, ich war in dem Alter genauso." Dabei war Mia ganz sicher nie so wie ich!

Sie war garantiert eines von den Mädchen, die bei den Kaffeekränzchen ihrer Mutter den Kuchen verteilen und es genießen, wenn ihnen jemand über die Haare fährt und ihnen mitteilt, was für nette, wohlerzogene Kinder sie seien.

„Du hast mir gar nichts zu sagen", habe ich ihr vorhin an den Kopf geknallt. Zwecklos. Sobald ich sie anschreie, macht sie dicht, sieht durch mich hindurch, als wäre ich aus Glas.

Meine Gummisohlen machen platschende Geräusche auf dem nassen Asphalt. Niemand außer mir ist unterwegs.

Mein Bruder studiert BWL, das Ödeste, was ich mir vorstellen kann. Bevor er Mia kennengelernt hat, hat er manchmal geschwänzt und ist mit mir zum Schwimmen gefahren oder hat seine Kommilitonen mitgebracht. Sie saßen auf unserer Veranda und tranken Wein aus Flaschen. Manchmal ließen sie mich an ihrem Joint ziehen. Ich mochte es, wenn die Konturen verschwammen, so als wäre auf einmal alles ganz leicht. Wenn sich kein Schwein mehr dafür interessierte, ob ich siebzehn oder Waise oder sonst was war.

Seit Mia heißt Olivers neues Lieblingswort Karriere. Als ob es nichts Wichtigeres auf der Welt gäbe!

„Wem zum Teufel willst du eigentlich etwas damit beweisen?"

„Halt den Mund, Juli. Halt einfach nur den Mund."

So und ähnlich verlaufen unsere Diskussionen in letzter Zeit.

Ich vergöttere Oliver, seitdem ich auf der Welt bin. Wahrscheinlich habe ich es auch schon vorher getan, während ich mich noch im Bauch meiner Mutter befand. Er war immer klüger, hübscher und selbstbewusster als ich. Wenn die Leute begeistert über seine blonden Locken strichen, fiel ihr mitleidiger Blick immer auch auf mein dünnes, braunes Haar. Ich hatte zwei Möglichkeiten: ihn zu hassen oder ebenfalls zu lieben. Und ich habe mich für Letzteres entschieden.

Oliver war in sämtlichen Sportvereinen, er war der Star jedes Kindergeburtstages und jeder Schultheateraufführung. Ich dagegen spielte nie bei den Weihnachtsmärchen mit, gab die Ballettstunden nach einem Versuch auf und weigerte mich, mir die Haare lang wachsen zu lassen.

Am Ende der Straße biege ich in einen Feldweg ein, der sich langsam aber sicher in eine Schlammwüste verwandelt. Ich kenne jeden Quadratmillimeter in dieser Siedlung, habe sie eingeatmet, die Innenwände meines Schädels damit tapeziert. Sechzigtausend Einwohner, umgeben von Ackerland, Flussläufen und ein paar vereinzelten Weinbergen. Nur selten verirren sich Touristen hierher. Die nächste Großstadt liegt über eine Stunde Bahnfahrt entfernt, Ziel der Sehnsucht für diejenigen, die sich noch nicht in ihrem Eigenheim mit Hund und Garten zur Ruhe gesetzt haben.

Bis vor ein paar Monaten dachte ich, ich gehöre hierher, schließlich bin ich an diesem Ort geboren und aufgewachsen. Doch jetzt?

Mein Gymnasium liegt nur ein paar Straßen entfernt. Nächste Woche fängt die Schule wieder an, die zwölfte Klasse wartet auf mich, und ich fühle mich urlaubsreifer denn je. Habe das Gefühl zu ersticken, weil ich in den letzten Wochen zu viel Wut runtergeschluckt habe.

Dazu diese verdammten Schuldgefühle. Meine Mutter und ich haben uns mal wieder gestritten, bevor sie zu meinem Vater in das Auto gestiegen ist. Ich habe vergessen, worum es ging, es ist auch nicht wichtig. Was zählt, ist allein die Tatsache, dass der Zorn in ihren Augen und die Resignation auf seinem Gesicht das Letzte sind, was ich jemals von ihnen sehen werde.

Mein Vater hat getrunken an jenem Abend, was er sonst nie tat. „1,4 Promille" stand im Arztbericht. Lächerlich – die Hälfte der Leute auf den Partys, auf die ich gehe, hat mehr im Blut!

Warum ist es ihm dann nicht gelungen, das Lenkrad in der Kurve herumzureißen?

Der Pfad am Fluss ist glitschig, die Zweige der Kiefern hängen tief und schlagen mir ins Gesicht. Längst ist das Haus nicht mehr zu sehen, ein Schatten zwischen Dutzenden anderer Schatten, ohne Individualität, wenn man von dem Basketballkorb an der Garagenwand und der Schaukel auf der Terrasse mal absieht, Überreste aus unserer Kindheit, die niemand mehr zu entfernen wagt.

Das Baumhaus am Fluss existiert noch; ich habe es selber vor Jahren gebaut. Die Äste sind feucht, doch meine Finger finden den Weg nach oben im Schlaf. Selbst der alte Kaninchenschädel ist noch da, den ich mit acht Jahren gefunden und von da an gehütet habe wie einen Schatz.

Nicht einmal Katja oder Sophie habe ich jemals mit hierher genommen, dabei sind wir befreundet, seitdem wir laufen können. In jeder Pause sitzen wir auf der Mädchentoilette und rauchen. Warten darauf, dass in diesem Kaff etwas passiert, worüber es sich zu reden lohnt. Am Wochenende gehen wir auf Partys, die irgendwelche Leute veranstalten, und Katja und Sophie beneiden mich, weil ich nicht pünktlich zu Hause sein muss.

Ich bin siebzehn und ich bin allein.

Bin ich kaputt, weil meine Eltern gestorben sind und mein Bruder ein Riesenarschloch ist? Werde ich mein ganzes Leben damit zubringen müssen, mit Dingen fertig zu werden, die die drei versaut haben?

„Hör auf, dich zu bemitleiden, Julia", würde mein Therapeut sagen. Er hat keine Ahnung. Er ist von der Reihenhaus-mit-Hund-Fraktion und finanziert seinen Jaguar damit, dass ihm Jugendliche wie ich ihre Träume erzählen.

2

„Mia und ich wollen in die Stadt fahren, kommst du mit?"

Mia und ich, ich und Mia. Den Oliver, den ich einmal kannte, gibt es nicht mehr. Früher hat er mich verstanden und dieselben Träume gehabt. Jetzt ist er Lichtjahre von mir entfernt.

Zwei Tage sind seit meiner Flucht vergangen, ohne dass er ein Wort darüber verloren hat, dass ich erst im Morgengrauen heimgekehrt bin. Nichts hören, nichts sehen, nichts sagen – Oliver ist ein Meister darin.

Ich habe es nicht ausgehalten dort draußen. Zu nass, zu kalt, zu einsam. Das hier drinnen ist immer noch besser, als gar nichts zu haben, oder?

„Ich bin krank, das hört man doch, oder?"

Ich habe mir eine fiese Erkältung eingefangen und das anhaltende Regenwetter trägt nicht gerade dazu bei, meine Laune zu verbessern.

„Soll ich den Doc holen?", fragt er, und für ein paar Sekunden ist sie wieder da, die alte Vertrautheit.

Doch Mias Stimme macht alles kaputt. „Kommst du endlich?", ruft sie von unten.

„Ich brauche keinen Arzt. Ich brauche ein heißes Bad und eine Kanne Tee, das ist alles", krächze ich.

„Bist du sicher?"

Er zögert, seine Hand spielt nervös mit dem Autoschlüssel.

„Geh endlich!", schnauze ich ihn an.

Er wirft mir einen letzten unsicheren Blick zu und verschwindet.

Ich warte, bis ich die Haustür klappen höre, dann gehe ich barfuß nach unten. Der Kaffee in der Maschine ist kalt geworden. Ich setze frischen auf und gieße den Erkältungstee in die Spüle, ich konnte das Zeug noch nie leiden. Setze mich mit untergeschlagenen Beinen auf die Anrichte. Mir ist kalt, doch ich bin zu faul, um nach oben zu gehen und mir meinen Bademantel zu holen.

Ich beobachte Cleo, unsere Katze, und trinke meinen Kaffee, schwarz und so heiß, dass er mir die Kehle verbrennt. Hülle mich in Olivers Pullover, den er auf dem Stuhl vergessen hat, tauche ein in seinen Geruch, mit geschlossenen Augen.

Du fehlst mir.

Es ist still, nur das Ticken der Uhr über mir ist zu hören. Ich probiere es mit dem Radio, drehe die Musik laut. Zuerst kommt nur Mist aus den Lautsprechern, dann endlich ein Song, den ich kenne, von Annie Lennox: *Tell Me Why*. Doch das ist einfach zu viel Selbstmitleid an diesem Morgen. Ich fange auf der Stelle an zu heulen, wenn ich nichts dagegen unternehme!

Ich entschließe mich, mein Vorhaben mit dem Bad in die Tat umzusetzen, gieße mir einen zweiten Becher ein und schlurfe nach oben. Heißes Wasser und Mias duftender Badeschaum, das ist jetzt genau das Richtige.

Es ist seltsam, genauso zu riechen wie sie. Nicht übel eigentlich. Ich schütte noch mehr von dem Zeug hinein. Ob ich sie mögen könnte, wenn sie nicht Olivers Freundin wäre? Doch jedes Mal, wenn ich ihr Gesicht vor mir sehe, sehe ich die beiden zusammen.

In Sekundenschnelle bin ich abgetaucht ins heiße Wasser, höre nichts mehr als das Rauschen in meinen Ohren. Ich bleibe so lange unten, wie es geht. Bis meine Lungen beinahe platzen. Erst dann kehre ich zurück.

Hat es an der Tür geklingelt?

Schnell wische ich mir den Schaum aus dem Gesicht und tappe zum Fenster, meine Füße hinterlassen nasse Spuren auf den Fliesen. Das Milchglas lässt nichts hindurch, aber wenn ich die Scheibe ein wenig kippe, kann ich nach draußen spähen. Unten steht der Postbote und sieht ungeduldig auf die Uhr.

Soll ich oder soll ich nicht?

Sicher nichts für mich oder Oliver, die Einzige, die hier in letzter Zeit etwas bestellt, ist Mia. Und für sie unterbreche ich mein Baderitual bestimmt nicht!

Ich ignoriere das zweite und dritte Klingeln und versinke erneut im Wasser. Endlich wird es wieder still. Es wird Jahre dauern, bis sich mein Herzschlag beim Läuten an der Tür nicht mehr beschleunigt.

Vor einem Jahr saßen Oliver und ich gerade mit einer Flasche Wein auf der Terrasse, als die Polizisten klingelten. Wir waren ziemlich betrunken, schätze ich, und gerade dabei, uns Reiseziele auszumalen, für die Zeit nach meiner Abiprüfung. Bombay war das Letzte, wovon wir sprachen, bevor er aufstand und mit fragendem Gesichtsausdruck im Flur verschwand.

In unserer Straße klingelt niemand einfach nachts um halb elf an einer Haustür. Doch ich weigerte mich, nüchtern zu werden, lehnte mich zurück in meinem Stuhl, betrachtete die Sterne und ärgerte mich maßlos über diese Unterbrechung.

„Müssen wir denn unbedingt aufmachen?", maulte ich. Doch Oliver antwortete nicht mehr.

Es war seltsam still im Flur. Atemlos still. Etwas stimmte nicht.

„Oliver? Alles okay mit dir?"

Meine Stimme fiel in diese Stille wie ein Stein, und noch immer rührte sich nichts. Mühsam rappelte ich mich auf und schwankte Richtung Haustür.

„Was'n los?", nuschelte ich und betrachtete die beiden Gestalten im Licht der Straßenlaterne. Oliver hatte sie nicht hereingebeten. Sie trugen Uniformen in der Farbe von Grashüpfern und sahen lächerlich aus, und ich musste kichern.

„Julia, sei ruhig!", fuhr er mich an. Die Stimme meines Bruders klang hohl wie aus einer überdimensionalen Blechdose heraus. Sie klang wie die eines Fremden.

„Sind Sie die Tochter?", fragte einer der Beamten, er hatte seine Mütze abgenommen und drehte sie im Uhrzeigersinn in seinen Händen, immer rundherum.

„Kommt ganz drauf an, von wem."

Ich wollte nicht freundlich sein. Die beiden Beamten hatten nichts zu suchen in unserem Haus, schon gar nicht um diese Uhrzeit. Wenn mein Vater nach Hause kam, würde er ihnen mit Sicherheit dasselbe sagen!

„Es tut uns leid, aber wir müssen Ihnen mitteilen, dass Ihre Eltern heute Abend bei einem Autounfall ums Leben gekommen sind."

Einundzwanzig. Der Satz bestand aus einundzwanzig Wörtern, und genau so viele Sekunden dauerte es, bis er in meinem Hirn angekommen war.

„Nein", sagte ich, „Sie haben sich sicherlich in der Tür geirrt. Unsere Eltern sind im Theater heute. Sie kommen bald zurück."

So etwas passiert nicht. Höchstens in schlechten Filmen.

Oliver legte seine Hand auf meinen Arm, doch ich schüttelte ihn ab. Konnte seine Berührung nicht ertragen. Warum warf er sie nicht einfach hinaus?

Bombay verschwamm vor meinem inneren Auge und verschwand, für immer.

Ich drehte mich um und lief davon. Meine Füße bewegten sich wie von selber durch den Garten in Richtung Fluss. Ich bildete mir ein, dass meine Flucht den Tod meiner Eltern weniger wahr machte.

Es muss Stunden gedauert haben, bis ich zurückkehrte. In unserer Küche saß ein Arzt. Zumindest vermute ich, dass es einer war, denn er maß meinen Blutdruck, leuchtete in meine Augen und zückte dann eine Spritze. Ich ließ alles über mich ergehen. Es war mir egal, was sie mit mir machten, es wäre mir auch egal gewesen, wenn sie mich in jener Nacht eingeschläfert hätten.

Die Medikamente, die sie mir in den folgenden Tagen verabreichten, kleine blaue Tabletten, tauchten alles in einen sanften Dämmerschlaf. Wenn ich wach war, bewegte ich mich durch das Haus wie im Traum. So überstand ich sogar die Beerdigung. Ich betrachtete die Gesichter und wunderte mich, wer all diese Leute um mich herum waren. Die meisten hatte ich noch nie zuvor gesehen, und ich war mir ziemlich sicher, dass ich ihnen auch nie wieder begegnen würde.

Das Badewasser ist kalt geworden.

Mein Bruder hat nie wieder von Bombay gesprochen. Mias Mutter bedauert ihn. Weil er so jung ist und so eine Riesenverantwortung trägt.

Mit der Verantwortung meint sie mich. Sie sagt es nie, wenn sie mich in der Nähe glaubt, aber ihre Stimme ist so durchdringend, dass sie mühelos zwei Stockwerke übertönt. Jedes Mal, wenn sie uns besuchen kommt, drehe ich meine Stereoanlage auf volle Lautstärke. Hocke mich aufs Fensterbrett, rauche und lasse die Kippen ins Rosenbeet fallen, weil Mias Mutter das hasst.

In ein paar Monaten werde ich achtzehn und erhalte meinen Erbanteil, dann will ich raus aus diesem Nest. Ich werde mich ganz bestimmt nicht mit Aktien und Immobilienfonds beschäftigen, so wie Oliver neuerdings.

Es gab in meinen Zukunftsplänen immer nur uns beide. Jetzt stehe ich da und weiß nicht mehr, wohin mit meinem Leben.

3

Montagmorgen nach den großen Ferien, die Schule hat noch nicht einmal begonnen, und ich fühle mich schon um fünf vor acht zur falschen Zeit am falschen Ort. Ich nehme die Geräusche der Jugendlichen um mich herum wahr, die sich mit mir auf dem Hof drängen: das Scheppern von Coladosen auf dem Asphalt, das Quietschen von Fahrradbremsen, Gelächter. Das Ganze kommt mir vor wie ein Mikrokosmos, der nach dem Abitur Dutzende von Arbeitsbienen in die trügerische Freiheit entlässt. Das perfekte Irrenhaus, nur dass ich selber seit Jahren zu seinen Insassen zähle.

Ich kenne die Grüppchen, diejenigen, vor denen man sich besonders in Acht nehmen muss, wenn man seine Ruhe haben will, also schiebe ich keine Panik, als ich an diesem Morgen den langen Gang zu meinem Klassenzimmer entlanggehe. Durch eines der Panoramafenster hat man Aussicht auf die Imbissbude gegenüber dem Eingang. Bereits um diese Uhrzeit ist sie dicht umlagert.

Ich schließe die Augen, als es zur ersten Stunde läutet. Lausche dem Stühlerücken. Als die Tür klappt, reiße ich sie auf und betrachte Herrn Rheinsberg, unseren ehemaligen Klassenlehrer.

„Guten Morgen", sagt er, nimmt seine Brille ab, betrachtet sie kritisch und schiebt sie wieder auf seine Nase. „Ich begrüße euch zur zwölften Klasse. Ab jetzt wartet ein neuer Lebensabschnitt auf euch."

Wie gut, dass wir jemanden haben, der uns das sagt, sonst wäre mir das glatt entgangen!

„Ab jetzt nähert ihr euch mit Riesenschritten dem Ziel Abitur. Ihr habt bereits vor den Ferien die entsprechenden Kurse gewählt", fährt er fort und ich lehne mich zurück und versinke in meinen eigenen Gedanken, während sein monotoner Redeschwall ungehört an meinen Ohren vorbeiströmt. Der Zeiger der großen Uhr über der Wandtafel bewegt sich im Zeitlupentempo.

„Nun, ich wünsche euch bei euerm Start in diese wichtige Phase des Lebens jedenfalls viel Erfolg."

Anscheinend ist er mit seiner Ansprache am Ende, denn es kommt wieder Leben in die Klasse und einige besonders Fleißige klatschen sogar.

Gott sei Dank läutet es nach einer Ewigkeit zur Pause. Ich flüchte an die frische Luft wie ein Strafgefangener, dem sie zehn Jahre lang den Hofgang versagt haben.

Das Geschrei ist ohrenbetäubend. Einige von den Fünftklässlern spielen Fußball mit leeren Milchtüten und rempeln dabei alles an, was ihnen in den Weg kommt.

„He, pass auf, du Zwerg, sonst setzt es gleich was!"

Sophie hakt sich bei mir unter, Katja wie immer an ihrer Seite.

„Diese Winzlinge nerven echt!"

Ich nicke und betrachte den Himmel. Er ist blau, ausgerechnet heute, die wenigen Wolken haben die Form von Schäfchen.

„Wie waren deine Ferien, Julia?", fragt Katja neugierig und schiebt sich ebenfalls neben mich. Sie hat einen Apfel in der einen und einen Becher in der anderen Hand. Ihre Mutter packt ihr Fresspakete, als würde sie in den Kindergarten gehen. Katja hasst es, wenn ich Witze darüber mache. Sie kapiert nicht, dass ich sie eigentlich um diese Fürsorge beneide.

Es ist mehr als zwölf Monate her, dass meine Mutter mir auf die Nerven gegangen ist. Ich frage mich oft, was sie als Letztes zu mir gesagt hat, bevor sie in das Auto gestiegen ist. Die Wahrheit ist, dass ich es nicht weiß. Vermutlich hatte es etwas damit zu tun, dass ich zu viel fluche oder die falschen Klamotten trage, wie immer.

„Ganz okay. Na ja, eigentlich waren sie kompletter Mist", antworte ich.

„Meine auch, ich war mit meiner Mutter im Allgäu, in so einer Familienpension mit Ponyreiten und Übernachtung im Heu."

Sie verzieht das Gesicht und deutet mit dem Daumen nach unten. Sophie grinst.

„Wollt ihr wissen, wo ich war?"

„Lass mich raten: Spanien?", sage ich. Als ich ihr enttäuschtes Gesicht sehe, weiß ich, dass ich richtig liege.

„Woher weißt du das?"

„Sophie, du fliegst seit Ewigkeiten jedes Jahr auf die Kanaren!"

„Tatsächlich? Ja, wahrscheinlich hast du Recht", stellt sie fest und klingt dabei ehrlich überrascht, „aber immerhin waren wir jedes Mal auf einer anderen Insel, oder?"

„Wie lange dauert es, bis ihr alle durchhabt? Und was macht ihr dann, wieder von vorne anfangen?", fragt Katja.

„He, was soll das werden? Ein Verhör? Ihr seid doch bloß neidisch!"

Einer der kleinen Jungs rempelt Sophie von hinten an, streckt ihr die Zunge raus und taucht dann schnell in der Menge unter.

„Jetzt reicht es mir. Lasst uns aufs Mädchenklo gehen. Da nervt wenigstens keiner!"

Sie wartet keine Antwort ab, sondern verschwindet nach drinnen. Ich schlendere langsam hinterher. Das Klo ist nicht besonders bequem, aber die Chance, dort unentdeckt zu rauchen, ist größer als hier draußen. Zwar dürfen wir ab der Oberstufe das Schulgelände offiziell verlassen, um uns in der Mittagspause etwas zu essen zu kaufen, aber es treiben sich immer ein oder zwei Lehrer draußen herum, um diejenigen, die ihre Zigarette nicht schnell genug verstecken können, fertigzumachen, und das ist das Letzte, was ich heute gebrauchen kann.

Das Mädchenklo ist leer bis auf die letzte Kabine. Sie ist eigentlich für Behinderte gedacht und doppelt so groß wie die anderen, aber da wir keine Rollstuhlfahrer an unserer Schule haben, nehmen wir sie regelmäßig in Beschlag.

Katja klopft an die Tür, und Sophie späht durch den Spalt. „Kommt ihr auch endlich?", fragt sie und zieht stolz eine Dose mit Raumspray aus der Tasche. „Schaut mal, habe ich bei meiner Großmutter mitgehen lassen, cool, oder?"

Sie drückt auf den Sprühkopf und eine Wolke von Gestank verbreitet sich im Raum. Katja hustet krampfhaft.

„Bist du verrückt? Was soll denn das sein?"

Sophie betrachtet nachdenklich die Dose in ihrer Hand.

„*Ocean fresh*, steht hier."

„Also, wenn es so unter Wasser riecht, fresse ich einen Besen", keucht Katja und angelt nach einem Taschentuch in ihrer Jacke.

„Immer noch besser als Tabak", stellt Sophie zufrieden fest und verstaut die Dose hinter dem Toilettenkasten, für die nächste Pause.

„Können Fische eigentlich überhaupt riechen?", frage ich und beobachte, wie Katja eine Zigarette dreht. Sie hat eine perfekte Technik drauf. Ihre Kippen sehen nie krumm und windschief aus wie meine.

„Keine Ahnung. Warum willst du das wissen?"

Katja sieht mich von unten herauf an, sie hockt auf den Fersen und leckt das Papier an, dann drückt sie es zusammen und reicht mir ihr Werk. Ihre langen hellbraunen Haare fallen ihr ins Gesicht, und ich stelle nicht zum ersten Mal fest, dass sie wunderschön aussieht, von ihren Hippieklamotten mal abgesehen. Heute trägt sie feuerrote Kordhosen mit Schlag und ein Batikshirt, darüber eine Lederjacke mit Lammfellkragen.

Ich lasse mir von Sophie Feuer geben und inhaliere den Rauch. Ich mag den Geschmack nicht besonders, sondern das Gefühl, das sich dabei in meinem Körper ausbreitet. Alles wirkt entspannter hinterher.

Ich zucke mit den Achseln.

„Weiß nicht. Ich habe mich nur gerade gefragt, ob Fische diesen Geruch von Tang und Salz und Meer eigentlich wahrnehmen. Wäre ziemlich blöd, wenn nicht, das ist doch mit das Beste an der See, oder?"

Sophie rutscht auf dem Toilettendeckel herum, den sie in Besitz genommen hat.

„Also, wollt ihr jetzt hören, wie meine Ferien waren, oder nicht?"

Ich lehne mich mit dem Rücken gegen die Wand.

„Sophie, du klingst wie ein Baby, wenn du so redest!"

„Na und?"

Sie schnieft beleidigt und zupft mit ihren schwarz lackierten Fingernägeln an ihrem Top herum, auf dem „Zimtzicke" steht und das definitiv zu kalt für diese Jahreszeit ist.

„Wir sterben vor Spannung", sagt Katja. Ich starre sie an. Ihre Augen sind braun wie Kastanien. Sie sieht nicht weg.

Ich lasse mich langsam zu Boden gleiten, bis ich ihn kalt und hart unter meinem Hintern spüre.

„Also", fängt Sophie an, sie baumelt mit den Beinen, die in lilafarbenen Strumpfhosen stecken, „er heißt Antonio."

Kunstpause. Sie sieht uns erwartungsvoll an.

„Und? Was macht dein Antonio so, wenn er dir nicht das Herz bricht?"

Sophie starrt mich an.

„Woher willst du wissen, dass er mir das Herz gebrochen hat?"

Ich zucke mit den Schultern. „Hab's nur vermutet."

Es passiert in jeden Ferien. Miguel, Antonio oder José oder wie immer auch die Kerle heißen. Sophie ist nett. Und leicht rumzukriegen.

„Wir wollen uns wiedersehen, er hat's mir geschrieben."

„Du hast schon Post von ihm bekommen?"

„Nein, eine E-Mail. Darin stand, dass er mich vermisst."

„Okay, das klingt gut", sagt Katja und inhaliert den Rauch, dabei blickt sie zur Decke, wo ein rosafarbener Kaugummi klebt. Keinen Schimmer, wie der da hinaufgekommen ist. Wahrscheinlich fällt er irgendwann einfach herunter, einer von uns auf den Kopf.

„Wir haben uns in der Disco kennengelernt."

„Ach nee, das ist ja mal was ganz Neues!", antworte ich, und Sophie verzieht den Mund zu einer Schnute.

„Warum machst du mich eigentlich so fertig?"

Gott, hoffentlich fängt sie nicht an zu heulen, denke ich.

Katja legt ihre Hand auf Sophies Knie.

„Schätzchen, wir versuchen doch nur, dich vor dem Bösen zu bewahren!"

Sophie zeigt ihr den Mittelfinger.

Ich kann nicht wegsehen, meine Augen starren auf Katjas Finger.

„Was habt ihr getrieben, nachdem er dich in der Disco angemacht hat?"

„Wir sind an den Strand gegangen."

„Was für ein Klischee", seufzt Katja und zieht ihren Tabakbeutel aus der Tasche. Dutzende winziger Glöckchen, die sie daraufgenäht hat, klingeln.

„Was haben deine Eltern dazu gesagt?"

„Die waren zu betrunken, um es zu merken, glaube ich. Immerhin haben sie mich am nächsten Morgen nicht ausgequetscht."

„Hast du wenigstens Gummis benutzt?"

Sophie springt auf.

„Mann, klar, wofür hältst du mich denn, für lebensmüde?"

„Setz dich, dann ist doch alles in Ordnung."

„Nichts ist in Ordnung", schreit sie, und ich starre fasziniert auf ihren Mund. Katja rappelt sich mühsam auf und nimmt sie in den Arm.

„He, Süße, was ist denn los? Ich denke, er hat sich bei dir gemeldet?"

„Hat er auch", schnieft sie, ihr Mascara läuft ihr in schmalen schwarzen Bächen die bleichen Wangen herunter. Warum kann ich nicht so sein wie Katja? Warum kann ich Sophie nicht einfach umarmen und trösten? Warum sitze ich hier wie festgeschraubt und schaffe es nicht, meinen verdammten Arsch zu bewegen?

„Aber meine Eltern erlauben mir niemals, ihn zu besuchen, und er hat keine Kohle, um nach Deutschland zu kommen."

Katjas Hand streichelt über ihren Rücken, hinauf und hinunter. Sie hat seit zwei Jahren einen festen Freund, er heißt Konrad, ein total bescheuerter Name, zusammen klingen die beiden wie der Titel zu einem Zeichentrickfilm, „Konrad und Katja im Abenteuerland" oder so. Ihre Mutter will nicht, dass er bei ihr übernachtet, dabei wird sie demnächst achtzehn, genau wie ich. Katjas Vater hat sich aus dem Staub gemacht, weil er die Depressionen seiner Frau nicht mehr ausgehalten hat.

Sie kriegt jedes Jahr zum Geburtstag und zu Weihnachten eine Karte von ihm mit einem Geldschein darin. Sie rollt ihn zusammen wie einen Joint und verbrennt ihn. Ihre Mutter weiß nichts davon. Katja versucht, alles von ihr fernzuhalten, was sie aufregt. Ich schätze, sie ist deshalb so gut in der Schule, damit ihre Mutter weniger von den bunten Pillen braucht. Aber ich traue mich nicht, sie danach zu fragen, genauso wie Katja mich nie nach dem Unfall gefragt hat.

„Arbeitet er denn nicht?", fragt sie Sophie jetzt.

„Nein, er geht noch zur Schule und jobbt im Sommer als Kellner. Aber im Winter ist da nicht so viel zu holen, sagt er."

Langsam erhebe ich mich, drücke meine Kippe aus. Es klingelt zur nächsten Stunde.

„Also, ich weiß nicht, Süße, aber es klingt sehr viel besser als letztes Mal. So, als würdest du ihm wirklich etwas bedeuten, wenn er dir all das erzählt."

Ich kann nicht aus meiner Haut. „Wow, sie haben miteinander gesprochen, sicherlich wird er sie heiraten, wenn er sie das nächste Mal sieht", höre ich mich sagen. Ich hasse mich selber dafür.

Sophie funkelt mich an und löst sich aus Katjas Umarmung. „Danke für dein Mitgefühl", faucht sie und öffnet die Tür, „nur weil es bei dir mit den Typen nicht klappt, gönnst du mir auch keinen. Du bist echt eine tolle Freundin, Juli!"

„Spinnst du? Wer hat behauptet, dass ich überhaupt einen Typen will? Ich bin mit dem Thema durch!"

„Das gibt dir noch lange nicht das Recht, so selbstgefällig zu sein!"

Sie knallt die Tür hinter sich zu und verschwindet. Ich höre, wie sie die Nase hochzieht auf dem Weg nach draußen.

Katja steht mir gegenüber, sie sieht mich an.

„Warum musst du immer so verdammt cool sein, Juli?", sagt sie traurig.

„Ich kann nicht anders."

„Ich weiß. Du hast das monatelang perfektioniert, oder?"

Ich schiebe meine Hände in die Hosentaschen und gehe an ihr vorbei. Dabei wünsche ich mir nichts sehnlicher, als dass sie mich ebenfalls in den Arm nimmt.

„Komm, wir haben Mathe. Herr Martin kriegt die Krise, wenn wir gleich am ersten Tag zu spät kommen."

Ich drehe mich nicht um, um zu sehen, ob sie mir folgt.

Als Herr Martin den Raum betritt, muss ich spontan meinen Fluchtimpuls unterdrücken. Er verachtet alle, die mit Mathe nichts anfangen können, also ungefähr die Hälfte des Kurses, mich eingeschlossen. Ich würde was drum geben, wenn ich das Fach aufgeben könnte, doch mit Kunst- und Deutsch-Leistungskurs brauche ich Mathe als Ausgleich fürs Abi, und das hat er natürlich sofort spitzgekriegt. Ich bin auf seiner Abschussliste, seine Gnadenvier im letzten Jahr habe ich nur meiner Schonfrist wegen des Unfalls meiner Eltern zu verdanken, aber die ist jetzt wohl endgültig aufgebraucht.

Er beginnt, Zahlen an die Tafel zu schreiben, die für mich böhmische Dörfer sind. Sie interessieren mich einfach nicht. Was haben sie mit meinem Leben zu tun?

Ich will etwas machen, das mit Kunst zu tun hat. Das Einzige, was ich richtig gut kann, ist Fotografieren. Mit zehn Jahren habe ich von meinen Eltern die erste Kamera geschenkt gekriegt, ein idiotensicheres Plastikteil, von dem ich mich erst getrennt habe, als es mit Beginn der Pubertät vor lauter Überlastung den Geist aufgegeben hat.

Ich mag Gesichter, und ich mag sie schwarz-weiß. Vielleicht findet jemand in hundert Jahren meine Fotos und fragt sich, was die Menschen wohl gedacht haben in jenem Augenblick, in dem ich sie abgelichtet habe, ohne Vorwarnung. Ich stehe auf Schnappschüsse, gestellte Posen finde ich langweilig, sich inszenieren kann schließlich jeder. Aber das, was dahinter steckt, das findet man nur selten, selbst von meinen stundenlangen Streifzügen durch die Fußgängerzone und das Einkaufszentrum bringe ich manchmal nur ein Bild als Ausbeute mit.

„Julia, wenn du alles schon weißt, kannst du gerne nach vorne kommen und uns daran teilhaben lassen!"

Dreiundzwanzig Augenpaare starren mich an. Ich sitze in der letzen Reihe, selbstgewählter Sicherheitsabstand zum Lehrer.

„Entschuldigen Sie bitte, ich habe gerade nicht zugehört."

„Meinst du, du kannst dir das leisten?"

Er kommt zu mir und baut sich direkt vor mir auf. Spucke fliegt aus seinem Mund, während er spricht, die winzigen Flecken lassen die Tinte auf meiner Heftseite verlaufen.

„Äh … nein."

Herr Martin trägt einen dunkelroten Synthetikpullover, der mit Mühe die etlichen Kilos kaschiert, die er seit Jahren zu viel auf den Rippen hat. Er steht genau vor meiner Nase, und sein Bauch hebt und senkt sich bei jedem Atemzug. Ich bin vollkommen gefesselt von diesem Anblick.

„Nein?", donnert die Stimme über mich hinweg und verteilt noch mehr Tröpfchen auf mir. „Ganz richtig! Wie wäre es dann mal mit Aufpassen, anstatt vor dich hinzuträumen, junges Fräulein?"

„Ich werde mir Mühe geben."

„Fräulein." Wer benutzt denn noch solche altmodischen Begriffe? Der Typ muss aus dem vorletzten Jahrhundert stammen!

Er beugt sich vor, ich kann die geplatzten Äderchen auf seinen Wangen sehen. Er ist krebsrot im Gesicht, und ich stelle mir vor, dass er jeden Moment kollabiert, vor aller Augen, und ich bin schuld.

„Manchmal reicht das nicht, sich bloß Mühe zu geben, verstehst du das, Julia?"

Er wartet meine Antwort nicht ab, ich bin ihm komplett egal. Er hat seinen Auftritt gehabt, wahrscheinlich holt er sich heute Abend im Hobbykeller einen runter und denkt daran, was für ein Held er ist, während seine Frau *Traumschiff* guckt.

Am liebsten würde ich es ihm sagen. Dass ich hier nur meine Zeit absitze, so wie alle anderen auch. Es gibt vielleicht drei oder vier in jedem Kurs, die sich wirklich interessieren, die anderen sind mit den Gedanken schon längst bei der nächsten Pause.

Irgendwie überstehe ich die restlichen fünfunddreißig Minuten. In der nächsten Stunde steht Deutsch auf dem Plan, und Herr Frank kommt zu spät, wie immer. Als er zehn Minuten nach dem Läuten endlich das Klassenzimmer betritt, hat er ein Mädchen mit kurzen, hennaroten Haaren im Schlepptau. Sie trägt Latzhosen und derbe Stiefel und sieht wahnsinnig schön aus, auf eine koboldhafte Art und Weise. Einer der Jungs pfeift anzüglich, andere kichern. Ich spähe aus dem Augenwinkel hinüber, das mit dem Pfeifen war Thorben, er muss zu allem und jedem seinen Kommentar abgeben. Sein Baseballcap hat er so tief in die Stirn gezogen, dass man seine Augen kaum noch erkennen kann, und auf jedem seiner Kleidungsstücke prangt ein Markenname. Ich gehe jede Wette ein, dass er sogar Unterhosen von einem dieser sauteuren Labels trägt!

„Ich möchte euch eure neue Mitschülerin vorstellen: Das ist Franziska, sie ist gerade aus Berlin hierher gezogen."

Franziska tritt einen Schritt vor, so dass seine Hand von ihrem Arm gleitet und langsam herabsinkt.

„Ich bin Franzi, damit das klar ist, ich kann den Namen Franziska nicht leiden!"

Erneutes Kichern antwortet ihr, doch es klingt deutlich dünner als vorher.

„Vielleicht magst du etwas über dich erzählen?"

Herr Frank sieht sie aufmunternd an.

„Was wollen Sie denn wissen?", fragt sie. Sie ist beinahe so groß wie er und kann ihm direkt in die Augen sehen, ohne den Kopf zu heben.

Thorben grinst anerkennend und schweigt.

„Ähm, vielleicht, was deine Wahlkurse sind, wieso ihr aus Berlin weggegangen seid, oder was so deine Berufspläne für die Zukunft sind?", schlägt er harmlos vor.

Franzi zuckt mit den Schultern. ‚Eigentlich geht Sie das gar nichts an', sagt diese Geste.

„Mein Vater ist beruflich versetzt worden, er ist Immobilienmakler und soll hier in der Provinz neue Märkte erschließen. Meine Leistungskurse sind Kunst und Deutsch, wie man unschwer sieht. Und Berufspläne habe ich noch keine. Gibt es noch weitere Fragen oder ist das Verhör beendet?"

Herr Frank wird rot und deutet auf den Platz in der letzten Reihe. Den neben mir. Den einzigen, der noch frei ist. Mir rutscht das Herz in die Hose, als Franzi auf mich zukommt und ihre Tasche auf die Bank wuchtet.

„Darf ich?", fragt sie und angelt nach dem Stuhl.

Ich nicke. Mir fällt absolut nichts Originelles ein, also sage ich lieber gar nichts, bevor mir wie früher im Kindergarten ein „Hallo, ich bin die Julia!" herausrutscht.

Herr Frank greift nach der Kreide und schreibt das Thema der nächsten Wochen an die Tafel: „Die Epoche der Romantik". Gleichzeitig kritzelt Franzi etwas auf meine Heftseite.

„Wie heißt du?", steht da.

„Julia", kritzele ich und schiebe ihr das Heft rüber. In diesem Moment dreht sich Herr Frank zur Klasse um und beginnt, Bücher auszuteilen.

„Wir beschäftigen uns als Erstes mit der Lyrik. Kennt jemand von euch vielleicht einen romantischen Dichter?"

„Sarah Connor?", sagt jemand, und alle lachen.

„Na, wollt ihr mir erzählen, dass das Zeug, was die singt, nicht romantisch ist?", fragt Thorben und dreht sich Beifall heischend nach der Runde um.

„Ein sehr interessanter Beitrag", antwortet Herr Frank und setzt sich aufs Pult.

Schleimer!

„Weißt du zufällig auch, wann genau die Zeit der Romantik in Deutschland war, Thorben?"

„Keinen blassen Schimmer."

Es ist ihm so egal wie nur irgendwas, man hört es seiner Stimme an. Wahrscheinlich hat er alles, was hier passiert, vergessen, sobald er die Tür erreicht. Ich frage mich, was Typen wie er ausgerechnet im Deutsch-Leistungskurs machen. Wahrscheinlich hält er es für den Kurs mit dem geringsten Arbeitsaufwand.

Ich blicke zur Seite, wo Franzi sitzt. Sonnenlicht fällt durch die Fenster, lässt ihre Haare schimmern. Ich unterdrücke mühsam den Wunsch, sie zu berühren.

Meine Hand taucht in meinem Blickfeld auf und verharrt gerade noch rechtzeitig in der Luft. Ich bin mir nicht sicher, was passieren wird, wenn ich es tue. Vielleicht knallt sie mir eine. Vielleicht würde sich dieses Hennahaar aber auch in meine Hand schmiegen wie das Fell einer Katze und Franzi würde sagen: „Du, hör bloß nicht auf! Es ist genau das, woran ich gedacht habe, seit ich dich vorhin zum ersten Mal gesehen habe."

Träum weiter, Juli.

Ich sitze stocksteif da, bis es klingelt. Habe keine Ahnung von der Epoche der Romantik, aber in meinem Bauch ist plötzlich eine Sehnsucht, die von Sekunde zu Sekunde größer wird.

Franzi packt ihre Sachen zusammen und lächelt mich an. „Hast du auch Kunst heute Nachmittag bei Frau Werthmann?"

„Ja."

„Dann sehen wir uns?"

„Ja."

Mehr bringe ich nicht heraus. Wahrscheinlich hält sie mich für eine Idiotin mit einem IQ von fünfzig. Oder noch schlimmer.

In der Mittagspause stehe ich mit Katja am Imbissstand und kaufe mir ein Stück Pizza, das verdächtig nach Gummi aussieht.

„Wo ist Sophie?"

„Sie ist nach Hause gegangen. Kopfschmerzen."

„Ernsthaft?"

„Natürlich nicht."

Nachdenklich beißt sie in ihren Müsliriegel.

„Irgendwas stimmt da nicht. Ich meine, sie verliebt sich regelmäßig im Urlaub, aber so gelitten hat sie noch nie, oder?"

„Ich weiß nicht."

Ich weiß es wirklich nicht. Habe es vergessen, obwohl man so etwas nicht vergessen sollte. Ich habe nur die zwei Freundinnen, vielleicht haben wir nicht allzu viel gemeinsam, aber wir kennen uns immerhin schon seit Ewigkeiten.

Wie kommt es bloß, dass ich in letzter Zeit auf nichts mehr Lust habe, weder auf Bier, noch auf Tanzen, Musik und Menschenansammlungen? Immer öfter ertappe ich mich dabei, wie ich einfach dasitze und vor mich hinstarre.

Ich dachte, ich hätte mein Leben so weit im Griff. Hätte die Trauer konserviert, für später.

„Was machst du am Wochenende?", fragt Katja.

„Keine Ahnung. Und du?"

„Machst du Witze? Am Freitag ist doch die große Eröffnungsparty auf der Wiese hinter der Schule!"

Jedes Jahr veranstaltet das Gymnasium zur Eröffnung des Schuljahrs ein großes Lagerfeuer. Es gibt Würstchen und Stockbrot und später, wenn die Eltern sich verzogen haben und die älteren Schüler allein bleiben, auch Hochprozentiges. Jeder redet davon, wie peinlich die ganze Sache ist, trotzdem gehen alle hin, aus Tradition.

„Bringst du deinen Bruder und seine Freundin mit?"

„Sehe ich etwa so aus?"

„Na ja, sie haben dieses Jahr schriftliche Einladungen an die Eltern verschickt, nicht wahr? Meine Mutter hatte den Abend schon geplant, bevor ich auch nur dran gedacht habe, mich zu drücken."

Verdammt.

Das hatte ich total vergessen. Verdrängt, ist wohl das passendere Wort. Bei der Vorstellung, mit Oliver und Mia im Schlepptau auf einer Schulfeier aufzutauchen, wird mir hundeelend. Das muss ich unbedingt verhindern!

Der Kunstraum ist bereits überfüllt, als ich mich nur der Tür nähere. Frau Werthmann, die Lehrerin, steht vorne am Diaprojektor und betrachtet stirnrunzelnd das Gedränge. Sie trägt heute einen Kaftan, der mit wilden Schlangenmustern bedruckt ist, und Ohrringe, die ihr fast bis zu den Schultern reichen.

„Setzt euch bitte", sagt sie und klatscht energisch in die Hände. „Wie ich sehe, hat sich auch dieses Jahr wieder eine Menge mehr Schüler für Kunst entschieden, als ich erwartet hatte. Ich hoffe, ihr habt eure Entscheidung wohlüberlegt getroffen. Kunst ist mehr als ein bisschen Malen und Zeichnen und ich bin strenger, als ich aussehe."

Jemand kichert, ich lasse meinen Blick über die Tische gleiten, an denen jeweils vier Leute zusammensitzen, doch Thorben und Co. sind diesmal nirgends zu sehen. Stattdessen entdecke ich Franzi, sie sitzt direkt am Fenster und spitzt ihren Bleistift. Schnell sehe ich wieder weg.

Ich mag Frau Werthmann. Sie lässt mich immer länger bleiben und in der kleinen Dunkelkammer nebenan arbeiten, wenn ich es möchte. Heute wirft sie Dias von berühmten Gemälden an die Wand, die meisten davon kenne ich bereits, dennoch starre ich so angestrengt nach vorne, dass ich mir beinahe den Hals verrenke. Am Ende dürfen wir eine kleine Bleistiftzeichnung machen, und ich beuge mich eifrig über das Papier, obwohl Zeichnen nicht gerade meine Stärke ist. Ich bin ausnahmsweise eine der Ersten, die beim Klingeln ihr Zeug zusammenpackt und in Richtung Tür verschwindet.

„Julia? He, warte mal, ich wollte dich noch was fragen!"

Franzis Stimme in meinem Rücken. Soll ich oder soll ich nicht? Ich zögere. Da spüre ich Frau Werthmanns Hand auf meinem Arm.

„Julia? Hast du dir die Sache mit dem Wettbewerb in den Ferien überlegt? Es ist noch nicht zu spät. Du könntest dein Bild immer noch einreichen!"

Ach ja, der Wettbewerb. Er ist in der nächsten Großstadt ausgeschrieben worden, die besten Bilder werden ausgestellt und prämiert, die einzige Themenvorlage ist „Schwarz-Weiß".

„Ich weiß nicht, habe ich da wirklich eine Chance?", sage ich zweifelnd, „ist das nicht eine Nummer zu groß für mich?"

Am Ende des letzten Schuljahres habe ich zwar eine ganze Serie in Schwarz-Weiß gemacht, deren Abzüge noch immer in einem Glaskasten in der Schulaula vor sich hin stauben, aber trotzdem – ich weiß nicht, ob es ausreicht. Um zu gewinnen.

„Ich denke, du solltest es auf jeden Fall versuchen", sagt sie. „Der Schnappschuss von dem alten Mann im Supermarkt ist wirklich klasse."

Ich habe den Typen durch Zufall erwischt, als er zwischen hundert verschiedenen Tütensuppen und Saftflaschen stand und einen absolut überforderten Ausdruck im Gesicht hatte. Wahrscheinlich hatte seine Frau bloß „Tomatensuppe" und „Orangensaft" auf den Zettel geschrieben. Oder er hat gar keine Frau und ist normalerweise immer zu seinem gewohnten Tante-Emma-Laden um die Ecke gegangen, und der hat jetzt dichtgemacht.

Ich beobachte, wie Franzi vor uns stehen bleibt, zögert, auf ihre Armbanduhr blickt und hinausgeht. Verdammter Mist!

„Ich überlege es mir", verspreche ich hastig und stürme hinterher, lasse eine verdutzte Frau Werthmann zurück. Doch die Hennahaare sind nirgends mehr zu sehen.

4

Seit dem Unfall stehen die meisten Räume unseres Hauses leer. Die Türen sind verschlossen und die Möbel dahinter mit weißen Tüchern verhängt. Sie sehen aus wie Gespenster.

Als ich gegen fünfzehn Uhr heimkomme, ist niemand da. Ich steige die Treppe hinauf und lege die Hand auf die Tür zum Zimmer meiner Mutter. Ich kenne jede Einzelheit dahinter: die dunklen Bücherregale, die Briefumschläge, fein säuberlich zu Türmchen gestapelt, die Fotos, auf denen mir unsere Gesichter entgegenlächeln. Im letzten Sommer hören die Bilder plötzlich auf, so als wäre unser aller Leben erstarrt.

Der Kleiderschrank riecht nach Lavendel. Ich schließe die Augen und vergrabe mein Gesicht in einem der Kleider. Atme den Geruch ein, so tief es geht. Ich liebe ihn. Wenn ich eine Motte wäre, würde ich mich davon nicht abschrecken lassen!

Auf dem Schreibtisch meiner Mutter liegt alles so, wie sie es verlassen hat. Es sieht aus, als wäre sie einkaufen gegangen und würde jeden Moment zurückkehren.

Es wird Zeit, die Erinnerungen in diesem Zimmer in Kisten zu packen. Niemand kann in einem Museum überleben. Unsere Eltern kommen nicht zurück, nur weil wir ihre Zimmer für sie bereithalten, Staub wischen und lüften.

Sie kommen überhaupt nicht mehr zurück, es ist also ganz egal, was wir tun. Wir können genauso gut die Wände rosa streichen oder mit Postern von Rockbands tapezieren. Und vielleicht würde Oliver dann endlich aufhören, auf Zehenspitzen durchs Haus zu schleichen.

Ganz am Anfang habe ich mir manchmal vorgestellt, meine Eltern wären gar nicht tot, sondern nur gekidnappt, und nach ein paar Tagen würde uns eine Lösegeldforderung ins Haus flattern. Es war leichter, denn ich konnte einfach nur wütend sein. Aber nach einiger Zeit funktionierte es nicht mehr, und die Traurigkeit kam zurück.

Auf der Schreibtischplatte liegen Steine, Muscheln, Federn und getrocknete Blumen, die sie gesammelt hat. Sie hat alles Mögliche gesammelt. Nicht, um es in Alben zu kleben oder in Schuhkartons zu verbannen wie andere Leute, sondern um daraus Dinge herzustellen, Bilderrahmen, Streichholzschachteln, Windspiele. Meine Mutter sah etwas in den Gegenständen, das sonst niemand sah.

Das Sonnenlicht fällt auf den Teppich und ein rot getigerter Schatten huscht herein: Cleo. Eigentlich hat sie meiner Mutter gehört. Nachdem sie fort war, ließ sie sich nicht mehr anfassen, doch Oliver hat es nicht übers Herz gebracht, sie wegzugeben.

Und dann kam Mia.

Cleo hat auf Anhieb ihr Herz an sie verloren. Dabei hasst Mia Katzen. Nicht die Tiere an sich, sondern die Haare, die sie auf ihren perfekten Klamotten hinterlassen.

Mia trägt Kaschmirpullover, diese sauteuren Dinger, die ich mich immer geweigert habe anzuziehen. Polohemden und Hosen mit Bügelfalten. Ich wette, sie sieht sogar morgens gleich nach dem Aufstehen aus wie ein Model aus einer englischen Country-Zeitschrift.

„Cleo, raus hier, ich will die Tür zumachen!"

Die Katze faucht mich an und legt sich genüsslich auf den Rücken.

„Du machst das mit Absicht, oder?"

Sie sieht mich aus unergründlich grasgrünen Augen an.

„He, ich kann nichts dafür, dass sie nicht zurückkommt!", protestiere ich.

In diesem Moment höre ich ein Auto in der Einfahrt. Cleo springt auf und schießt davon in Richtung Treppe. „Verräterin", knurre ich und lasse die Tür hinter mir ins Schloss fallen. Lausche nach unten.

„Julia, bist du da?", ruft Mia.

„Oben, ich mache Hausaufgaben", lüge ich.

„Ich mache mir einen Kamillentee und lege mich dann ins Bett, mir geht's heute nicht so besonders."

„Alles klar", antworte ich, handzahm. Öffne die Tür zum Zimmer meines Vaters, ganz am Ende des Gangs. Bücherrücken in Reih und Glied, Ordner, fein säuberlich mit seiner klaren Handschrift versehen, nichts Persönliches, nur beruflicher Schriftverkehr, alles wirkt so geordnet, als hätte er seinen Abschied von langer Hand geplant. Ich habe hier schon oft gesucht, nach irgendetwas, das mir mehr über den Menschen dahinter verraten könnte, doch umsonst. Es ist, als gäbe es nichts. Keine Interessen, keine Hobbys, von der Mitgliedschaft im Golfclub und im Tennisverein einmal abgesehen, aber das ist nichts Ungewöhnliches, neunzig Prozent der Menschen in unserer Siedlung verbringen ihre Freizeit so.

Ich höre, wie Mia sich unten in der Küche zu schaffen macht, dann das Klappen der Schlafzimmertür. Gehe näher an den Schreibtisch heran und betrachte die gerahmten Fotos, eines davon zeigt meine Mutter in unserem Garten, ihr langes Haar umfließt sie wie ein Wasserfall, sie sieht zerbrechlich aus. Daneben stehen Oliver und ich als Kleinkinder. Das letzte Foto zeigt meinen Vater selbst, neben einem Flugzeug. Er war ein begeisterter Segelflieger, als er jung war, doch er hat es aufgegeben, als sie geheiratet haben, keine Ahnung, warum. Vielleicht hatte sie Angst um ihn?

Ich fahre mit dem Zeigefinger über sein Gesicht. Auf dem Bild ist er höchstens Mitte zwanzig, so alt wie Oliver jetzt. Er wirkt wie ein Fremder, egal, wie sehr ich versuche, eine Ähnlichkeit zwischen uns zu entdecken außer der Brille. Manchmal denke ich, alles, was er mir vererbt hat, ist seine Kurzsichtigkeit.

Ich ziehe die Schreibtischschubladen auf, eine nach der anderen. Die unterste ist verschlossen. Als Kind habe ich nur einen einzigen Schlüssel besessen, den zu meinem Tagebuch. Wo hielt ich ihn bloß immer versteckt?

Prüfend fahre ich mit der flachen Hand unter die Schreibtischunterlage, auf die eine Weltkarte aufgedruckt ist. Ich stoße mit den Fingerspitzen an etwas Hartes, Metallisches. Als ich sie zurückziehe, halte ich tatsächlich den Schlüssel dazwischen.

Die Schublade gibt nur zögernd nach, sie klemmt, als wäre sie seit Ewigkeiten nicht geöffnet worden. Ich halte den Atem an. Wühle mich durch Briefe, Fotos von meiner Mutter als junge Studentin, bevor sie mit Oliver schwanger wurde. Doch dann, ganz unten, finde ich ein Bild, das eine Fremde zeigt. Nein, keine Fremde: Ich kenne ihr Gesicht, ich habe es schon einmal gesehen, vor langer Zeit.

Ich ging damals noch zur Grundschule und wir unternahmen den jährlichen Klassenausflug ins Naturkundemuseum der nahen Großstadt. Mein Vater kümmerte sich schon damals nicht besonders um die Ereignisse in meinem Leben und hatte es schlichtweg vergessen, sonst hätte er sich für sein Rendezvous wohl kaum das Café in direkter Nachbarschaft ausgesucht.

An jenem Tag trug ich meinen neuen roten Rock, den mir meine Mutter extra für den Ausflug gekauft hatte. Ich stieg aus dem Bus, der für uns ausnahmsweise direkt vor dem Eingang des Museums hielt, und da sah ich ihn, obwohl sich das Sonnenlicht in der Glasscheibe des Cafés spiegelte und meine eigene Gestalt zurückwarf.

Er hielt die Hand dieser Frau und er lachte, er konnte gar nicht mehr damit aufhören, man hörte es bis auf die Straße hinaus, und es machte mich fassungslos, weil ich mich nicht daran erinnern konnte, wann er es zu Hause zum letzten Mal getan hatte. Mein Vater arbeitete damals in einer Kanzlei in Würzburg, jeden Morgen stieg er gestresst in seinen Wagen, jeden Abend kam er erschöpfter zurück.

Mir war es bis dahin nicht aufgefallen, dass meine Eltern besonders unglücklich waren. Sie waren genau wie alle anderen Eltern in unserer Siedlung auch, sie stritten und versöhnten sich wieder, veranstalteten Partys und besuchten welche, und das alles in schöner Regelmäßigkeit.

Ich war so fasziniert von diesem fremden Lachen, das aus der Kehle meines Vaters hochstieg, dass ich nicht auf meine Füße achtete und fiel. Ich wäre direkt auf die Straße gestürzt, hätte meine Lehrerin mich nicht in letzter Sekunde am Arm erwischt.

Es knirschte, als mein Knie auf den Gehsteig auftraf, aber ich fühlte keinen Schmerz. Alles, was ich wahrnahm, war das klaffende Loch in dem roten Stoff. Meine Lehrerin zog mich weiter, ohne dass mein Vater das Geringste davon mitbekam. Ich heulte, konnte mein Taschentuch nicht finden und zog den Rotz hoch. Ich vergoss bittere Tränen, aber nicht etwa wegen ihm oder meiner Mutter, sondern weil ich genau wusste, dass ich nie mehr einen so schönen Rock wie diesen besitzen würde.

Als mein Vater spät abends nach Hause kam, saß ich auf der Treppe. Meine Mutter schaute sich einen Krimi im Fernsehen an, mein Bruder hatte Besuch von einem Freund, die Heavy-Metal-Musik drang durch die Wände und quoll unter der Tür hervor, aber ausnahmsweise war ich froh darüber.

„Wie heißt die fremde Frau, mit der du heute gegessen hast?", fragte ich ihn und beobachtete, wie sein Gesicht leichenblass wurde.

„Woher weißt du von ihr?", sagte er mit einer Stimme, die von weit weg zu kommen schien.

„Ich habe euch zusammen gesehen. Bevor wir ins Museum gegangen sind."

Er hockte sich neben mich auf die oberste Stufe und legte das Gesicht in die Hände. Ich dachte: *Wenn er mich jetzt anfasst, heule ich.* Er tat es nicht.

„Sieh mal, Julia, deine Mutter darf auf keinen Fall davon erfahren. Es würde sie traurig machen, Kleines, verstehst du das?"

„Ja", sagte ich, denn ich konnte mir ihre Tränen nur zu gut vorstellen, wenn ich ihr davon berichten würde.

„Du wirst ihr also nichts erzählen?"

„Nein."

Ich spürte seine Erleichterung förmlich körperlich.

„Ich will, dass du wieder öfter zu Hause bist."

„Julia-Schatz, du weißt, dass ich ziemlich viel arbeiten muss, oder?"

„Aber als du noch hier in der Stadt gearbeitet hast, warst du auch immer viel früher zu Hause."

„Aber ich brauche diesen Job! Hier in der Kleinstadt macht niemand Karriere!"

„Karriere ist mir egal. Ich will endlich mal wieder mit dir Verstecken spielen."

Ich sagte das, obwohl ich ahnte, dass er mich nachher nie wieder seinen Julia-Schatz nennen würde.

Ich erhob mich und rannte davon, knallte meine Zimmertür hinter mir ins Schloss und verbarrikadierte sie mit einem Stuhl. Mein Vater klopfte minutenlang an, bis er endlich aufgab.

„Okay, du hast gewonnen", sagte seine Stimme leise, „ich gebe die Stelle in Würzburg auf. Bist du jetzt zufrieden?"

„Nein", schrie ich und legte meinen Kopf auf die Knie, „ich will, dass du sie nie wieder siehst. Nie, nie wieder, verstehst du das?"

„Ich fürchte, das ist das Einzige, was ich dir nicht versprechen kann", antwortete er leise, dann entfernten sich seine Schritte auf der Treppe.

Heute starre ich auf das Bild in meiner Hand und weiß, dass er Recht hatte. Er hat es nicht geschafft, sich von ihr zu trennen, obwohl er im Herbst danach eine Kanzlei in unserer Kleinstadt eröffnete und immer seltener wegfuhr. Keine Ahnung, wann sie sich trafen. Vielleicht waren der Tennispartner und die Mitgliedschaft im Golfclub auch nichts weiter als Ausreden?

Ich habe das Gefühl, dass mein eigener Vater für mich ein Fremder bleibt, von dem ich nie wirklich etwas wissen werde. Was hat er gedacht, was hat er gefühlt? Hat er meine Mutter geliebt, bis zum Ende? Und hat er mich gehasst wegen meiner kindlichen Eifersucht damals?

Ich verschließe die Schublade sorgfältig und werfe den Schlüssel zurück unter die Weltkarte. Er schlittert über das blanke Holz und bleibt irgendwo in der Mitte von Korea liegen. Das Bild der Frau – ich kenne nicht einmal ihren Namen! – zerfetze ich in tausend winzige Schnipsel und werfe sie anschließend ins Klo. Ich sehe gerade zu, wie sie gurgelnd im Abflussrohr verschwinden, da klingelt das Telefon.

„Mia?"

Mia liegt im Bett und schläft; sie kuriert wahrscheinlich ihre Magen-Darm-Grippe aus.

Ich sehe auf meine Armbanduhr, es ist beinahe schon fünf. Seufzend greife ich nach dem Hörer.

„Ja?", sage ich lustlos.

„Könnte ich bitte Julia sprechen? Hier ist Franzi."

Mein Herz setzt für eine Sekunde aus, so als hätte man einen Film angehalten und dann wieder auf Play gedrückt.

„Woher hast du meine Nummer?", höre ich mich sagen.

„Ich habe eine Klassenliste."

„Ah ja." Ich räuspere mich und lasse mich mit dem Telefon in meinem Zimmer aufs Bett fallen.

„Was wolltest du mich eigentlich vorhin fragen im Kunstraum?"

Ich höre, wie sie atmet, im Hintergrund spielt irgendwo Musik.

„Ob du Lust hast, mir zu zeigen, was ihr im letzten Jahr so in Deutsch gemacht habt. Ich habe das Gefühl, wir haben in Berlin vollkommen andere Bücher gelesen."

„Willkommen in der Provinz", murmele ich. So leise, dass sie es garantiert nicht versteht.

„Was hast du gesagt?"

„Nichts. Was ist das für Musik?"

„Ich habe mir heute eine CD gekauft, von einer ziemlich coolen Band. Wenn du willst, kann ich sie dir bis morgen brennen."

„Ich weiß nicht. Vielleicht."

„Was hörst du denn gerne?"

Schwierige Frage. „Kommt auf meine Stimmung an", antworte ich und schließe die Augen, um mich besser konzentrieren zu können. Ich kann es nicht fassen, dass ich bis jetzt ganz normal mit ihr rede, ohne irgendwelchen Mist von mir zu geben!

„Gehst du am Freitag mit auf die Party?", fragt die Franzi-Stimme in meinem Ohr.

„Tun wir das nicht alle?", sage ich und lehne mich gegen die Wand.

Schweigen am anderen Ende der Leitung, dann, zögernd: „Kann ich auf einen Kaffee vorbeikommen?"

„Jetzt?", frage ich und betrachte das Chaos auf meinem Schreibtisch, auf dem sich Bücher, Hefte und Fotoalben stapeln. In den Ecken liegen Klamotten von vorgestern, und auf meinem Nachttisch sagen sich leere Flaschen und CD-Hüllen gute Nacht.

„Ja, wann denn sonst?"

„Ich weiß nicht, die Freundin meines Bruders ist krank, und …"

„Na und? Keine Sorge, ich lasse sie ganz bestimmt in Ruhe", fällt sie mir ins Wort. „Ich bin in fünf Minuten da!"

„Woher weißt du, wo ich wohne?"

„Die Klassenliste."

„Ach ja. Schon vergessen. Kennst du die Siedlung?"

„Kein Problem, ich wohne nur ein paar Straßen weiter. Obwohl ich trotzdem Schwierigkeiten haben dürfte. Es sieht hier alles gleich aus, ist dir das schon mal aufgefallen?"

„Ja. Große weiße Häuser mit wenig Möbeln darin, ich weiß."

Sie kichert und legt einfach auf.

Als es klingelt, ist Mia glücklicherweise immer noch nicht zu sehen. Franzi schleudert ihre Stiefel von den Füßen, mitten hinein in unseren Flur. Besichtigt das Haus, ungefragt. Sieht sich alles an und berührt, was sie sieht. Sie hat eine besondere Art, die Dinge zu berühren. Als ob sie blind wäre und ihre Konturen erst ertasten müsste.

Ich bin nervös und versuche, es zu überspielen. Kaue auf meiner Unterlippe herum, eine blöde Angewohnheit. Als wir in meinem Zimmer angekommen sind, setzt sie sich wie selbstverständlich im Schneidersitz vor die Stereoanlage und zieht eine CD aus ihrer Tasche.

„Na, habe ich zu viel versprochen?", fragt sie. Vier Frauenstimmen beginnen, auf Englisch durcheinander zu kreischen. Sie scheinen unglaublich zornig zu sein.

„Cool, oder?" Franzi nickt begeistert im Takt mit.

„Ja, ziemlich", sage ich, obwohl ich Kopfschmerzen von dem Geschrei bekomme. Ich will etwas sagen, damit sie mich mag, denn dass ich sie mag, das ist spätestens jetzt klar, da sie auf meinem Teppich sitzt und Luftgitarre spielt.

Ich stehe auf und krame in dem Stapel Bücher und Hefte auf meinem Schreibtisch, um meine Hände zu beschäftigen. Schließlich werde ich fündig und reiche ihr ein Blatt Papier.

„Was ist das?", fragt sie erstaunt.

„Unsere Bücherliste vom letzten Jahr. Du hast doch gesagt, du willst mit mir durchgehen, was wir in Deutsch gemacht haben, oder?"

„Ach so."

Sie nickt weiter im Takt, ihr ganzer Körper bewegt sich. Sie macht keinerlei Anstalten, das Blatt aus meiner Hand zu nehmen.

Stattdessen steht sie auf und geht zum Fenster, öffnet es weit. Holt aus ihrer Tasche einen Joint und zündet ihn an. Inhaliert, hält den Atem eine Minute lang an, dann lässt sie ihn raus. Lächelt mich an. In ihren Augen tanzen Sonnenflecken.

Sie sieht so umwerfend aus, dass ich sie anschreien muss, um sie nicht auf der Stelle zu berühren: „Spinnst du? Kiffst du immer, wenn du irgendwo zu Besuch bist, ohne vorher um Erlaubnis zu fragen?"

„Ja, Mama."

Sie zieht das letzte Wort in die Länge, um sich über mich lustig zu machen.

„Wenn Mia das riecht, bin ich geliefert!"

„Entspann dich, Julia. Was ist so schlimm daran, ein bisschen Gras zu rauchen? Was anderes als Gras und Nachbarschaftsklatsch gibt es in dieser Siedlung doch sowieso nicht, oder?"

Sie lächelt und hält mir den Joint hin. Zögernd gehe ich auf sie zu und nehme ihn, nur um einmal flüchtig über ihre Finger zu streifen.

Franzi legt den Kopf zurück und blickt aus dem Fenster, über den Garten hinweg zu dem Wäldchen, vor dem der Fluss eine Biegung macht, bevor er unter den Bäumen verschwindet.

„Wollen wir gehen?"
„Wohin?"
Ich atme aus und beobachte, wie der Rauch für ein paar Sekunden vor meinem Gesicht schwebt, ehe er sich nach draußen verzieht, Richtung Sonnenuntergang.

Es ist einer dieser Tage, die die ganze Regenzeit wieder wettmachen. Die nach Sommer und Unsterblichkeit riechen und einem einreden, dass es immer so weitergeht und der Herbst noch lange nicht vor der Tür steht.

„Komm", sagt Franzi und nimmt meine Hand. Sie ist verdammt schnell, ich muss mich anstrengen, um mit ihr mitzuhalten, und als es mir endlich gelingt, sie einzuholen, haben wir das Flussufer erreicht. Vielleicht verleiht das Zeug, das sie raucht, ihren Zellen besondere Kräfte? Jedenfalls ist sie nicht halb so aus der Puste wie ich.

Die Silhouetten der Bäume sind weich und das Licht ist beinahe magisch. Ich glaube, ich habe noch nie ein so schönes Licht gesehen.

Sie läuft jetzt neben mir, und die ganze Zeit hält sie meine Hand. Ich habe keine Ahnung, wohin sie will, aber es ist mir auch egal. Irgendwann lassen wir uns in das Moos fallen, weil wir nicht mehr weiterkönnen. Es ist dick wie ein Wollteppich, und ich drehe den Kopf und sehe Franzi an, meine Brust hebt und senkt sich wie verrückt, sie lacht, und ich stimme mit ein. Unser Gelächter fliegt nach oben in die Baumkronen wie ein Schwarm Vögel. Es steigt aus unseren Kehlen auf, springt über unsere Zungen und Lippen und als es vorüber ist, beugt sie sich über mich und küsst mich.

Dann ist sie plötzlich fort. Springt auf und läuft davon.

Ich versuche gar nicht erst, sie einzuholen. Ich liege und versinke in einem Meer von Grün und beobachte die Zweige, die sich über mir drehen wie ein Karussell, nur dass ich nicht aussteigen kann, dafür ist es längst zu spät.

Mit den Fingerspitzen fahre ich vorsichtig über meine Lippen. Sie sind trocken, ich habe plötzlich unglaublichen Durst, Durst wie noch nie zuvor. Ich frage mich, ob man es mir ansieht, dass sie mich geküsst hat. Ob da ein winziger hennaroter Fleck ist, der sich über Nacht vergrößern und mich verschlingen wird.

5

Die Zeit bis Freitagabend dehnt sich endlos. Ich habe Schulstunden schon immer für Folter gehalten, aber jetzt, wo Franzi neben mir sitzt und mich komplette vier Tage am Stück ignoriert, ist es die pure Hölle.

Ich könnte mich krank melden, Grund dazu hätte ich allemal, am Dienstagmorgen bin ich mit mörderischen Kopfschmerzen aufgewacht, aber ein masochistischer Teil in mir bringt mich dazu, mich dem Ganzen jeden Tag aufs Neue auszusetzen. Ich hungere nach ihrer Aufmerksamkeit wie ein Hund. Bringe es nicht fertig, sie zur Rede zu stellen, obwohl ich weiß, dass ich es tun sollte.

Nachts liege ich im Bett und träume in moosgrün. Warte auf den Morgen, wenn ich sie wiedersehe.

Zum ersten Mal seit ihrem Einzug ist mir Mia so egal, dass es sogar Oliver auffällt. Gut gelaunt pfeifend wandert er am Freitagnachmittag durchs Haus, während ich in meinen nagelneuen Jeans vor dem Spiegel stehe und missmutig an mir herumzupfe. Vielleicht sollte ich mich betrinken, um diesen Abend durchzustehen?

In der Speisekammer steht sicher noch eine Flasche Whisky von meinem Vater, damit geht es wenigstens schnell, und ich habe die Chance, es zu verpassen, wenn Franzi heute wieder versucht, den Preis im Wegschauen zu ergattern.

Den gleichen Mist habe ich so ähnlich schon mal durchgemacht. Man sollte also meinen, dass ich klüger geworden bin und meine Lektion gelernt habe, aber etwas in meinem Hirn setzt anscheinend mal wieder aus.

Damals war ich dreizehn und versuchte, mich vor einer der Partys zu drücken, die meine Eltern veranstalteten. Ein Arbeitskollege meines Vaters hatte seine Tochter mitgebracht und man erwartete anscheinend von mir, dass ich mich um sie kümmerte. Also saß dieses göttliche Wesen namens Leah in ihrem weißen Kleid und ihren blonden Locken auf meinem ungemachten Bett, trank Eistee aus einem unserer Kristallgläser und musterte gelangweilt die Poster an meinen Wänden, die noch aus meiner Kindheit stammten und von Winnie Puh bis Micky Maus all meine ehemaligen Helden zeigten. In diesem Moment hätte ich sie für mein Leben gern verraten und verbannt und gegen etwas eingetauscht, womit ich Leah beeindrucken konnte, wenn ich schon mit meinen langweilig braunen Haaren und dürr und bebrillt, wie ich war, nicht punkten konnte.

Vielleicht war es einfach ihre grenzenlose Langeweile, vielleicht erinnerte ich sie an jemanden, den sie einmal gekannt hatte: Das Unfassbare geschah, ihr Gesicht näherte sich meinem. Ihre Zunge schnellte zwischen meine Lippen und in meinen Mund, es fühlte sich seltsam an, gleichzeitig begriff ich, dass ich gerade dabei war, mich zum ersten Mal zu verlieben.

Als ihre Hand in meine Hose glitt, zuckte ich zurück, ich war noch nicht so weit. Leah sprang auf, knallte mir ein „du Baby" an den Kopf und die Tür hinter sich ins Schloss. Dabei wünschte ich mir nichts so sehr, wie sie anzusehen und ihre weiche, helle Haut zu berühren.

Unten erzählte sie herum, dass ich versucht hätte, sie zu küssen. Ihre Eltern verschwanden ziemlich schnell mit ihr und kamen nie wieder, aber ich konnte sie nicht vergessen, ich schämte mich und sehnte mich gleichzeitig nach ihr. Ich versteckte mich von da an, sobald meine Eltern Gäste hatten, und belauschte ihre Stimmen.

Ich schwor mir, es nie wieder mit einem Mädchen zu versuchen, und beschloss stattdessen, Katja und Sophie nachzueifern, um mir und der Welt endlich zu beweisen, wie stinknormal ich war.

Ich war in den letzten anderthalb Jahren mit drei Typen zusammen, immer nach dem gleichen Schema: Man geht auf eine beschissene Party und trinkt, um es dort auszuhalten. Man trinkt wesentlich mehr, als man verträgt. Und dann fängt man plötzlich an, sein Gegenüber total nett zu finden, überhaupt sind alle total nett und es ist ein Riesenabend, man fummelt ein bisschen herum und grölt bei seinen Lieblingsliedern mit.

Am nächsten Morgen, sobald man wieder halbwegs nüchtern ist, weiß man nicht mehr, was man miteinander reden soll, aber auf der nächsten Party geht das Ganze todsicher wieder von vorne los.

Ich habe im Gegensatz zu den anderen Mädchen nicht geheult, wenn die Typen nicht mehr anriefen und mich auf dem Schulhof nicht mehr kannten. Es ist einfach, sich einzureden, dass das Gefühl in der Magengegend vom Herzklopfen und nicht vom Hämmern der Bässe kommt. Aber es ist schwer, dieses Gefühl hinüber in den nächsten Tag zu retten.

Manchmal träume ich, ich wäre auf der einen Seite eines Grabens, und Katja, Sophie und der Rest auf der anderen. Der Abstand zwischen uns vergrößert sich immer mehr. Und ganz egal, wie sehr ich mich anstrenge – ich kann sie nicht erreichen.

Ich schneide meinem Spiegelbild eine Grimasse und schalte das Licht aus. Schaffe es bis in die Speisekammer und zurück, ohne jemandem zu begegnen. Hocke mich mitsamt der Flasche auf die Fensterbank und lasse die Beine baumeln, trinke einen Schluck und gleich noch einen, um den scheußlichen Geschmack des ersten zu vergessen.

Sophie hat die ganze Woche kein Wort mehr mit mir gesprochen. Sie hat zweieinhalb Tage im Bett verbracht und ist die letzten beiden in der Schule herumgelaufen wie das heulende Elend, beste Aussichten also für den heutigen Abend.

„Juli, bist du fertig?", tönt Olivers Stimme von unten.

„Gleich", antworte ich und verstecke die Flasche hinter dem Vorhang. Ich bin nicht betrunken. Es gelingt mir mühelos, das Gleichgewicht wiederzufinden, als meine Sohlen den Boden berühren, aber die Konturen sind ein bisschen weicher als vorhin und die Gedanken in meinem Kopf ein bisschen weniger laut.

Ich lache Mia an, als ich die Treppe hinuntersteige.

„Fertig?", fragt sie und streicht sich durch ihr perfektes langes Haar. Sie sieht noch schmaler aus als sonst, was vermutlich daran liegt, dass sie sich vier Tage lang die Seele aus dem Leib gekotzt hat.

„Fertig", sage ich und gehe an der Küche vorbei, in der ein Rest Nudelauflauf umsonst auf mich wartet. Mir steht jetzt nicht der Sinn nach Abendbrot, ich will da raus in den Kampf, ich wetze innerlich meine Messer und kann es kaum erwarten, Franzi gegenüberzustehen. Soll sie doch sehen, was sie davon hat! Kein Mensch küsst mich und macht sich dann ungestraft davon.

Oliver parkt den Wagen unter den Bäumen, schon von weitem sehe ich das Feuer und die Gestalten darum. Jemand hat eine Anlage mitgebracht und spielt die neuesten Charts, noch in wohnzimmertauglicher Lautstärke angesichts der zahlreichen Eltern und Lehrer.

Ich tauche ein in die Menge, finde Katja als Erstes. Ihre Mutter steht neben ihr, sie trägt einen rosafarbenen Rollkragenpullover und reicht mir die Hand, drückt meine Finger schlaff und lässt sofort wieder los.

Wie eine Marionette, geht es mir durch den Kopf.

„Hallo Julia, wie geht es dir?"

„Danke, ganz gut, Frau Hartmann, und Ihnen?"

„Na ja, in letzter Zeit ..."

Sie zuckt mit den Achseln und starrt vor sich hin.

Katja berührt sie sanft am Arm.

„Ich hole Juli und mir ein Bier, möchtest du auch eines?"

„Nein, danke, Liebes. Und du solltest auch nicht so viel trinken", ruft sie ihr nach, doch Katja verschwindet in Richtung Getränkestand und tut so, als hätte sie sie nicht gehört.

Das sagt die Richtige, denke ich, *ausgerechnet diejenige unter uns, die heute schon mehr Tabletten geschluckt hat als die meisten hier in den letzten zehn Jahren zusammen!*

Oliver und Mia haben mich eingeholt. Er reicht Katjas Mutter die Hand. „Guten Abend, Frau Hartmann, lange nicht gesehen."

Sie starrt ihn an, als sähe sie ihn zum ersten Mal. Sie muss sich anstrengen dabei, denn er ist beinahe zwei Köpfe größer als sie. Ihre Augen sind dick mit Kajal umrandet, die langen blonden Haare hat sie zu einem mädchenhaften Zopf geflochten.

Ich nehme das Bier, das Katja mir reicht, und trinke die Flasche beinahe in einem Zug leer. Mia sieht mich strafend an.

„Was ist? Ich gehe jetzt in die Oberstufe, da kräht kein Hahn mehr danach, was wir in unserer Freizeit tun", motze ich. Katja nimmt mich am Arm und zieht mich davon.

„Lass das doch, das bringt doch nichts", flüstert sie.

„Du klingst auch schon wie deine Mutter!", schnappe ich zurück. Sie bleibt abrupt stehen.

„Was immer du sagst, lass meine Mutter aus dem Spiel, klar?"

„Damit sie dich noch mehr vereinnahmen kann? Dank ihr wirst du nie aus diesem Kaff rauskommen!"

„Das lass mal meine Sorge sein."

Sie hat ihr Gesicht abgewendet, während sie das sagt, ihre Stimme klingt scharf, und ich habe plötzlich Angst, sie auch noch zu verlieren.

„Katja, tut mir echt leid! Ich wollte das nicht sagen. Es war echt eine miese Woche für mich."

Sie dreht sich um, sieht mich an, das Feuer malt tanzende Schatten auf ihre Wangen.

„Lass uns über was anderes reden, okay? Wenigstens heute mal. Lass uns feiern, wir haben es uns verdient. Wobei mir einfällt: Wo ist eigentlich Sophie?"

„Keine Ahnung."

Ich lasse meinen Blick durch die Menge schweifen, da entdecke ich Franzi auf der gegenüberliegenden Seite. Sie steht an der Seite eines jungen Mannes mit Ziegenbart.

Ich trinke den letzten Schluck. Mir ist schwindelig, aber nur ein kleines bisschen, gerade so, dass es niemand bemerkt außer mir.

„Willst du noch eins?", frage ich.

„Nein danke."

Katja klopft leicht mit den Fingerknöcheln gegen ihre Flasche, sie ist noch zu drei Vierteln voll.

„Bin gleich wieder da."

Ich krame in meiner Jacke nach Geld. Schlendere mit dem nächsten Bier in der Hand zu Franzi hinüber. Vor zwei Jahren war ich mit meinen Eltern hier, meine Mutter und ich haben uns gestritten, mein Vater hat geschwiegen, alles so wie immer, doch das scheint jetzt eine Ewigkeit her zu sein.

„Hallo", sage ich.

Franzi dreht sich um und mustert mich schweigend, als wäre ich eine Fremde.

„He, warum redest du nicht mehr mit mir?"

„Psst", zischt sie, greift nach meinem Arm und zieht mich ein Stück zur Seite.

Morgen werde ich an der Stelle sicherlich einen blauen Fleck haben. Wenigstens etwas, das mich an sie erinnert.

„Gott, Juli, ich war total dicht am Montag, klar? Das bisschen Knutschen hat nichts zu bedeuten, absolut gar nichts. Ich tue alles, wenn ich Gras geraucht habe!"

„Klar", sage ich, dabei ist gar nichts klar, überhaupt nichts. Mir ist kalt, trotz des Feuers in meinem Rücken.

Der junge Mann mit dem Ring in der linken Augenbraue sieht neugierig zu uns herüber und hält mir eine Hand hin.

„Hi, ich bin Jakob, Franzis Bruder."

„Juli", sagt eine Stimme, die einmal zu mir gehört hat.

Ich drehe mich um und gehe.

Ich finde Katja nicht gleich, aber als ich sie endlich entdecke, bin ich so froh, dass ich heulen könnte. Jakob steht mir genau gegenüber, er sieht überrascht aus, dann lächelt er, mit Lippen, die Franzis unglaublich ähneln. Und dann muss ich mich übergeben.

6

Als ich am nächsten Morgen erwache, ist das Licht brutal hell und scheint mir direkt in die Augen. Ich habe einen säuerlichen Geschmack im Mund und nicht die geringste Ahnung, wie ich in mein Bett gekommen bin.

Oder doch: Katja hat mich ins Auto verfrachtet, meinen Bruder ausfindig gemacht und etwas von „Magen-Darm-Grippe" gemurmelt. So oder so ähnlich muss es gewesen sein.

Ich krabbele auf allen vieren aus dem Bett und sinke auf dem Teppich augenblicklich wieder zusammen. Die Bilder an den Wänden drehen sich. Ich blinzele und reiße die Augen auf, warte, bis jedes Gesicht an seinem Platz ist. Sehe auf die Uhr: Es ist beinahe Mittag. Von Oliver und Mia nichts zu hören.

Ich überlege, was schlimmer wäre, ihre Vorwürfe oder ein verständnisvolles „Das haben wir doch früher auch gemacht", zusammen mit einem Augenzwinkern und dem unvermeidlichen Klopfen auf die Schulter.

Endlich schaffe ich es, mich aufzurichten und zum Fenster zu schleichen. Die kalte Septemberluft springt mich an und nimmt mir den Atem. Nach einem Augenblick spüre ich, wie die Übelkeit verfliegt und mein Hirn langsam zur Landung ansetzt.

Im Nachbargarten spielen Kinder Fußball; auf dem brachliegenden Acker dahinter geht ein Mann mit seinem Hund spazieren, von einigen Krähen argwöhnisch beobachtet. Ob der Typ ihre Pläne durchkreuzt hat, sich den Rest der Ernte zu sichern?

Ich angle nach einer Zigarette, dann lasse ich sie wieder sinken. Erst einmal einen starken Kaffee und eine heiße Dusche, bevor ich mich in die nächste Sucht stürze! Ich habe ausnahmsweise aufgepasst, als dieser Mensch vom Gesundheitsamt neulich da war. Habe keine Lust, mir auch noch das letzte bisschen Verstand wegzuqualmen, den kann ich jetzt nämlich ganz gut gebrauchen.

Ich habe keine Ahnung, wie es weitergehen soll. Ich kann unmöglich neben Franzi sitzen, wenn sie mich auch in Zukunft ignoriert, irgendwann werde ich mich auflösen vor lauter Sehnsucht oder mir eine Knarre besorgen und Amok laufen und den Rest meines Lebens im Knast verbringen.

Niemand ist zu Hause. Ich höre meine eigenen Schritte, dann nichts als das Rauschen von Wasser unter der Dusche und langsam, ganz langsam fühlt mein Körper sich nicht mehr an, als bestünde er aus Knetgummi.

An der Kaffeemaschine klebt ein Zettel, darauf steht in Olivers krakeliger Schrift:

Sind in die Stadt gefahren, müssen was erledigen. Bis später, M. & O.

M. & O., das klingt wie die Initialen eines Modeschöpfers.

Ob ich das auch mal so machen werde? F. & J., Franzi & Julia? Klingt gut.

Vergiss es. Das war einmal. Ist nie gewesen.

Im Fernsehen läuft die Wiederholung des Freitagabendkrimis. Der Kommissar ermittelt auf eigene Faust und schafft es mit einem zerknautschten Grinsen, den Mörder zur Strecke zu bringen. Das Ganze ist so vorhersehbar wie die Tatsache, dass ich dabei einschlafe. Ich wache erst wieder auf, als sich der Schlüssel im Schloss dreht. Es ist dunkel draußen, die Zeiger der Uhr stehen auf halb neun.

„Hi", sagt Mia aufgeräumt, „hattest du einen schönen Samstag?"

Bis du kamst, schon.

Laut sage ich: „Ja, ganz okay, und bei euch?"

Mein Bedarf an Stress ist für dieses Wochenende gedeckt, außerdem scheine ich immer noch Restalkohol im Blut zu haben. Mein Mund fühlt sich an wie ausgedörrt und ich kann meine Augen nur mit Mühe offen halten.

Mia hockt sich zu mir aufs Sofa und spielt mit dem Saum ihres Rockes.

„Wo ist Oliver?"

„Draußen, er wollte noch was aus dem Auto holen."

„Ich schätze, ich habe mich bei dir angesteckt mit der Magen-Darm-Grippe. Ich meine, wegen gestern ..."

Sie schlägt die Beine übereinander und beobachtet, wie der Moderator einer Quiz-Show einer rundlichen, grauhaarigen Frau die Frage stellt, wer 1992 Fußball-Weltmeister war. „Das weiß die nie", murmelt sie und seufzt. Dann dreht sie sich wieder zu mir um und sieht mir direkt in die Augen. Auf diese Frontalkonfrontation bin ich nicht vorbereitet. Ich verpasse den Zeitpunkt wegzusehen und bleibe in ihrem Blick hängen.

„Juli, du kannst dich nicht bei mir angesteckt haben."

„Warum nicht? So viel habe ich gestern auch nicht getrunken. Na gut, ein oder zwei Bier, aber ..."

„Das meine ich nicht", sagt sie schnell.

„Sondern?"

„Ich habe nie eine Magen-Darm-Grippe gehabt."

Ich setze mich auf, nach einer Minute beruhigt sich die Achterbahn in meinem Kopf. „Halte mich nicht für blöd", sage ich, „aber bist nicht du diejenige, die die ganze letzte Woche über der Kloschüssel gehangen hat? Und zwar mit dem Kopf zuerst?"

„Julia, ich bin schwanger."

Peng. Wenn sie einen Revolver aus ihrer Handtasche gezogen und mir ein Loch in den Bauch geschossen hätte, hätte ich mich ungefähr genauso gefühlt. Genauso hohl und mies und leer.

Es ist so still, dass ich mein eigenes Atmen wahrnehme, durchdrungen nur von der nervtötenden Stimme des Moderators.

„Du bist *was*?"

„Du hast richtig gehört. Wir waren heute in der Apotheke und haben einen Test besorgt. Wir haben drei gemacht, um ganz genau zu sein. Wir wollten sicher sein, bevor wir es dir sagen. Und wir waren uns einig, dass es besser ist, wenn ich es dir selber sage."

„Ich kapiere nicht, was daran besser sein soll", flüstere ich. Ich will schreien, kann aber nicht, meine Stimmbänder scheinen plötzlich aus Sandpapier zu bestehen.

„Sieh mal, das ist vielleicht ein Schock für dich, aber das Haus ist groß genug für uns alle vier, wir werden eines der Zimmer renovieren, vielleicht kriegt das Baby sogar das neben deinem, das wäre doch schön, oder?"

„Wunderschön."

Meine Stimme trieft vor Sarkasmus, wenn Oliver hereinkommt, wird er darauf ausrutschen, doch er traut sich nicht, bastelt weiter in der Garage an seinem Auto.

Feigling!

Ich betrachte Mias katzenhafte Augen unter der blassen Stirn und dem leuchtend roten Haar. Manchmal wünschte ich mir fast, ich könnte sie mögen, schließlich kann sie nichts dafür, dass sie sich in ihn verliebt hat, solche Dinge passieren einfach. Aber dann sagt sie wieder Sachen, bei denen ich durchdrehen könnte. Das mit dem Kinderzimmer zum Beispiel: sie spricht über den Raum meiner Mutter, als hätte es sie nie gegeben. Ich habe Angst, dass sie Recht hat, dass sie Oliver und mir entgleitet, von Jahr zu Jahr mehr, und irgendwann nur noch ein Schatten auf den alten Familienfotos ist, die man einmal im Jahr zu Weihnachten hervorkramt.

Ich wünschte, Oliver wäre da, jetzt. Ich wünschte, ich könnte mich einfach in seine Arme werfen, so wie früher.

„Wann heiratet ihr?", höre ich mich fragen.

„Im Frühjahr, dachten wir."

Ich erhebe mich mühsam. Mein Körper ist taub wie nach einem hundertjährigen Schlaf, meine Beine gehorchen mir kaum.

Ich muss weg, endgültig. Diesmal werde ich nicht mitten in der Nacht zurückkehren. Diesmal wird es für immer sein.

„Wo willst du denn hin, Julia? Ist dir schlecht? Du bist auf einmal ganz weiß im Gesicht!"

„Scheißegal."

„Wie bitte?"

„Es ist scheißegal, wo ich hingehe, oder, Mia? Ich mache Platz für euch, das ist das Einzige, was zählt. Und sag meinem Bruder, er kann mich mal!"

Ich stürme hinaus, mein Fahrrad lehnt an der Hauswand. Oliver steht plötzlich vor mir und will mir die Hand auf den Arm legen, doch ich schüttle ihn ab.

„Was ist mit dir passiert?", schreie ich ihn an. „Was ist aus deinen Träumen geworden? Willst du das hier?" Ich deute hinüber zu den säuberlich gemähten Vorgärten, in denen Sandkästen und Schaukelgerüste auf den nächsten Tag warten. „Willst du das?"

Ich warte seine Antwort nicht ab. Springe auf das Rad und trete in die Pedale. Es ist kalt, der eisige Wind fährt sofort unter mein T-Shirt, aber er hält mich nicht auf. Ich bin schnell, das jahrelange Training auf dem Schulweg zahlt sich aus. Ich denke nicht darüber nach, wohin ich eigentlich will. Die Straßenlaternen fliegen an mir vorbei wie winzige Lichtpunkte.

Irgendwann beginnt es zu regnen. Die Tropfen machen den Asphalt dunkel und glatt, aber es ist längst zu spät, um zu bremsen. Ich bin mitten auf dem Abhang des einzigen Berges weit und breit und halte den Lenker umklammert wie eine Wahnsinnige, starre auf die weiße Linie links neben mir und versuche, sie nicht zu verlieren.

Wie aus dem Nichts sind da zwei Lichter, wie Augen eines Drachen sehen sie aus, und sie nähern sich mir mit rasender Geschwindigkeit. Als er mich berührt, spüre ich einen Schlag gegen meine linke Seite, dann fliege ich durch die Luft. Und dann gar nichts mehr. Nur Stille.

7

Das Erste, was ich danach wahrnehme, ist das ohrenbetäubende Piepsen der Maschinen. Ich weiß sofort, wo ich mich befinde. Wahrscheinlich habe ich zu viele Folgen *Emergency Room* gesehen. In der Serie sind die Leute, wenn sie aus der Bewusstlosigkeit erwachen, immer so gerührt, dass sie sich auf der Stelle mit ihrer gesamten Familie versöhnen und der langjährigen Freundin endlich einen Heiratsantrag machen. Ich habe allerdings den Verdacht, dass ich in eine der wenigen Folgen geraten bin, die nicht so positiv ausgehen, denn ich kann meinen Körper nicht mehr bewegen. Es ist, als wäre er gar nicht da. Ich bringe es nicht einmal fertig, meine Augen zu öffnen, obwohl ich offenbar wach bin, denn ich höre Stimmen. Eine davon sagt „Schwester Annemarie, sie kommt zu sich", und ich glaube nicht, dass jemand im Himmel so etwas von sich geben würde, vorausgesetzt, ich käme jemals dorthin, wofür die Chancen nicht allzu gut stehen.

Ich warte auf den Schmerz, doch er kommt nicht. In meinen Armen und Beinen steckt Watte, und es dauert eine geraume Weile, bis mir klar wird, dass es an den Medikamenten liegen muss, die sie mir geben.

„Julia? Kannst du mich hören?", fragt eine fremde Frauenstimme. Sie klingt eigentlich ganz nett.

„Ich gebe dir jetzt meine Hand, und du versuchst, sie zu drücken, okay?"

Ich versuch's ja, ich versuche es wirklich, aber meine Finger wiegen heute schätzungsweise zehn Kilo. Jeder einzelne von ihnen.

„Sehr gut. Kannst du jetzt versuchen, die Augen zu öffnen?"

Für dich tue ich alles.

Es ist neblig im Krankenhaus. Nein: Sie haben mir meine Brille geklaut. Verschwommen sehe ich ein Gesicht über einem grünen Kittel. Das Licht ist zu hell, es blendet, so als würde ich mitten im Sommer auf einer Wiese liegen und in die Sonne starren. Die Infusionsflaschen hängen direkt neben meinem Bett, wenn ich den Kopf ein kleines bisschen drehe, kann ich undeutlich die klare Flüssigkeit sehen, die langsam in mich hineintropft.

„Wie geht es dir?"

Was ist das für eine beschissene Frage? Wie soll es einem schon gehen, wenn man einem Drachen in der Nacht begegnet ist und seinen Körper nicht mehr unter Kontrolle hat?

Ich versuche, mit dem Kopf zu nicken, aber das tut so weh, dass ich es sofort wieder lasse.

„Das Sprechen wird dir anfangs noch schwerfallen, aber das raue Gefühl in der Kehle gibt sich nach ein paar Tagen."

Angestrengt starre ich sie an.

„Du willst wissen, woher es kommt, oder?"

Ich blinzle. Einmal heißt ja, zweimal bedeutet nein.

„Der Notarzt musste dich intubieren. Du hättest dich fast davongemacht da draußen auf der Straße, nachdem der LKW dich erwischt hat. Aber dann bist du zurückgekommen."

Ein Autounfall? Gott, kein Mensch wird mir glauben, mein Therapeut am allerwenigsten! Erstens, dass ich mich nicht umbringen wollte, und zweitens, dass ich nicht meine Eltern imitieren wollte. Dabei ist das totaler Blödsinn. Ich würde mich niemals selber um die Ecke bringen, und falls doch, würde ich sicherlich eine weitaus originellere Variante wählen.

Ich wollte weg, das ist alles. Nach Bombay oder wohin auch immer. Und plötzlich fällt sie mir wieder ein, die Sache mit dem Baby und der Hochzeit.

„Ist alles in Ordnung mit dir?"

Schwester Annemarie checkt die Monitore neben meinem Bett. Wie Fernsehen, nur dass es mein eigener Körper ist, der das Programm macht.

„Wo bin ich?", krächze ich heiser. Es ist erschreckend, wie fremd und hässlich meine Stimme klingt.

„Auf der Intensivstation. Ich bin Schwester Annemarie, ich habe mich die letzten Tage um dich gekümmert."

„Was …"

Ich kann nicht weiter. Die Worte bleiben einfach in meinem Hals stecken.

„Warte, ich werde den Doktor holen, der kann dir ganz genau erklären, was mit dir los ist."

Sie verschwindet mit einem letzten Blick auf die Linien und Zahlen auf meinem Bildschirm. Ich bewege meine rechte Hand, es dauert Stunden, so scheint es mir, bis die Finger sich zur Faust ballen, aber immerhin, sie tun es. Ich probiere das Gleiche mit der linken Hand, mit demselben Ergebnis. Ich scheine immerhin kein vollkommener Krüppel zu sein.

Die Zehen des rechten Fußes krümmen sich, ich werde geradezu euphorisch – aber dann ist Schluss. Mit dem linken Bein stimmt etwas nicht, es weigert sich, mir zu gehorchen, und als ich es trotzdem probiere, kommt endlich der Schmerz. Er ist nicht wie irgendein Schmerz, den ich schon einmal gefühlt habe. Er übertrifft alles andere, er ist brutal und hart und schießt ungefiltert bis hinauf in mein Hirn.

„Hallo Julia", sagt eine Männerstimme, „ich habe gehört, du bist aufgewacht?"

Ich versuche, den Kopf zu heben. Die Monitore beginnen, sich zu drehen, dann muss ich mich übergeben. Schwester

Annemarie hält mir eine Pappnierenschale unter das Kinn. Sie fährt mir mit einem feuchten Waschlappen über das Gesicht wie früher meine Mutter. Dann zieht sie eine weitere Flüssigkeit auf und spritzt sie in eine meiner Infusionen.

„Keine Angst, die Übelkeit wird gleich besser", sagt der Doktor und starrt auf die Zickzacklinie.

Interessiert ihn eigentlich auch noch etwas anderes als dieser blöde Monitor?

„Wo ist meine Brille?", flüstere ich.

Schwester Annemarie greift in mein Nachtkästchen und holt sie heraus.

„Sie war zerbrochen bei dem Unfall, aber dein Bruder hat sie reparieren lassen."

Zum ersten Mal sehe ich ihr Gesicht ohne Nebelschwaden. Sie ist etwa Mitte fünfzig, feine Linien ziehen sich um ihre Augen und ihren Mund, Lachfältchen, obwohl ich mir beim besten Willen nicht vorstellen kann, dass es in ihrem Job viel zu lachen gibt.

„Ich bin Dr. Reimers", sagt der Arzt und berührt meine Hand, „ich habe dich operiert."

Ich starre ihn schweigend an. Habe nicht die leiseste Ahnung, wovon er spricht, ich kann mich an nichts erinnern, außer an die Straße und die mir entgegenkommenden Lichter.

„Der LKW hat dich auf der linken Seite erwischt und durch die Luft geschleudert, zum Glück bist du auf einer Wiese gelandet und nicht auf dem Asphalt. Du hast eine Gehirnerschütterung und multiple Prellungen und Abschürfungen, aber das ist alles nicht so dramatisch ..."

Jetzt kommt er, der Hammer. Ich merke es an der Art, wie er Luft holt, bevor er spricht. Als würde er sich den Mut, den er braucht, von ganz tief aus dem Bauch nach oben holen.

„Dein linkes Bein hat es ziemlich übel getroffen, du hast gleich mehrere komplizierte Brüche. Wir haben es natürlich sofort operiert."

Er räuspert sich und sieht mir nicht in die Augen, stattdessen blättert er in seinen Papieren.

„Die Wahrheit ist, dass wir noch nicht wissen, ob wir nicht doch amputieren müssen. Tut mir leid, dir das sagen zu müssen, aber einige Nerven sind geschädigt worden."

In Sekundenschnelle rasen Bilder vor meinem inneren Auge vorbei: Juli im Schwimmbad, auf dem Mountainbike, beim Joggen. Und dann: Filmriss. Ich sehe nur noch Rollstuhl, Krücken, ein Bein.

Ich drehe den Kopf zur Wand, aber da ist nichts, nur ein Vorhang, der mich vom nächsten Patienten trennt. Auf der anderen Seite befindet sich eine Glasscheibe, hinter der hektisches Treiben herrscht. Keinerlei Fluchtmöglichkeit vorhanden.

Das Piepsen des Monitors wird schneller, er gibt ein durchdringendes Alarmsignal von sich.

Verdammt, wo kann man die Dinger abstellen?

„Du darfst dich nicht so aufregen", sagt Schwester Annemarie und streicht mir über das Haar, dann reicht sie dem Arzt eine Spritze.

„Gebt mir alles, was ihr habt!", würde ich am liebsten schreien, aber ich kann nicht, nicht einmal das bringe ich zustande. Ich bin eine kraftlose Puppe mit Schläuchen in der Blase und in den Venen, deren Körperfunktionen exakt aufgezeichnet werden. Sie wissen alles von mir: wie viel Urin ich ausscheide, wie schnell mein Herz schlägt, wie viel Sauerstoff ich ein- und wieder ausatme.

Ob sie auch meine Gedanken lesen?

„Wie geht es dir jetzt? Hast du Schmerzen?", fragt Schwester Annemarie nach einer Ewigkeit.

„Nein."

„Das ist gut. Du hast ziemlich viele Schmerzmittel bekommen, aber wir werden sie jetzt langsam reduzieren, also sind wir auf deine Mitarbeit angewiesen. Darauf, dass du uns sagst, wie du dich fühlst."

Ich nicke langsam. Wenn ich meinen Kopf im Schneckentempo bewege, dreht sich der Raum nicht ganz so schnell, und die Übelkeit hält sich in Grenzen.

„Es war jeden Tag Besuch für dich da, aber deine Klassenkameradinnen mussten wir leider wieder nach Hause schicken, hier sind nämlich nur Angehörige erlaubt."

Wer? Wer war hier?

Ich bleibe stumm.

Vergiss sie!

„Wie lange war ich bewusstlos?", frage ich stattdessen.

Es kommt mir vor, als wären nur Minuten vergangen, seitdem ich aufs Rad gestiegen bin, aber vielleicht liegt das auch nur an der dumpfen Leere in meinem Hirn, die jeden rationalen Gedanken zunichte macht.

„Drei Tage. Du bist zwischendurch immer mal wieder für ein paar Sekunden aufgewacht, aber ich schätze, du kannst dich nicht daran erinnern, oder?"

Ich schüttle den Kopf. In Zeitlupe.

„Du hast bestimmt eine Menge Fragen, Julia", sagt Schwester Annemarie und füllt eine Waschschüssel mit Wasser. „Ich mache dich jetzt fertig für die Nacht, und wir heben sie uns für morgen auf, ist das in Ordnung für dich?"

Ich antworte nicht. Schließe die Augen und überlasse mich dem Dämmerschlaf. Vielleicht irren sie sich, vielleicht haben sie mich verwechselt und meinen gar nicht mich? Schließlich bin ich erst siebzehn, beinamputiert sind doch nur alte Männer, die im Krieg gewesen sind, oder?

Als ich erwache, sitzt Mia neben meinem Bett. Ich will den Kopf wegdrehen, aber dann denke ich an die Übelkeit und lasse es lieber. Sie sieht blass aus, unter ihren Augen liegen tiefe Schatten.

Ich lausche in mich hinein, ob ich den Hass wiederfinde, den ich gespürt habe, als wir uns das letzte Mal begegnet sind, aber da ist nichts. Es ist, als wäre ich mitsamt dem ganzen Hass in meinem Kopf gegen eine Wand geprallt. Übrig geblieben ist nur Erschöpfung.

Vielleicht liegt es an den Medikamenten, die mich ruhigstellen, damit mein Körper sich von dem Stress des Unfalls erholen kann? Posttraumatischer Aggressionsstoffwechsel nennt sich das, wenn der Körper nach einem Crash verrückt spielt, Schwester Annemarie hat es mir gestern noch erklärt. Vielleicht haben die Serienmacher auch Recht. Vielleicht verschieben sich ganz einfach die Relationen, wenn man lange genug Krankenhausluft geatmet hat.

Ist Mia schuld daran, dass ich hier liege?

Sinnlos. Solche Fragen bringen einen bloß um den Verstand.

„Wie geht es dir?", fragt sie.

„Wonach sieht es denn aus?", antworte ich. Sie lächelt. Und es ist ein verdammt gutes Gefühl, ihr Lächeln hier zu sehen.

„Der Arzt hat uns gesagt, dass sie für dein Bein tun, was sie können."

Mein Bein? Das Ding da unten kann unmöglich zu meinem Körper gehören, der Schmerz darin ist unberechenbar wie ein Raubtier.

„Was macht das Baby?", krächze ich heiser.

„Es geht ihm gut, glaube ich."

Ich lecke mir über die ausgetrockneten Lippen.

„Und Oliver?"

„Er war die ganze Nacht hier, nachdem er erfahren hat, dass du aufgewacht bist. Vorhin habe ich ihn dann nach Hause geschickt, damit er sich mal ausschläft. Willst du, dass ich ihn herhole?"

„Nein."

Sie steht auf und nimmt den Becher von meinem Nachtkästchen. Er sieht aus wie für ein Kleinkind gemacht, bruchsicher und mit einem Schnabel zum Trinken.

„Hier, willst du einen Schluck Tee?"

Die Flüssigkeit ist kalt und gleitet meine Kehle hinunter. Beziehungsweise das raue Etwas, das früher mal meine Kehle gewesen ist.

„Ich hatte dir Blumen mitgebracht. Aber sie haben gesagt, die wären hier nicht erlaubt."

„Was für welche waren es?"

„Sonnenblumen."

Sie hat haargenau meine Lieblingsblumen erwischt. Keine Ahnung, wo sie die im September hergezaubert hat.

Das Sprechen macht mich müde. Ich sehe, wie Mia ihre Lippen bewegt, aber ich verstehe die Worte nicht mehr, die aus ihrem Mund kommen.

„Zeit für deine täglichen Bewegungsübungen, Julia."

Eine Frau, die ich noch nie gesehen habe, stellt sich am nächsten Tag als Helen, meine Physiotherapeutin, vor und tritt neben mein Bett.

„Ich werde jetzt dein Bein bewegen, damit die Gelenke geschmeidig bleiben und du nicht alle Muskelmasse verlierst."

Ich will nicht, dass sie das Ding, das unter meiner Decke lauert, auch nur ansieht, aber ich habe keine Chance, ihr zu entkommen.

Helen beginnt, mein Bein zu dehnen und zu beugen, mir schießen die Tränen in die Augen, aber ich will nicht heulen. Ich sperre mich mit aller Macht gegen ihre tastenden Hände, die keine Ruhe geben. Nach einer Ewigkeit hört sie endlich auf und lächelt mir mitten ins Gesicht.

„Wenn du es schaffst, heute etwas zu essen, kannst du bald auf eine normale Unfallstation verlegt werden, und dann fangen wir mit dem Gehtraining an."

„Heißt das etwa, ich kann mein Bein behalten?"

Dr. Reimers ist hinter Helen in den Raum gekommen.

„Tja, Julia, gute Neuigkeiten: Wie es aussieht, ja."

Er zwinkert mir hinter seinen runden Brillengläsern zu.

Und dann fange ich doch noch an zu heulen.

8

Normale unfallchirurgische Station. Das bedeutet: Ende der Einzelhaft. Im Bett neben mir liegt eine junge Frau, sie heißt Miriam, ihr Bein ist ebenfalls gebrochen, ein Motorradunfall, jetzt steckt ein Metallgestell darin und durchdringt ihre Haut. „Fixateur externe" nennt sich das Ganze. „In ein paar Wochen bin ich das Ding los", sagt Miriam. Sie ist meistens gut drauf, jeden Tag bekommt sie Besuch von ihrem Freund, Süßigkeiten und Stofftiere türmen sich auf ihrem Nachttisch.

Mir fehlt Schwester Annemarie, sie hat sich mit den Worten „Ich hoffe, du kommst nicht so bald wieder" und einem Lächeln von mir verabschiedet. Hier wechseln die Pflegekräfte jeden Tag; mir schwirrt der Kopf vor lauter „Sandras" und „Ritas", aber eigentlich ist es auch egal, sie tragen alle das Gleiche und machen die gleiche routinierte Arbeit.

Mia und Oliver besuchen mich abwechselnd. Mehrmals täglich mache ich meine Übungen, mittlerweile schaffe ich es, mit Krücken von unserem Zimmer bis zum Schwesternstützpunkt zu laufen. Ich nehme brav meine Schmerztropfen und versuche, ein paar Bissen von dem grauenhaft schlechten Essen hinunterzuwürgen. Bei der Visite lächelt der Arzt und sagt, ich habe Glück gehabt, die OP-Narben verheilen komplikationslos. Wie kommt es dann, dass ich mich ganz und gar nicht glücklich fühle?

Von dem Fenster neben meinem Bett kann ich ein Stück Mauer sehen und ein winziges Dreieck vom Himmel. Meistens ist er grau, manchmal regnet es.

Ich verliere das Zeitgefühl, manchmal wache ich nachts auf und kann nicht wieder einschlafen, dann bekomme ich eine Tablette und dämmere davon, wenigstens für ein paar Stunden, bis es wieder hell wird.

Oliver bringt mir nach zwei Tagen einen dicken braunen Umschlag mit.

„Der ist heute für dich gekommen, von der Schule."

„Danke."

Ich lege ihn in meine Schublade, er ist ziemlich schwer.

„Willst du ihn nicht aufmachen?"

„Später."

Ich will nicht vor Oliver die Fassung verlieren.

Am Nachmittag kommt Katja.

„Was machst du hier?", frage ich. Ich will nicht, dass sie mich so sieht, in diesem Krankenbett!

„Ich war schon ein paar Mal da, als du noch auf der Intensivstation lagst, aber sie haben mich nicht zu dir gelassen."

„Ich weiß."

Sie zieht einen Stuhl heran und hockt sich neben mich. „Wann kommst du hier raus?"

„Ende nächster Woche vielleicht, sagen die Ärzte."

„Prima, dann kannst du mit zu Konrads Geburtstagsfeier am Wochenende kommen!"

Ich starre sie an. Deute auf mein Bein, das auf der Decke liegt. „Schon vergessen?"

Sie antwortet nicht.

„Tut es noch sehr weh?", fragt sie stattdessen.

„Nein, sie geben mir zurzeit noch so viele Schmerzmittel, wie ich haben will."

Katja nickt. „Ich soll dich ganz herzlich von allen grüßen. Hast du unseren Brief bekommen?"

„Nein. Das heißt doch, Oliver hat ihn heute mitgebracht, aber ich habe ihn noch nicht geöffnet."

Sie baut kleine weiße Baumwollhügel auf meiner Bettdecke, die sie sofort wieder einreißt.

„Ich habe alle Hausaufgaben für dich gesammelt. Wenn du möchtest, können wir sie zusammen durchgehen, sobald du entlassen wirst."

Sie kapiert es einfach nicht. Wie soll sie auch? Sie hat keine Ahnung, wie es hier drinnen läuft.

„Katja, sie sagen, ich muss für mehrere Wochen zur Reha, sobald ich hier raus kann. Du weißt, was das bedeutet, oder? Vermutlich darf ich noch einmal mit der Zwölften anfangen. Meine Noten waren so schon nicht gerade überzeugend."

„Scheiße", sagt Katja erschrocken. Es ist lange her, dass ich dieses Wort aus ihrem Mund gehört habe.

„Kannst du wohl laut sagen! Was hat das alles noch für einen Sinn? Ich kenne niemanden aus der Stufe unter uns. Da kann ich mir gleich die Kugel geben."

Ich drehe den Kopf weg, aber alles, was ich sehe, ist Miriams Körper unter der Decke, die vorgibt zu schlafen. Irgendwo hinter meinen Augen muss ein Hohlraum sein, darin sammeln sich die Tränen und warten darauf, eines Tages einfach hinauszufließen.

Wenn die allen Ernstes erwarten, dass ich mit dieser verdammten Fälschung von einem Bein in die Schule zurückkehre, und dann noch in die Babyklasse unter uns, dann haben sie sich gewaltig getäuscht! Lieber verschwinde ich, irgendwohin, wo mich niemand kennt.

„Du wirst wieder gehen können", hat Dr. Reimers gesagt. Also werde ich gehen. Und zwar weit genug weg von hier!

„Es tut mir leid", sagt Katja leise und berührt vorsichtig meine Hand. Ich lasse sie liegen wie einen Gegenstand, den jemand dort vergessen hat. Betrachte ihre Finger, sie trägt neuerdings einen schmalen Ring an der linken Hand. Von Konrad?

„Aber Juli, Selbstmitleid hilft dir jetzt auch nicht weiter, oder?"

„Na, besten Dank!" Meine Stimme klingt hart. „Wenn du nur gekommen bist, um mir das zu sagen ..."

Sie ahnt nicht, wie es sich anfühlt, wenn dir jemand die Bettschüssel unter den Hintern schiebt, weil du es nicht einmal alleine bis zum Klo schaffst. Dieses Krankenhaus ist ein Labyrinth, in dem man wochenlang verschwinden kann und die Hoffnung verliert, jemals wieder ein eigenständiger Mensch zu sein, dem die Mahlzeiten nicht portionsweise auf Plastiktabletts serviert werden.

„Ich will dir ja nur helfen", sagt Katja und hält meinem Blick stand. Sie fährt sich mit der Hand über den Mund und sieht schnell zu Miriam hinüber, die sich nicht rührt.

„Weiß ich", würge ich heraus und wechsle das Thema. „Wie geht es eigentlich Sophie?"

Sie sieht mich überrascht an. „Besser, glaube ich. Sie ist über den Typen hinweg, nachdem er ihr erzählt hat, dass er sich mit einem Mädchen aus seinem Dorf verlobt hat."

Katja lächelt mich an, und ich lächle zurück. „Ist sie noch sauer auf mich?"

„Nein. Aber ich glaube, sie traut sich nicht hierher."

„Kann ich dir eine Nachricht für sie mitgeben?"

„Sicher."

Sie zieht ihre Schultasche zu sich heran und angelt einen Block mit kleinen bunten Zetteln und einen Kugelschreiber heraus.

Ich schreibe zwei Worte, „Liebe Sophie", dann ist es aus. Was sagt man einer Freundin, die man seit Monaten vernachlässigt hat?

Augen zu und durch:

„Ich habe mich wie eine Idiotin benommen. Verzeihst du mir noch mal?"

Ich unterschreibe, und Katja faltet den Zettel ungelesen zusammen und steckt ihn in die Tasche ihrer Jeans. Sie steht auf.

„Ich muss langsam los, ich hab heute Geigenunterricht." Sie zieht eine Grimasse. „Ach ja: Die Neue hat die Schule übrigens wieder verlassen."

„Franzi?"

Katja nickt und schultert ihre Ledertasche.

Mein Magen zieht sich zusammen. Für eine Sekunde denke ich, ich muss mich übergeben.

Einatmen, Luft anhalten, weiteratmen. Es funktioniert.

„Aber wieso?"

„Ihr Vater wollte beruflich nach Berlin zurück. Hier in der Provinz lohnte sich das Geschäft wohl doch nicht so."

Katja betrachtet die Mauer vor meinem Fenster. „Sie hat sich von niemandem verabschiedet. Ziemlich arrogante Tussi, wenn du mich fragst!"

Sie zuckt mit den Schultern und wendet sich zur Tür, und ich schließe die Augen.

„Bis morgen, ja?"

„Ja, morgen."

Geh endlich!

Als die Tür zugeht, bewegt Miriam sich, gähnt demonstrativ und schaltet den Fernseher an. Sie erwischt eine Sendung, in der hässlicher Schmuck zu überteuerten Preisen angeboten wird, und grinst.

Sie hat sich von niemandem verabschiedet.

Bin ich das für sie, niemand?

Ich taste nach dem Umschlag in meiner Nachttischschublade und reiße ihn auf. Karten, Fotos von unserer letzten Klassenreise und Zettel ergießen sich über meine Bettdecke. Ich falte eines der Papierstücke nach dem anderen auf und lese sie, die meisten haben einen flapsigen Spruch oder ein paar kitschige Zeilen geschrieben. Franzis Worte kommen als Letzte, sie hat sie auf eine herausgerissene Blockseite gekritzelt:

Wenn Du das hier liest, bin ich in Berlin und wir werden uns nicht wiedersehen. Ich wünsche dir jemanden mit mehr Mut, als ich ihn hatte.

Keine Unterschrift, kein Wort des Abschieds, nichts.

Draußen fährt ein Auto vorbei, biegt quietschend um die Kurve und verschwindet in der Abenddämmerung. Das Leben hier drin geht seinen gewohnten Gang, eine Schwester bringt das Abendbrot, das jeden Tag gleich schmeckt. Miriam telefoniert mit ihrem Freund, und während der gesamten Zeit konzentriere ich mich darauf zu atmen. Mich ganz vorsichtig zu bewegen, um herauszufinden, ob ich noch ganz bin, ob die Nachricht, dass Franzi nach Berlin gegangen ist, nicht ein Stück von mir herausgerissen und aus dem Fenster geweht hat.

Die Sohlen der Nachtschwester machen leise schmatzende Geräusche auf dem Linoleum. Sie steckt den Kopf durch die Tür, und ich stelle mich schlafend, dabei kann ich mir nicht vorstellen, jemals wieder zu schlafen. Um halb drei lasse ich mir von ihr schließlich eine Tablette geben, Zaubermittel gegen die Einsamkeit in einem durchsichtigen Plastikbecher.

Ich schlucke sie im Bad, um Miriam nicht zu wecken, die leise vor sich hin schnarcht. Die Wände hier sind blendend weiß und bleich ist auch mein Gesicht im Spiegel, wenn ich hundert Tage in einem Knast ohne Hofgang verbracht hätte, könnte ich nicht bleicher sein. Meine Augen hinter den Brillengläsern ähneln der Tiefsee: schwarz, lichtlos und ohne Grund. Meine Haare müssten dringend geschnitten werden, stumpf stehen sie in alle Richtungen ab, aber wozu zum Friseur gehen? Wer schaut schon einen Krüppel an, außer wenn es unbedingt sein muss?

Meine Arme, die aus dem Schlafanzugoberteil herausragen, wirken rappeldürr und knochig.

„Altes Nachtgespenst", sage ich laut und zeige meinem Spiegelbild den Mittelfinger, doch meine Stimme klingt hohl. Schnell knipse ich das Licht aus und humpele im Halbdunkel zurück. Meine Krücken stoßen an Miriams Bett, sie seufzt nur leise im Schlaf und dreht sich auf die andere Seite.

Ich liege da und starre die Decke an im Licht der Laterne, das vom Parkplatz hereindringt, lausche auf ihren Atem, bis die Tablette endlich anfängt zu wirken. Keine Alpträume mehr heute Nacht! Nur schlafen.

Am Morgen zerreiße ich Franzis Brief in winzige Schnipsel und lasse sie aus dem Fenster fliegen. Es regnet. Die Papierfetzen verwandeln sich auf dem Asphalt langsam in grauen Matsch.

9

Der Termin meiner Entlassung rückt näher und mit ihm kommt die Panik. Hier drinnen fühle ich mich sicher, wenn ich durch die Gegend humpele. Da draußen ist die Wirklichkeit, und sie hat unzählige Augen.

Oliver schleppt schön bebilderte Kataloge der Reha-Kliniken im Umland an, die sich ungelesen auf meinem Nachttisch stapeln. Ich will nicht dorthin. Ich will weg von hier, an einen Ort, an dem mich niemand kennt. An dem ich fallen und wieder aufstehen darf.

Dr. Reimers sitzt an meinem Bett, wahrscheinlich hat Oliver ihn geschickt. Er sagt schöne Sätze, die wie auswendig gelernt klingen und nichts mit meiner Welt zu tun haben.

„Komm mit, ich will dir jemanden vorstellen."

Er bringt mich auf die Kinderstation im Erdgeschoss, auf der ich normalerweise auch gelandet wäre, wenn meine Verletzungen nicht so schwer gewesen wären.

Wir fahren durch bunt bemalte Flure, in denen kleine Patienten spielen, einige tragen Verbände am Kopf oder Kanülen in den Armen, ansonsten erinnert nichts an die sterile Krankenhausatmosphäre aus den oberen Stockwerken.

„Was machen wir hier? Wollen Sie auf die Mitleidsdrüse drücken? Das funktioniert bei mir nicht!"

„Wart's ab", antwortet Dr. Reimers und weicht lächelnd einem Zweijährigen auf einem Rutschauto aus.

Er geht in eines der Zimmer, die nur durch Glasscheiben voneinander getrennt sind. Das erste Bett ist leer, im zweiten sitzt ein Junge, ungefähr in meinem Alter, und liest Comics.

„Ich habe dir jemanden mitgebracht."

Der Junge hebt den Kopf, mustert mich neugierig und reicht mir die Hand.

„Hi, ich bin Marius, und du?"

„Julia."

„Ich lasse euch mal allein", sagt Dr. Reimers und verschwindet.

„Was soll der Mist?", frage ich, und Marius zuckt mit den Achseln, dann deutet er auf den Rollstuhl, der neben seinem Bett steht und den ich bis jetzt übersehen habe.

„Anschauungsunterricht vielleicht?"

„Hattest du etwa auch einen Unfall?"

„Ja, aber schon vor zwei Jahren. Querschnitt, endgültig. Seitdem spinnen meine Nieren manchmal, deshalb bin ich immer mal wieder hier. Mein zweites Zuhause sozusagen." Er grinst und fährt sich durch die schwarzgefärbten Haare. „Und bei dir?"

„Mir ist ein LKW reingefahren, als ich mit dem Rad unterwegs war."

Marius pfeift durch die Zähne.

„Nicht schlecht, damit übertriffst du mich. Aber nur beinahe."

„Du meinst, ich habe ganz gute Chancen auf der Hitliste der schlimmsten Unfälle?"

„Definitiv."

„Was hast du denn angestellt?"

„Ich bin gesprungen", sagt Marius.

„Vom Hochhaus? Ernsthaft? Ich wollte schon immer mal wissen, wie sich das anfühlt!"

„Mann, dann säße ich wohl kaum noch hier!", antwortet Marius und tippt sich kopfschüttelnd an die Stirn. „Ich war mit zwei Freunden am Baggersee schwimmen. Den Baum, der am Ufer steht, kannte ich seit meiner Kindheit. Muss irgendwie unglücklich abgerutscht sein, jedenfalls war das Wasser zu flach für mich. Oder ich zu schnell für das Wasser, wie man's nimmt." Er klappt seinen Comic zu. „In der einen Sekunde besteht die Welt bloß aus Sommerferien, Sonnenlicht und Unbeschwertheit, und in der nächsten macht es Rumms, und das war's dann."

Er wirft das Buch auf den Nachttisch, doch er trifft nicht ganz, es rutscht ab und fällt aufgeschlagen zu Boden.

„Du redest darüber, als wäre es bloß eine Geschichte, die du in der Zeitung gelesen hast", stelle ich fest.

„Na und? Was soll ich denn deiner Meinung nach tun? Den ganzen Tag zu Hause sitzen und heulen? Das machen meine Eltern schon, und es hat sie bisher auch keinen Schritt weiter gebracht."

Ich sehe aus dem Fenster, doch der Park ist leer bis auf eine alte Frau, die einen Rollstuhl mit einem Patienten darin zum Seerosenteich hinunterschiebt.

„Was fängst du an mit deiner Zeit, außer essen, schlafen, lesen und fernsehen? Ich langweile mich zu Tode hier!"

Marius lacht und schwingt sich mit einem kräftigen Stoß seiner Arme vom Bett in den Rollstuhl. Die Muskeln an seinen Unterarmen treten deutlich hervor.

„Machst du Witze? Ich kann fast alles, genauso so wie früher. Na gut, Joggen fällt wohl flach", sagt er und grinst noch ein bisschen breiter. Falls das überhaupt möglich ist. „Aber meine Schwester hat mir ein Liege-Fahrrad gebaut, das ich mit den Armen betreiben kann, damit bin ich verdammt schnell. Sie ist ziemlich geschickt, meine Schwester, weißt du? Sie hat einen eigenen Fahrradladen in der Innenstadt."

Er schnappt sich seine Jacke vom Stuhl und fährt vor mir her Richtung Tür. „Und ich spiele Schlagzeug in einer Band.

Wenn du magst, komm doch mal zu einem unserer Konzerte."

Ich nicke, mechanisch.

„Wenn ich von meiner Reha zurück bin, vielleicht."

„Cool, wohin gehst du denn?"

„Ich weiß noch nicht. Ich muss mir wohl dringend Gedanken darüber machen."

Marius hält mir die Tür auf und lächelt. „Lust auf ein Wettrennen?"

Mia kommt am Nachmittag. Sie hockt sich auf die Bettkante, obwohl das nicht gern gesehen ist.

„Was ist mit der Reha, Julia, hast du dich endlich entschieden?"

„Ja."

„Ja?"

Sie klingt überrascht.

„Ich mache es", antworte ich, „aber nur unter einer Bedingung."

„Und die wäre?"

„Ich darf mir die Klinik selber aussuchen."

Sie zupft nachdenklich an ihrem flaschengrünen Seidenrock herum. Ob ich es ihr sagen sollte? Wie gut sie darin aussieht?

„An was hattest du denn gedacht?", fragt Mia vorsichtig.

„Föhr."

Der Name der Nordseeinsel ist mir spontan eingefallen, ich habe früher oft die Sommerferien mit meinen Eltern dort verbracht. Der einsamste Ort, den ich mir zurzeit vorstellen kann. Genau das Richtige also für mich.

„Was stimmt nicht mit den Kliniken in der Umgebung?"

„Nichts. Alles. Ich muss hier weg, wo mich jeder kennt. Ich habe das Gefühl, diese Stadt ist erstarrt und ich bin es in ein paar Monaten auch, wenn ich bleibe."

„Aber …"

Ich unterbreche sie. „Nein, kein Aber, Mia, okay? Diesmal nicht!"

Langsam nickt sie. „Wenn du meinst, dass es das Richtige für dich ist, dann ist es das wohl auch."

Sie steht auf und geht, und der Film in meinem Kopf beginnt. Ich stelle mir vor, wie ich die Hauptstraße entlangschreite, nein, entlanghinke, wie die Heldin in einem alten Western. Die Leute, die ich kenne, stehen am Rand und sehen mir hinterher. „Habt ihr gehört, sie verlässt die Stadt?", flüstern sie.

Es ist mir egal, was sie sagen. Ich bin ein einsames Cowgirl, und ich steige auf mein Pferd und reite davon, in den Sonnenuntergang, und lasse nur eine Staubfahne zurück.

Das wär's.

Nur, dass die Frauen in den Western immer schön und blond sind, mit riesigen Brüsten und einem Schmollmund ausgestattet. Ich kann nichts davon vorweisen.

Das Kopfkino spult zurück; der Film beginnt erneut. Diesmal ist es eine Szene am Bahnhof: Ich humpele auf den Zug zu, Julia mit den langweiligen dunkelbraunen Haaren, einen Rucksack auf den Schultern und Krücken an der Seite. Es muss sich definitiv um einen Horrorfilm handeln! Doch halt, an meiner Seite geht ein schöner Prinz, der muss sich verlaufen haben. Jetzt wendet er den Kopf und reicht mir eine Tüte mit Proviant und da sehe ich erst, dass es Oliver ist, der sich verstohlen eine Träne aus dem Augenwinkel wischt.

Schnitt.

10

Kein Mensch hat mir gesagt, dass es im Herbst nichts Öderes als das Meer gibt. Nichts ist mehr zu sehen von den Sommerlichtpunkten auf der Oberfläche, stattdessen herrscht graue Unendlichkeit, nur ab und zu unterbrochen von einer einsamen Möwe. Der Wind türmt Wellen auf, die sich am Ufer brechen und anschließend wieder sang- und klanglos ins Nichts verschwinden.

Ich bin beinahe die Einzige an der Mole, die auf die letzte Fähre des Tages wartet. Außer mir ist nur ein älteres Ehepaar aus dem Zug gestiegen, sie drängen sich fröstelnd aneinander. Eine weitere Handvoll Touristen wartet in ihren gut beheizten Autos. Das Schiff nähert sich nur langsam, es ist schmutzig-weiß und hat eindeutig bessere Tage gesehen.

Wie bin ich eigentlich auf die Idee gekommen, dass diese Reha-Klinik genau das Richtige für mich ist? Kein normaler Mensch fährt um diese Jahreszeit an die Nordsee, außer er steht auf Kälte, Regen, Sturm und Nachsaisonlangeweile!

Ich war noch nicht einmal zehn, als ich das letzte Mal hier war. Alles, woran ich mich erinnern kann, sind Sandburgen, Eisbuden und Wasserschlachten mit Oliver.

Ich unterdrücke den Fluchtimpuls. Reiche dem Mann in der gelben Regenjacke meine Fahrkarte und betrete die

Fähre. Der Rucksack schneidet mir in die Schultern, doch ich brauche beide Hände für die Krücken. Sie verursachen ein seltsam hohles Geräusch auf dem metallenen Rumpf.

Als ich mein Gepäck endlich unter Deck verstaut habe, läuft mir der Schweiß über den Rücken. Die Luft hier unten ist abgestanden und riecht nach Benzin, und ich flüchte nach draußen, bevor mich die Übelkeit hinterrücks erwischt.

Wir haben bereits abgelegt und das Festland ist kaum noch zu sehen, als ich endlich wieder an Deck stehe. Die Wellen werden höher und das Schiff fängt an, unter meinen Füßen zu schlingern. Die See sieht plötzlich ganz und gar nicht mehr zahm aus. Hier oben ist es wie leergefegt, wahrscheinlich drängen sich die wenigen Passagiere unten im Café vor überteuerter heißer Schokolade.

Mein Bein tut weh von der ungewohnten Belastung. Vielleicht sollte ich doch hinuntergehen und mir einen Tee mit Rum bestellen. Vielleicht habe ich eine gute Chance, dass sie mich postwendend nach Hause zurückschicken, wenn ich besoffen in der Klinik ankomme? Meine Hände sind eiskalt; ich spüre sie kaum noch.

In der Ferne taucht Land auf, eine dunkelgraue Zickzacklinie in einem Ozean von anderen Grautönen. Verdammt, jetzt ist es zu spät für Tee mit Schuss. „Letzte Bestellung 30 Minuten vor dem Anlegen", so stand es auf einem Schild an der Treppe.

Ich hüpfe, humple, hinke wieder hinunter. Als ich über meine Lippen lecke, sind sie salzig von der Gischt, aber immerhin hat sich mein Magen an der frischen Luft etwas beruhigt. Ich habe total vergessen, wie sie schmeckt, diese Nordseeluft. Wie es sich anfühlt, am Morgen mit Sand auf dem Kissen aufzuwachen. Wie unglaublich kalt das Meer ist.

Oliver und ich haben uns nach dem Baden immer in unseren Strandkorb geflüchtet, das Dach so weit nach vorne gezogen, bis uns niemand mehr sehen konnte und das Zähneklappern aufhörte. Gedämpfte Geräusche und ein Geruch von Sonnenmilch und Lollipop-Eis, Salzwasser und Schweiß, der auf der Oberlippe kitzelte. Wir haben uns Gruselgeschichten erzählt, während draußen dreißig Grad herrschten. Daran erinnere ich mich, während die Insel vor uns auftaucht und die Fähre anlegt. Daran, wie Oliver sich in den nächsten Sommern weigerte, mit uns zu kommen, weil er lieber mit seinen Freunden ins Zeltlager fuhr und alles, was mit seiner kleinen Schwester zusammenhing, plötzlich für Kinderkram hielt.

Ich bin die Letzte, die das Schiff verlässt. Niemand wartet auf mich, das Taxigeld steckt in der Innentasche meiner Jacke, doch nirgends ist ein Auto mit dem tröstlichen gelben Schild zu sehen. Der Kai leert sich zusehends und es beginnt langsam zu dämmern.

Woher kommt plötzlich diese hundsgemeine Panik? Gerade war sie noch nicht da, jetzt steckt sie fest in meinem Hirn. Vielleicht liegt es an der Riesenportion Herbsteinsamkeit, die die Insel verschlungen hat? An der Dämmerung, den leeren Stränden und den hochgestellten Stühlen, als hätte jemand der Insel einen Schönheitsschlaf verordnet, bis im Mai das große Geschäft wieder von vorne beginnt.

Eine Frau, die vor mir in ihrem Wagen von der Fähre gerollt ist, steigt aus und fällt einer Freundin um den Hals. Meine letzte Chance, vielleicht.

„Entschuldigen Sie die Störung. Können Sie mir vielleicht sagen, wo ich hier ein Taxi herbekomme?"

Vier Arme lösen sich voneinander und die beiden sehen mich an, nicht unfreundlich. Die Größere hat einen zerzausten, dunkelblonden Pferdeschwanz und zieht grübelnd die Augenbrauen zusammen.

„Ich glaube, da hast du Pech: Um diese Jahreszeit muss man bei uns vorher anrufen, wenn man ein Taxi braucht. Kein Mensch stellt sich bei dem Wetter und den wenigen Touristen freiwillig stundenlang an die Mole, weißt du?"

Okay, es gibt kein Taxi, heute wird wahrscheinlich auch keins mehr auftauchen, es ist Sonntag und wird schon dunkel. Ich versuche, nicht so auszusehen, als ob ich gleich einen Nervenzusammenbruch kriege, was mir wohl nur halbwegs gelingt, denn die andere Frau mit den kurzen, schwarzen Locken fragt mich, wohin ich will.

„Zur Reha-Klinik."

Blöde Frage, wo sollte ich sonst hinwollen mit meinen Krücken? Zum Wattwandern wohl kaum!

„Ich kann dich mitnehmen", sagt sie und deutet auf ihren rostigen VW. „Ist zwar nicht gerade ein Luxusschlitten, aber er erfüllt seinen Zweck."

„Danke", murmele ich und lasse es zu, dass sie mir den Rucksack abnimmt und die Tür aufhält. Normalerweise würde ich ablehnen. Auf fremde Hilfe pfeifen und mich notfalls zu Fuß durchkämpfen. Aber was bedeutet schon „normal" in meinem Leben seit dem großen Crash?

Aufatmend lasse ich mich in die Polster der Rückbank sinken. Die Dunkelhaarige setzt sich auf den Fahrersitz und streckt mir die Hand entgegen.

„Hi, ich bin Frieda."

„Julia."

„Sabine", sagt die Blonde und lächelt mich an. Immer noch oder schon wieder?

„Ziemlich ungemütlich draußen, was?", fährt sie fort, doch ich nicke nur, nicht zu Small Talk aufgelegt, und schließe die Augen.

„Ich hoffe, es ist warm genug? Die Heizung braucht ewig, bis sie es schafft, eine einigermaßen angenehme Temperatur hier drinnen zu erzeugen."

Ich begegne Friedas Blick im Rückspiegel und lächle. Ihre Augen sind dunkelbraun.

„Ich betreibe einen Reiterhof hier auf der Insel", sagt Sabine, „vielleicht sehen wir uns mal? Ich mache nämlich auch therapeutisches Reiten."

„Vielleicht", antworte ich, sehe aus dem Fenster und weiß bereits jetzt, dass ich mich freiwillig keinem Pferd auf mehr als zehn Meter nähern werde.

Wiesen und abgeerntete Äcker ziehen im Dämmerlicht vorbei. Sabine stellt das Radio an und fährt dabei leicht über Friedas Arm. Es wirkt wie eine zufällige Geste, gleichzeitig herrscht dabei eine solche Vertrautheit zwischen den beiden, dass sich sofort die Sehnsucht in meiner Magengegend meldet. Ich wünschte, ich würde jemanden auf dieser Insel kennen und mich nicht so verdammt verloren fühlen!

Als das Auto vor dem Haupteingang der Klinik hält, betrachte ich die weißen, halbhohen Gebäude. Sie kommen mir vage bekannt vor.

„Alles okay?", fragt Frieda und wuchtet meinen Rucksack vor die Tür.

„Logisch", sage ich und reiche ihr die Hand, „danke fürs Mitnehmen."

„Kein Problem", lächelt sie, direkt hinein in meine Einsamkeit. „Ich wünsche dir eine gute Zeit hier."

Ich sehe den Rücklichtern hinterher, bis sie auf der Straße verschwunden sind. Hieve mir das Gepäck auf den Rücken und mache mich auf den Weg in die hell erleuchtete Eingangshalle, in der einige Patienten Zeitung lesend oder in ein Gespräch vertieft in Gruppen zusammensitzen. Die meisten sind mindestens dreimal so alt wie ich.

„Auf in den Kampf", murmele ich, als mich die Dame an der Pforte freundlich ansieht.

„Ja bitte, Sie wünschen?"

„Ich ... ich soll morgen meine Reha hier anfangen."

Halb erwarte ich, dass sie mit mir eine Diskussion darüber anfängt, dass ich freiwillig hier bin und froh sein müsste, einen Platz ergattert zu haben, und dass „soll" ganz und gar nicht das richtige Wort sei. Doch sie lächelt nur und deutet den Gang hinunter.

„Herzlich willkommen bei uns, Julia."

Eine Schwester verwickelt mich für die nächste halbe Stunde in ein Aufnahmegespräch. Brav beantworte ich ihre Fragen und beobachte dabei das Klangspiel, das gleich neben dem Holz-Mobile am Fenster baumelt. „Ich stehe nicht so auf Esoterik", sage ich und beiße mir auf die Lippen. Es ist nicht unbedingt notwendig, dass sie mich von vornherein hasst, sie wird noch früh genug von selber auf den Trichter kommen.

Doch die Schwester lächelt. Ob das hier zu den Einstellungsbedingungen gehört? Das Lächeln auf den Lippen, sobald man durch die Glastür tritt?

„Das macht nichts. Wir halten es für wichtig, aber du darfst es genauso gut ignorieren. Wir haben allerdings Patienten, die anfangs fast nur im Bett liegen, und für die ist es wichtig, einen Fixpunkt vor Augen zu haben und nicht nur die weiße Decke. Da kann so ein Mobile schon viel ausmachen, wenn du verstehst, was ich meine?"

„Schon klar", murmele ich und verspüre die Sehnsucht nach einer Zigarette, einem Pfefferminz, irgendwas, um den schalen Geschmack in meinem Mund zu vertreiben.

„Gut." Die Schwester erhebt sich. „Wenn du weitere Fragen hast, schlage ich vor, dass du dich direkt an Dr. Jensen wendest. Sie wird dich in den kommenden Wochen betreuen und möchte dich ohnehin jetzt zur Eingangsuntersuchung sehen."

Gehorsam erhebe ich mich und folge ihr in das Zimmer der Ärztin. Vertrautes Terrain für mich, ich habe in den vergangenen fünf Wochen öfter Ärzte um mich herum gehabt als meine eigenen Freunde.

Dr. Jensen ist klein und rundlich. Sie trägt unter ihrem Kittel einen roten Rollkragenpullover und besitzt eine erstaunliche kräftige Stimme. Meine Röntgenaufnahmen hängen bereits an der Wand. *Verrückt*, denke ich, *sie weiß, wie mein Innerstes aussieht, lange bevor sie mir die Hand gegeben hat.*

„Setz dich", sagt sie und deutet auf den Stuhl vor ihrem Schreibtisch. Ich versinke in weißem Leder. Bin plötzlich hundemüde.

„Wie fühlst du dich, Julia?"

„Ich würde gerne schlafen", platzt es aus mir heraus und sie lacht.

„Das darfst du gleich, sobald das Abendessen rum ist, weiteres Pogramm ist für dich heute noch nicht vorgesehen."

Sie gibt mir meinen Plan für die kommenden drei Wochen, bespricht mit mir die anstehenden Untersuchungen und erhofften Fortschritte, betastet mein Bein, lässt ihre Finger über meine Narben wandern, erzählt etwas von Physiotherapie und Bewegungsbad und wie prima mir das alles bekommen wird.

„Das sieht gut aus", sagt sie schließlich und deutet auf meine Jeans, „du darfst dich wieder anziehen. Schwester Nina zeigt dir jetzt dein Zimmer."

„Danke", murmele ich und folge erschöpft der weißen Gestalt. Irgendwie komme ich mir schon wieder vor wie in einem Film, den sich jemand für mich ausgedacht hat. Die Juli darin wankt über den Gang und lässt ihr Gepäck neben ein ordentlich gemachtes Bett fallen. Ein kleines Zimmer mit hellgrün gestrichenen Wänden. Hellgrün beruhigt. Alles klar.

Ich sehe zu, wie ich der Schwester zulächele und das winzige Bad in Augenschein nehme, das zu meinem Gefängnis gehört. Eine Dusche, eine Toilette, ein riesenhafter Spiegel über dem Waschbecken, ganz klar ein Folterinstrument.

Als ich endlich allein bin, lasse ich mich vollständig angezogen aufs Bett fallen. Lasse das Abendessen sausen und ziehe mir die Decke über den Kopf. Ich scheiße auf das Hellgrün, auf das ganze Klinikkonzept. Ich will nach Hause, auch wenn da nur noch das absolute Chaos herrscht!

Auf dem Tisch am Fenster liegen eine Bibel und ein Busfahrplan. Erstere befördere ich in die unterste Schublade meines Nachtkästchens, den Plan schnappe ich mir. Der Bus fährt einmal die Stunde, am Wochenende dreimal täglich. Die letzte Fluchtmöglichkeit ist bereits vor Stunden in Richtung Hafen verschwunden. Betriebspause.

Ich ziehe mein Handy aus der Jackentasche und wähle Olivers Nummer. Doch bevor es klingeln kann, schalte ich es wieder aus. Starre auf das leere Display. Keine Chance. Ich werde nicht bei ihm angekrochen kommen und um Gnade winseln. Lieber ertrage ich das hier, samt Feng Shui und Dauerlächeln!

11

Als ich am nächsten Morgen erwache, weiß ich zuerst nicht, wo ich bin. Die Geräusche auf dem Gang, das Licht, die Gerüche, alles ist fremd. Jemand redet, direkt vor meiner Tür, gefolgt von Gelächter.

Früher wäre ich aufgesprungen, hätte mein Ohr an das Holz gepresst und gelauscht. Früher, das war vor dem Unfall. Jetzt liege ich reglos da und lausche auf meinen Körper. Ich habe es mir angewöhnt, ihm Zeit zu geben. Mich auf den Schmerz einzustellen, denn es ist unausweichlich, dass er kommt. Heute gesellt sich noch ein ausgewachsener Muskelkater dazu, kein Wunder, nach den Strapazen gestern.

Ächzend und in Zeitlupentempo quäle ich mich aus dem Bett und unter die Dusche. Lasse das heiße Wasser über meinen Rücken rinnen, bis ich mich wieder halbwegs als Mensch fühle. Schlüpfe in meine vertrauten Klamotten, als Schutzschild gegen die Welt da draußen. Dann hole ich den Therapieplan, den Dr. Jensen mir gegeben hat, und studiere ihn eingehend. Mein Tagesablauf ist minutiös verplant: auf Krankengymnastik folgt Massage, auf Bewegungsbad die Entspannungsgruppe, auf Lymphdrainage Gangschule und Gerätesport. Freizeit? Fehlanzeige. Bis auf die wenigen

Abendstunden zielt alles darauf ab, den Körper möglichst effizient wieder auf Vordermann zu bringen.

Als ich die Tür öffne, ist es zunächst wie ein Schock: Ich fühle mich, als wäre ich in ein Altersheim geraten. Nein, das stimmt nicht ganz, vereinzelt entdecke ich auch jüngere Patienten, aber der Großteil derer, die mit mir zum Frühstück gehen, hat das Rentenalter längst erreicht. Ich nutze den Vorteil, ausnahmsweise nicht die Langsamste zu sein, zwischen all den Krücken und Rollstühlen fällt mein Monstergang gar nicht auf.

Im Speisesaal herrscht gedämpftes Stimmengemurmel, die meisten blicken schweigend auf ihre Teller und beschränken sich auf Minimalkonversation. Das Essen ist ebenso einheitlich wie die Farben der Jogginganzüge: Es gibt helle Brötchen, Marmelade, Joghurt und Wurst. Mir dreht sich der Magen um, als ich die fahlen, rosafarbenen Scheiben betrachte, obwohl ich eben noch einen Wahnsinnshunger verspürt habe.

Hastig schüttle ich den Kopf, als ich an der Essensausgabe an der Reihe bin und die Frau hinter dem Tresen mich fragend anblickt. Nein, ich beschränke mich heute auf Kaffee, der ist wenigstens heiß und stark!

An meinem Tisch sitzen drei ältere Damen, mindestens eine von ihnen scheint schwerhörig zu sein, denn der Rest schreit aus Leibeskräften, so dass mir gar nichts anderes übrig bleibt als zuzuhören. Thema Nummer eins der Zwangsberieselung: die Liste der Krankheiten. Je gemeiner, chronischer, schmerzhafter, desto besser. Ich komme mir vor wie bei einem geheimen Wettstreit, und ich bin die Verliererin, weil ich schweige, pechschwarzen Kaffee schlürfe und mich von hier fort wünsche.

Schon wieder ein Filmausschnitt in meinem Kopf: Gleich wird jemand aufstehen und durchdrehen, unter seinem dunkelgrau gemusterten Jogginganzug eine Knarre hervorziehen und Amok laufen.

Doch nichts dergleichen passiert.

Meine Tischnachbarinnen sind mittlerweile bei ihren Verdauungsproblemen angekommen, und ich hinke zurück zur Essensausgabe, nur um überhaupt etwas zu tun und sicherzugehen, dass ich noch lebe und nicht seit dem Aufstehen mumifiziert worden bin.

Und da entdecke ich sie: An einem der Tische nahe der großen Fensterfront sitzt ein Mädchen. Sie muss ungefähr so alt sein wie ich, ihr Jogginganzug ist hellblau und leuchtet zwischen all den verwaschenen Farben. Ihr Pferdeschwanz wippt, während sie einem alten Mann neben sich zunickt, der unaufhörlich auf sie einredet.

Ich humple mit meinem zweiten Kaffee des Tages zu ihr hinüber, fest davon überzeugt, dass sie den Riesenstein spüren muss, der mir gerade vom Herzen fällt. Sie sieht auf, als ich direkt vor ihr stehe, und beginnt zu grinsen.

„Ich fass es nicht, zusammen senken wir den Altersdurchschnitt hier gut und gerne auf fünfundsechzig!"

„Ich bin Juli", antworte ich und lasse mich auf den Stuhl neben ihr fallen. „Hast du was dagegen, wenn ich mich zu dir setze?"

„Ganz und gar nicht. Ich bin übrigens Anne. Warum frühstückst du nichts?"

„Na ja, das Zeug sieht nicht gerade einladend aus. Und ich war lange genug im Krankenhaus, um vorsichtig geworden zu sein."

Anne zuckt mit den Schultern.

„Man muss nur wissen, was genießbar ist und was nicht, dann kommt man ganz gut durch."

Sie erhebt sich und geht hinüber zu der Frau, die mit demselben gelangweilten Gesichtsausdruck wie vor einer halben Stunde an der Essensausgabe steht. Erst als Anne zum Tisch zurückkommt, fällt mir ihr leichtes Hinken auf. Sie knallt eine bis oben mit Schokoladenmüsli gefüllte Schale vor mich hin und befiehlt: „Probieren!"

Gehorsam führe ich den Löffel zum Mund. Eine Welle von Süß explodiert auf meiner Zunge, knirscht und knuspert.

„Genial, oder?"

„Hmm", mache ich zustimmend und schlucke.

Der alte Mann, der mir gegenübersitzt, lächelt. Sein kariertes Hemd ist falsch zugeknöpft und er ist unrasiert.

„Sie sind neu hier, oder?", fragt er und legt sein Marmeladenbrötchen weg.

„Ja, seit gestern", murmele ich zwischen zwei Bissen. Es kommt mir plötzlich vor, als hätte ich seit Tagen nichts gegessen.

„Dann wünsche ich Ihnen einen schönen ersten Tag. Lassen Sie es nicht zu, dass die Folterknechte Sie in die Finger kriegen."

Er zwinkert mir zu, erhebt sich umständlich, greift nach seinen Krücken und geht zur Tür. Sein rechtes Bein fehlt. Es hört einfach knapp über dem Knie auf; die Hose ist umgeschlagen und mit einer Sicherheitsnadel festgesteckt worden.

Mein Magen revoltiert und will seinen Inhalt wieder von sich geben. Ich sehe Anne an und bin froh, dass sie da ist.

„Tickt der nicht ganz richtig?", frage ich heiser.

Sie schüttelt entschieden den Kopf, so dass ihr langer Pferdeschwanz ihr ins Gesicht fliegt. „Nee, glaub mir, der weiß genau, wovon er spricht. ‚Folterknechte', so nennen sie hier insgeheim die Physiotherapeuten. Warte ab bis zum Mittagessen, dann verstehst du, warum!"

Sie grinst mich an und schiebt ihren leeren Teller von sich. „Puh, ich muss los, wir sehen uns nachher."

„Ich komme mit", sage ich hastig, lasse den Rest meines Frühstücks stehen und folge ihr ins Treppenhaus.

„Warum bist du eigentlich hier?"

Vielleicht ist sie ansteckend, diese Manie, über Krankheiten zu reden? Ich jedenfalls scheine bereits infiziert zu sein. Vielleicht will ich aber auch einfach nicht, dass sie geht.

„Reitunfall", antwortet sie knapp, „ein Springturnier. Mein Pferd musste eingeschläfert werden, seine Brüche waren noch schlimmer als meine."

Sie ist total ruhig, während sie das sagt.

Mach dir nichts vor, wahrscheinlich haben ihre Eltern Unsummen für die Stunden beim Psychologen ausgegeben!

Ich bleibe hier keine drei Wochen, beschließe ich in dieser Sekunde. Ich will raus. Weg von dieser Insel!

„Lass uns abhauen", sage ich. Doch Anne sieht mich nur verständnislos an.

„Ich habe Geld, wir schaffen das, irgendwie."

Sie schüttelt meine Hand ab und zeigt mir einen Vogel. „Du spinnst", antwortet sie, „du spinnst echt, Juli! Im Gegensatz zu dir bin ich ziemlich dankbar, dass die mir hier weiterhelfen."

Ich werfe einen Blick zurück in den Speisesaal, zu den drei alten Frauen. „Schau dir die doch mal an", zische ich, „die sind doch vollkommen hinüber! Ich will nicht so werden wie die!"

Anne folgt meinem Blick. „Schau dich doch selber an!", herrscht sie mich an, „was, bitteschön, ist der Unterschied, ob du mit achtzehn oder mit achtzig zum Krüppel wirst?"

Sie lässt mich stehen. Dreht sich um und geht, und ich starre in die drei alten Gesichter. Beobachte, wie der einen die Milch vom Kinn tropft, während sie teilnahmslos vor sich hinstarrt und ihre Serviette faltet, immer und immer wieder. Ich kann nicht anders als hinzusehen und während ich es tue, lösen sich immer mehr Einzelheiten aus ihrem Gesicht und springen mir ins Auge. Die Falten, die sich unter ihren Augen entlangziehen, die Grübchen neben ihren Mundwinkeln, die Farbe ihrer blassen Lippen.

„Was, bitteschön, ist der Unterschied", sagt Annes Stimme in meinem Kopf und plötzlich weiß ich: Es gibt keinen.

Außer den, dass die da drinnen ihr Leben bereits gelebt haben. Alles, was ich sehe, sind die Spuren davon in ihren Gesichtern, und ich frage mich, wie das geht, dass alles andere plötzlich unwichtig wird und man nichts mehr wahrnimmt als einen winzigen Ausschnitt der Welt.

Ich werde nicht packen, sondern meine Kamera holen, aus dem untersten Fach des Kleiderschranks. Die Wochen hier festhalten, diese Gesichter. Sie sind es wert. Ich will wieder fotografieren. Ab jetzt pfeife ich auf meine bisherigen Motive, auf den Bus, die Fußgängerzone, den Park, das Einkaufszentrum, das hier ist viel spannender, das ist das richtige Leben. Und ich bin mittendrin.

„He, Anne, ich hab's kapiert", rufe ich ihr hinterher. Sie ist schon beinahe an der Treppe, aber sie dreht sich dennoch um, betrachtet mein Gesicht und kommt langsam zurück. Sie schnappt sich meinen Therapieplan und wirft einen schnellen Blick darauf.

„Cool, wir haben nachher zusammen Schwimmen", sagt sie und klingt bereits wieder halbwegs versöhnt.

„Anne? Darf ich dich mal etwas fragen?"

„Sicher."

„Hast du eine Ahnung, weswegen die alle hier sind? Wohl kaum wegen Sportunfällen so wie wir, oder?"

Jetzt grinst sie ebenfalls, und die Erleichterung breitet sich in mir aus wie eine Welle.

„Ich glaube, die meisten sind gestürzt bei ganz alltäglichen Dingen, morgens beim Aufstehen aus dem Bett oder so. Das ist gar nicht so selten bei alten Leuten, wusstest du das?"

Ich wusste es nicht. Ich weiß gar nichts über alte Menschen. Meine Großeltern sind schon lange tot, und die einzigen älteren Leute, die ich kenne, sind die Rentnerehepaare zu Hause in der Nachbarschaft und die kann ich nicht leiden, weil sie mich jedes Mal anmotzen, wenn ich mit meinem Mountainbike durch die Straßen flitze.

Anne sieht auf die Uhr. „Ach du Schreck, ich muss jetzt echt los! Bis nachher."

Ich sehe ihr nach, wie sie zum Treppenhaus hinkt.

Die Physiotherapie befindet sich im Untergeschoss, zumindest wenn ich den Hinweisschildern Glauben schenken darf. Die Kamera hängt an meiner Seite. Der Regen draußen vor den Fenstern hat aufgehört und einem trüben wolkenverhangenen Himmel Platz gemacht. Nicht sehr vielversprechend.

Vor einer Tür im Keller mit der Aufschrift „Turnhalle" sitzt eine Frau auf einer Bank. Sie hat weiße Locken, die leicht zerdrückt aussehen, und trägt eine fliederfarbene Strickjacke über einem Jogginganzug aus Fallschirmseide.

„Guten Tag", sage ich und setze mich neben sie, betrachte verstohlen ihr Profil aus dem Augenwinkel. Sie antwortet nicht und starrt auf ihre Füße, die in zierlichen Turnschuhen stecken. Ihre Haut sieht weich und rosig aus. Ich würde sie für mein Leben gern fotografieren, wie sie so dasitzt und wartet, aber wahrscheinlich würde sie mir mit ihrem Gehstock eins überziehen, wenn ich sie darum bäte. Andererseits: fragen kostet nichts, oder?

„Darf ich ein Bild von Ihnen machen?", höre ich mich sagen. Kann es nicht fassen, dass ich es tatsächlich getan habe. Ausgerechnet ich, die sonst um alte Leute einen Riesenbogen macht!

Die Frau scheint aus einem Traum zu erwachen. Sie sieht mich neugierig von der Seite her an. *Vermutlich überlegt sie, ob sie erst laut um Hilfe schreit und dann zuschlägt oder andersrum*, denke ich und ziehe instinktiv den Kopf ein.

„Na, so was", sagt sie und zwinkert hinter ihren dicken Brillengläsern, „das hat mich schon lange niemand mehr gefragt!"

„Hätten Sie denn etwas dagegen?"

„Natürlich nicht", lächelt sie vergnügt. Offenbar fängt die ganze Sache an, ihr Spaß zu machen.

„Könnten Sie vielleicht noch mal so schauen wie eben?"

Sie lacht. Ihre Stimme klingt brüchig.

„Liebes Kind, wie habe ich denn eben geschaut?"

„Sie haben auf etwas gewartet. Und dabei irgendwie – geträumt?"

Sie nickt eifrig.

„Richtig! Weißt du, ich war mit meinem Mann einmal hier, als er noch lebte, und ich musste gerade daran denken, wie gut es ihm hier gefallen hat, und dann …"

Sie redet und redet, ich richte die Kamera auf ihr Gesicht. Zuerst zögere ich, weil ich mich befangen fühle. Ich habe noch nie jemanden aufgenommen, der davon wusste. Doch dann klickt der Auslöser zum ersten Mal, und es gibt kein Halten mehr. Es passiert wieder, wie vorhin im Speisesaal: Ich sehe nichts als den Ausschnitt ihres Gesichts, auf den das Licht fällt. Ich verliere mich darin, nehme nichts mehr wahr als dieses Licht auf ihrer Haut. Es ist wie eine Sucht. Und er stört mich dabei kein bisschen, ihr Wortschwall, anders als manchmal zu Hause, wenn sich im Bus so eine Oma neben mich setzte und stundenlang von ihren öden Enkelkindern erzählte.

Als mein Film voll ist, steht sie auf. Sie scheint vergessen zu haben, dass sie auf etwas gewartet hat.

„Wissen Sie was? Ich gehe jetzt hinauf in den Kiosk und kaufe mir eine Flasche Sekt. Wir wären heute nämlich genau zweiundfünfzig Jahre verheiratet, und Erik hätte bestimmt den Kopf geschüttelt, wenn er gesehen hätte, wie ich hier Trübsal blase."

Sie nickt mir zu und entfernt sich in Richtung Treppe.

„Hat mich gefreut, Sie kennenzulernen!"

Ehe ich antworten kann, öffnet sich eine der Türen in meinem Rücken.

„Du bist Julia?", fragt eine Frau in Weiß, und ich nicke.

„Komm bitte rein."

Dahinter erwartet mich keine Spur von Turnhallenmief. Stattdessen: fröhliche Farben überall. Sonnengelb gestrichene Wände, dazu orangefarbene Vorhänge, bunte Bilder. Mehrere Gymnastikräume, in denen Sportgeräte, Bälle, Bänder und Matten zu sehen sind, gehen von der Halle ab, dahinter zweigen Kabinen mit Massagebänken und der Eingang zum Schwimmbad ab.

Die Frau vor mir entpuppt sich als Maren, meine Krankengymnastin. Sie ist um die dreißig und hat ihre dunklen Haare hochgesteckt. Ihre Kleidung besteht aus Polohemd und Dreiviertelhose, dazu Turnschuhe, natürlich. Sie deutet auf die Liege.

„Ziehst du dich dann bitte aus? Wir fangen mit einer Massage an, damit sich die Muskeln lockern, dann gehen wir rüber zum Turnen."

Ich zögere. Für mich ist es immer noch keine Selbstverständlichkeit, mein Bein zu zeigen. Die weiten Jeans geben mir Sicherheit. Bis jetzt.

Maren sieht mich neugierig an. „Gibt es ein Problem?"

„Nein", sage ich und öffne langsam den ersten Knopf, „kein Problem."

Als ich auf dem Bauch liege, schließe ich die Augen. Wie früher, als ich klein war: Ich sehe dich nicht, also siehst du mich auch nicht.

Maren wärmt Öl in ihren Handflächen an und beginnt dann, es auf meinen Oberschenkeln zu verteilen. Ich zucke zusammen, aber sie tut so, als hätte sie nichts bemerkt. Ob sie eine Gänsehaut kriegt, wenn sie meine roten Narben sieht? Ich beame mich in Gedanken weit fort.

Nach einer Weile halten ihre Hände inne.

„Jetzt bist du dran", sagt Maren und geht mir voraus in einen der angrenzenden Räume, deutet auf die Matte am Boden. Bewegt meine Beine durch, dann lässt sie mich arbeiten. Ich kenne das schon aus dem Krankenhaus und entspanne mich etwas, alles halb so wild.

Schließlich turnt sie mir einige neue Übungen vor und sieht mich herausfordernd an. Und plötzlich geht gar nichts mehr. Meine Muskeln sperren sich gegen die ungewohnte Anstrengung, mein Bein tut höllisch weh, und zu allem Übel bekomme ich auch noch einen Krampf. Ich bleibe schwer atmend auf der Matte liegen.

Maren wartet. Endlos lang. Dann endlich erlöst sie mich.

„Okay, fürs Erste reicht es", sagt leichthin. „Nach dem Mittagessen fangen wir mit den Gehübungen an, drüben am Barren."

„Aber ich kann jetzt schon nicht mehr!", protestiere ich.

„Weil es wehtut oder weil du nicht mehr willst?"

„Beides."

Maren lächelt, zum ersten Mal.

„Wenigstens bist du ehrlich."

Sie hockt sich neben mich auf die Matte.

„Erzähl mir, wie du dich fühlst."

„Warum sollte ich?"

Ich kann es nicht fassen, dass sie allen Ernstes glaubt, ich würde ihr vertrauen, nach der Stunde eben!

„Weil es mir helfen würde, deinen Körper besser zu verstehen."

Das klingt logisch. Sogar für mich.

„Hast du das Gefühl, dass dein Bein noch zu dir gehört?"

„Nicht wirklich", antworte ich wahrheitsgemäß.

„Warum nicht?"

„Weil es nicht mehr so funktioniert wie früher."

„Inwiefern?"

„Inwiefern? Jedes Mal, wenn ich laufen will, macht es mir einen Strich durch die Rechnung!"

Ich schreie sie an, grundlos. Meine Stimme prallt gegen den Spiegel und fällt zu Boden wie ein toter Vogel. Maren sitzt ungerührt neben mir, noch immer.

„Jedes Mal, wenn ich drauf und dran bin, es zu vergessen, fängt es an wehzutun", fahre ich fort, diesmal leiser. „Es nervt! Und es sieht furchtbar aus, wie in so einem billigen Horrorfilm. Ich bin siebzehn, wieso verdammt noch mal erwarten alle, dass ich es toll finde, mit so einem Ding rumzulaufen? Und dass ich dafür auch noch dankbar bin?"

„Kein Mensch erwartet von dir, dass du dankbar bist."

„Ich weiß nicht ... ständig kommt jemand zu mir und zeigt mir jemanden, dem es noch schlechter geht als mir. Nach dem Motto ‚sei froh über das, was du hast, und sei um Himmels willen still'. Das kotzt mich an!"

„Das verstehe ich."

„Was soll das werden? Eine Psychostunde?"

Sie zuckt mit den Schultern. „Was willst du wirklich, Julia?"

Fragend sehe ich sie an.

„Ich meine, warum bist du hier? Was ist dein Ziel?"

„Ich will wieder laufen können, so wie früher."

„Es wird nie wieder so werden wie früher, Julia, und das weißt du, oder?"

Alles, was ich will, ist, dass sie endlich aufhört und den Mund hält! Doch sie tut mir den Gefallen nicht.

„Erst, wenn du das kapiert hast, kannst du neu anfangen."

Ich höre ihr nicht mehr zu. Presse demonstrativ die Hände auf die Ohren, doch das beeindruckt sie wenig.

„Ich werde mit dir arbeiten, Julia. So lange, bis du wieder laufen kannst. Ich kann dir nicht versprechen, dass es für einen Marathon reicht. Aber laufen wirst du. Also kämpfe! Denn wenn du hier liegst und heulst, kommst du nie wieder auf die Beine."

Sie hat kein Recht, so mit mir zu reden. Oder?

„Ich lasse dich jetzt alleine", fährt Maren fort und erhebt sich, „meine Kollegin massiert dir noch ein paar Minuten den Rücken, du bist ziemlich verspannt durch das lange Laufen mit den Krücken. Bis später?"

Ich nicke nur, wortlos. Habe keine Lust, jemals wieder mit ihr zu reden.

Ich strecke mich flach auf dem Bauch aus, spüre den Boden unter mir, hart und verlässlich.

*

Fremde Hände berühren kurz darauf meinen Rücken, erst fragend, dann entschlossener. Ich lasse die Augen zu. Es ist mir gleichgültig, wer sie ist, solange sie mich in Ruhe lässt.

Gerade als ich dabei bin wegzudämmern und mich der Wärme im Raum hinzugeben, hört sie auf. Die Hände streichen noch einmal über meine Haut und sind dann verschwunden.

„He", murmele ich, „nicht!"

Ein leises Lachen antwortet mir.

„Tut mir leid, aber der nächste Patient wartet schon. Ich fürchte, ich muss dich jetzt rauswerfen."

Die Stimme ist dunkel und angenehm. Eine Gänsehautstimme. Ich setze mich ruckartig auf. Und stoße mit einer Stirn zusammen, die ziemlich hart ist.

„Au!", protestiert sie und reibt sich den Schädel. „Bist du immer so schnell?"

„In letzter Zeit eher weniger", antworte ich und versuche, den pochenden Schmerz zu ignorieren.

Ihre Haare sind dunkelblond und reichen ihr bis zu den Ohren. Sturmfarben. Das ist das Erste, was mir zu ihren Augen einfällt. Ein dunkles Graublau, so wie die Nordsee bei Sturmwarnung. Weiße, praktische Klamotten wie bei Maren. Die gleichen Turnschuhe. Sie sieht verdammt jung aus. Neunzehn, wenn's hochkommt, zwanzig.

„Bist du ausgebildete Krankengymnastin?", frage ich misstrauisch. Sie seufzt.

„Leider noch nicht. Ich mache hier mein freiwilliges soziales Jahr, bevor ich mit der Ausbildung anfange. Aber keine Sorge: Maren hat mir alle Tricks gezeigt."

Sie lächelt und zwinkert mir zu, und mein Herzschlag setzt aus.

„Oder war es etwa nicht okay?"

„Nein, im Gegenteil, es war klasse!"

Ich spüre, wie ich rot werde.

„Ich bin übrigens Kim", sagt sie und reicht mir die Hand.

„Juli."

„Du bist neu hier, oder, Juli?"

„Ja, so ziemlich. Gestern angekommen."

„Wo kommst du her?"

Sie sieht mir unverwandt in die Augen, während sie spricht. Meine Kopfhaut kribbelt. Ein Schweißtropfen wandert über meine Schläfe und kitzelt mich am Hals.

„Aus einer Kleinstadt in Süddeutschland. Du kennst den Namen bestimmt nicht."

„Da könntest du Recht haben. Das Weiteste, das ich bis jetzt geschafft habe, war Hannover."

Kim lächelt. Erneut. Ich würde gerne etwas Witziges und Intelligentes von mir geben, aber mir fällt absolut nichts ein. Meine Gehirnzellen scheinen sich wieder schlafen gelegt zu haben.

Sie blickt auf die große Uhr an der Wand. Gott, wahrscheinlich langweilt sie sich zu Tode mit mir!

„Also, Juli", sagt sie. Mir gefällt die Art, wie sie meinen Namen ausspricht, sie dehnt das „u" dabei in die Länge. „Ich muss jetzt zu meinem nächsten Patienten. Aber was hältst du davon, wenn wir mal zusammen runter zum Strand gehen?"

„Sehe ich so aus, als ob ich momentan weit laufen könnte?"

Falsche Antwort, definitiv. Doch Kim lächelt. Es beginnt in ihren Mundwinkeln und kriecht hinauf bis in ihre Augen.

Mühsam rappele ich mich auf. Meine Knie sind butterweich von der Turnerei. Wahrscheinlich werde ich gleich umkippen, direkt vor ihre Füße.

„Du siehst aus wie eine, die es gerne versuchen würde."

„Okay", sage ich und schnappe mir meine Krücken. Zu mehr bin ich nicht in der Lage.

„Dann also bis demnächst mal?"

„Ja, bis demnächst."

Ich flüchte aus dem Raum und hasse mich dabei. Was ist schon interessant an jemandem mit einem Gang wie eine betrunkene Schildkröte?

Ich habe nicht die geringste Ahnung, wie ich das jemals schaffen soll, mit ihr den weiten Weg durch die Dünen, und dabei auch noch etwas von mir zu geben, das sie möglichst nicht völlig abschreckt.

Draußen lehne ich meine Stirn gegen die kühle, weiße Wand. Denke an Kim. Was ist das zwischen ihr und mir?

Rede dir nichts ein. Sie ist einfach nur nett. Wie vermutlich zu jedem ihrer Patienten.

Wie kommt es dann, dass mein Herz gerade auf hundertsechzig schlägt, ohne mich dabei um Erlaubnis zu fragen?

12

Zum Mittagessen gibt es Schnitzel mit Erbsen und Kartoffelbrei. Anne ist noch nicht da, also quetsche ich mich auf meinen Platz von heute früh und betrachte angewidert den Berg auf meinem Teller. Mein Magen rebelliert schon wieder angesichts der widerlich grünen Erbsen. Ob die im Dunkeln leuchten?

„Wie war deine erste Stunde bei den Folterknechten?"

Ich sehe auf. Der Mann von heute Morgen steht mir gegenüber. Und das Beste ist: Er hat auf einmal zwei Beine!

„Gut, was?"

Er klopft mit seinem Gehstock dagegen und erzeugt dabei ein metallisches Geräusch.

„Ich muss mich noch an die neue Prothese gewöhnen, aber in der Hose sieht man den Unterschied kaum, oder?"

Ich nicke langsam, er setzt sich und beginnt, mit gutem Appetit sein Schnitzel zu verspeisen. Die Erbsen und den Kartoffelbrei schiebt er zur Seite, ohne sie auch nur eines Blickes zu würdigen.

„Zu viele Vitamine sind nicht gut für mich", sagt er kauend und zwinkert mir zu.

„Kenne ich, geht mir genauso", antworte ich mechanisch und versuche, nicht auf sein Bein zu starren, was praktisch unmöglich ist, da er es genau in meine Richtung streckt. Schließlich lasse ich die Gabel sinken.

„Tut das eigentlich weh?"

„Nein, man gewöhnt sich an das Gefühl; der Stumpf wird mit der Zeit abgehärtet."

Ich verspüre plötzlich wieder unstillbare Sehnsucht nach einer Zigarette, doch direkt über meinem Kopf hängt ein „Rauchen verboten"-Schild. Ich schwitze, obwohl es hier drinnen nicht warm ist. Tropfen kitzeln auf meiner Oberlippe, aber ich wische sie nicht weg. Regungslos sitze ich da und starre auf das Hosenbein, das heute Morgen noch leer war. Höre seine Stimme wie von weit her.

„Willst du es mal anfassen?"

Der Mann sieht mich neugierig an. Das Schnitzel hat er inzwischen in mundgerechte Stücke zerschnitten, eines von ihnen schwebt unentschlossen vor seinem Gesicht, als wüsste es nicht, wie es nun weitergehen soll.

„Darf ich denn?"

„Na klar."

Er zieht das Hosenbein hoch, Metall kommt zum Vorschein, es mündet in einen ganz normalen Schuh, aber es ist dünn, kalt und tot und sieht kein bisschen aus wie ein echtes Bein. Mir wird schlecht, ich schlucke krampfhaft.

„Gefällt es dir?"

„Ich weiß nicht. Es ist so … "

„Hart?" Ungerührt wischt er sich mit der Serviette über den Mund, ein Spritzer Soße bleibt an seinem Kinn hängen. „Aber dafür ist es stabil, das ist die Hauptsache für mich. Meine Frau und ich sind leidenschaftliche Wanderer, weißt du?"

„Und wenn …"

Ich verschlucke den Rest des Satzes. Wahrscheinlich hat mein Hirn bei dem Unfall Schaden genommen, sonst würde ich nicht hier sitzen und einem Fremden solche Fragen stellen!

Vielleicht liegt es daran, dass ich selber beinahe eine solche Prothese bekommen hätte? Ich lasse das Metall los. Berühre mit den Fingerspitzen vorsichtig den Stoff meiner Jeans, direkt über den wulstigen Narben.

„Wenn ich mit meiner Frau zusammensein will, nehme ich es einfach ab. Das wolltest du doch wissen, oder?"

Ich nicke und er lächelt. Problemfreie Zone, zumindest für ihn. Langsam stehe ich auf. Flüchte in mein Zimmer unter die heiße Dusche. So heiß, wie es geht. Berühre die Narben, sie jucken, aber immerhin, es ist meine eigene Haut.

Mein Tischnachbar sitzt noch immer da, als ich zehn Minuten später zurückkomme, er ist mittlerweile beim Dessert angelangt, Vanillepudding mit Kirschen. Er isst mit einer Hingabe, als hinge sein Leben davon ab.

„Willst du wissen, wie es passiert ist?", fragt er zwischen zwei Bissen.

Nein, denke ich.

„Ja", sage ich.

„Es war ein Zugunfall. Ich wollte meine Katze von den Gleisen retten, das dumme Tier hatte sich ausgerechnet den Bahndamm zum Sonnenbaden ausgesucht."

„Hat sie überlebt?"

Halt den Mund, Julia. Halt einfach den Mund!

„Ja, das hat sie, ohne den allerkleinsten Kratzer. Und weißt du was? Das hat mich bis jetzt noch keiner gefragt. Komisch eigentlich." Er lächelt erneut.

Ich nehme die Kamera und deute fragend darauf. „Darf ich?"

„Bist du etwa Fotografin?"

„Noch nicht. Aber ich arbeite dran."

Als er nickt, drücke ich den Auslöser.

„Wird das dann veröffentlicht?", erkundigt er sich neugierig und ohne sich im Geringsten von der Kamera beim Essen stören zu lassen.

„Keine Ahnung. Vielleicht. Wenn ich mal berühmt bin."

„Dann drücke ich dir die Daumen", sagt er und prostet mir mit seinem Pfefferminztee zu. „Heute kommt mich meine Frau zum ersten Mal besuchen. Ich muss los."

Er steht auf und geht zur Tür.

„Viel Spaß", rufe ich ihm nach und er winkt mir zu, ohne sich umzudrehen.

Zwei Tage später: Entspannungsrunde. Dabei ist Entspannen das Letzte, wozu ich jetzt bereit bin.

Die Therapeutenstimme klingt monoton: „Wir setzen uns bequem hin, schließen die Augen und sind ganz locker."

Widerwillig schließe ich die Lider. Will nicht loslassen. Nicht jetzt, nicht hier.

Jemand räuspert sich, jemand atmet. Und ich? Lebe ich auch?

Der Mann neben mir hat seine Pantoffeln ausgezogen, in denen er normalerweise über die Flure schlurft. Seine selbstgestrickten Wollsocken verströmen einen Geruch von Mottenkugeln und Lavendel. Ich fühle mich uralt zwischen diesen Körpern, dabei bin ich Jahrzehnte jünger als sie.

Während die anderen durch einen imaginären Wald latschen und dem Rauschen der Wellen lauschen, denke ich an alles Mögliche, an zu Hause, an mein Zimmer, das jetzt verwaist ist. An Sophie und Katja und ein bisschen auch an Franzi, aber es dauert nur eine Sekunde, dann habe ich mich wieder im Griff.

Vergiss es. Sie ist es nicht wert.

Wie kommt es dann, dass es immer noch wehtut, an sie zu denken?

Moosgrün weckt bei mir andere Erinnerungen als bei den übrigen Patienten. Ich habe keinen Bock auf die Idylle. Kaum heißt es „Und wir öffnen langsam unsere Augen", springe ich auf.

„Wir wollen uns jetzt über unsere Erfahrungen während der Entspannungsphase unterhalten. Wer fängt an?"

Der Therapeut trägt graumelierten Schnauzer und einen Strickpullover in den klinikgewöhnlichen Tarnfarben. Bloß nicht aus der Menge herausstechen. Wer kauft schon freiwillig Strickpullover in grau-grün-braun? Jedenfalls nicht die Leute, mit denen ich normalerweise Umgang habe.

Ich werfe die Tür hinter mir ins Schloss, so laut es geht. Es ist zu still hier, jedes Zimmer, jeder Gang atmet diese Stille. Ich verspüre Sehnsucht nach Lärm, nach lauter Musik und Gelächter. Die Schuhe derjenigen, die hier arbeiten, haben gedämpfte Sohlen. Schritte werden sofort vom Linoleum verschluckt.

Ich laufe den Gang hinunter, so schnell ich kann. Schneckentempo, in Normalzeit gemessen. Aber was ist hier schon normal? Ich will nicht hören, was Frau X und Herr Y gefühlt haben während ihrer Traumreise, es geht mich nicht das Geringste an.

Als ich wenig später auf der Massagebank liege, bemerkt Maren meine Gegenwehr sofort. „Du bist verspannt", sagt sie.

„Hm", antworte ich und kämpfe gegen das wohlige Gefühl an. „Hm" kann alles bedeuten. Oder nichts.

Ihre Finger kneten meine Schultermuskeln gnadenlos.

„Autsch", protestiere ich schwach.

„Was ist los mit dir?"

„Keine Ahnung", murmele ich zwischen zusammengebissenen Zähnen hervor.

Mir geht heute alles auf die Nerven. Zwei Tage bin ich jetzt schon hier und nichts passiert. Aber warum zum Teufel sollte ich ausgerechnet dir das sagen?

Ich betrachte die graue Suppe vor dem Fenster. Bis ich hierher kam, war mir nicht bewusst, dass es so viele verschiedene Grautöne gibt. Sie verändern sich mit dem Tageslicht, nur hier drinnen, da steht alles still. Das Ticken der Wanduhr ist eine Lüge. Für jeden Schritt, den ich mich vorwärtskämpfe, gehe ich zwei zurück, mindestens. Mir tut jeder einzelne Muskel weh. Und so langsam frage ich mich, wofür ich das Ganze eigentlich auf mich nehme.

Die Wände riechen nach dem Schweiß von vorgestern. Mein Magen zieht sich zusammen und ich spüre, gleich wird es passieren, gleich kotze ich mitten in den Turnraum. Wahrscheinlich werde ich damit wochenlang Gesprächsthema Nummer eins hier sein!

„Nimm dich selber nicht so wichtig", sagt Maren, während ihre Hände weiter meinen Rücken bearbeiten, sich Wirbel für Wirbel vorantasten.

Kann sie Gedanken lesen?

Ich hasse sie. Sie und den Rest der Insel.

„Du kannst mich nicht ausstehen, oder?"

Sie lächelt, während sie spricht.

Wenn mich jemand heute noch einmal anlächelt, raste ich aus!

„Kannst du hellsehen?"

„Nein, aber ich sehe deinen Blick und der spricht Bände."

Ich schüttele ihre Hände ab und drehe mich um. Es ist mir doch scheißegal, wenn sie mich so sieht, nur mit einem Slip bekleidet, es ist schließlich ihr Job, Körper zu therapieren, soll sie doch sehen, wie kaputt dieser ist, vielleicht begreift sie dann endlich.

In dieser Sekunde kommt Kim herein. Sieht mich und bleibt abrupt stehen.

„Störe ich?"

„Ja", sage ich.

„Nein", antwortet Maren. Sie zwinkert mir zu und erhebt sich. „Ich glaube, du hast für heute genug von mir, Julia."

Fragend blickt sie sie an und als Kim nickt, verlässt sie den Raum.

Zornig starre ich sie an. Warum muss sie so aussehen? So verdammt gesund und sportlich und überhaupt wie aus einem Vorzeigefilm entsprungen, *Schöner leben auf Föhr*? Neben Kim komme ich mir plump vor. Wie ein gestrandeter Wal, dem man die zahlreichen Kämpfe mit sämtlichen Seeungeheuern, Riesenkraken und Schiffsschrauben dieser Welt ansieht.

13

„Wie war dein Tag?", fragt Anne, als wir Stunden später in ihrem Zimmer hocken und Musik hören.

„Schlimmer geht's eigentlich nicht." Missmutig blicke ich in ihr fröhliches Gesicht.

„Und welche Laus ist dir über die Leber gelaufen?"

Ich beobachte, wie sie konzentriert ihr langes Haar bürstet. Ich beobachte in letzter Zeit nur noch. Schlucke die Bilder und Gesprächsfetzen hinunter wie ein verdammter Müllschlucker und da liegen sie dann in meinem Inneren, unverdaut. Und ich habe den Verdacht, dass es Jahre brauchen wird, bis sie verrotten.

Annes Haar ist braun, schokoladenfarben. Ich mag diesen Farbton, sehr sogar. Pech für meinen Zorn, denn er verraucht langsam, aber sicher und macht einem Grinsen Platz.

„Was ist?", sagt sie und sieht mich an. „Worüber lachst du jetzt wieder? Über mich etwa?" Spielerisch droht sie mir mit ihrer Haarbürste.

„Nein, im Gegenteil, eher über mich. Ich bin einfach so enttäuscht, verstehst du? Nichts passiert hier und ich laufe genauso miserabel wie vorher auch. Eine Schnecke ist ein Rennpferd gegen mich."

Sie lässt ihre Hand sinken und sieht mich nachdenklich an. „Was um Himmels willen hast du denn erwartet, Juli? Du bist doch erst seit ein paar Tagen hier. Bei manchen dauert es Wochen, bis sie wieder annähernd schmerzfrei sind. Und wenn ich annähernd sage, meine ich annähernd!"

„Geduld war noch nie meine Stärke", murmele ich. „Ich hasse es, so dazusitzen. Am liebsten würde ich einfach wieder losrennen, so wie früher. Alle Dinge, die mir vor dem Unfall am Herzen lagen, hatten irgendwie mit Bewegung zu tun."

Schwimmen im Fluss zum Beispiel, der selbst im August so kalt ist, dass einem fast das Herz stehen bleibt. Auf meinem Rad zur Schule rasen. Durch das Waldstück rennen. Von Joggen kann keine Rede sein, Joggen ist was für Spießer. Ich renne, renne gegen die Dämmerung und die Erinnerungen und die Geister in meinem Kopf an.

Ich hasse es, in Räumen wie diesem eingesperrt zu sein. Ich hasse das künstliche Licht, das Summen der Neonröhren, die verbrauchte Luft, recycelt und bereits ein Dutzend Mal geatmet. Ich hasse es, nicht einfach aufstehen und gehen zu können. Eine halbe Stunde von einem Ende des Gebäudes zum nächsten zu brauchen. Die Energie knallt gegen meine Hirnwindungen, aber sie verpufft auf dem Weg durch meinen Körper, in meinen Zehenspitzen ist nur noch ein müdes Zucken davon übrig.

„Bist du nie frustriert?", frage ich Anne und balle die Fäuste.

„Machst du Witze? Es vergeht kaum ein Tag, an dem ich nicht am liebsten die nächstbeste Glasscheibe einschmeißen würde vor Wut, weil es ausgerechnet mich getroffen hat. Ich bin eine gute Reiterin. Oder vielmehr war", korrigiert sie und blickt aus dem Fenster, haarscharf an meinem linken Ohr vorbei. „Ich habe auf dem Pferderücken gesessen, seit ich vier Jahre alt war. Meine Eltern haben einen Reiterhof, da blieb mir praktisch gar nichts anderes übrig." Sie zieht eine Grimasse. „Ich dachte, mir könnte nichts passieren. Und genau in dem Moment geschah es."

Ich kenne diesen Satz, ich habe ihn beinahe genau so schon einmal gehört, von Marius, im Krankenhaus.

Du denkst, du bist unsterblich, und plötzlich ... Peng. Das war's.

Und ich denke wieder: Die älteren Patienten hier hatten ihre Chance, haben gelebt, auch wenn ihr Leben manchmal beschissen war, aber immerhin hatten sie eine Chance. Die Krankheit trifft sie in einer Phase, in der sie vielleicht damit rechnen. Aber wer denkt schon mit siebzehn Jahren daran, plötzlich zum Krüppel zu werden?

„Ich träume fast jede Nacht von dem Sturz", fährt Anne fort, „wir lagen vorne, wir hätten gewinnen können an dem Tag. Ich weiß bis heute nicht, was passiert ist. Vielleicht ist irgendwo eine Tür ins Schloss gefallen und hat Jago erschreckt, so dass er einen Moment nicht aufmerksam genug war. Er war sehr geräuschempfindlich, weißt du, aber er ist gesprungen wie eine Heuschrecke, wenn man ihn gelassen hat." Sie angelt nach ihren Zigaretten und zündet sich eine an. „Ich habe nie geraucht, bis zu dem Tag. Scheißangewohnheit, ich weiß, aber ich kann es nicht lassen. Na ja, ich schätze, bei uns ist so viel kaputt, da macht das bisschen Nikotin auch nichts mehr."

Sie lacht. Zu hart, um echt zu sein.

„Ich kann Jagos Blick nicht vergessen, als ich unter ihm lag. Seine vor Angst verdrehten Augen, mit denen er mich gesucht hat. Man konnte das Weiße darin sehen. Ich habe ihn umgebracht, mit meinem dämlichen Ehrgeiz. Ich hätte das Turnier nicht reiten müssen; wir hatten bereits einen Pokal gewonnen an dem Tag. Ich hätte spüren müssen, wie erschöpft er war."

Sie steht ruckartig auf, geht weg von mir, öffnet das Fenster, obwohl es draußen eiskalt ist.

„Ich wäre jetzt gerne ein bisschen alleine."

Ich stehe mühsam auf. Fühle mich steif wie nach einem Marathonlauf. Ich trete hinter sie und lege ihr die Hand auf die Schulter. Es kommt mir seltsam vor, sie zu berühren, das erste Mal.

„Bist du sicher?"

„Voll und ganz", sagt sie mit einer fremden Stimme, die nichts mehr mit der fröhlichen, selbstsicheren Anne gemeinsam hat, die ich bisher kannte. Selbstschutz. Und ich muss ihn ihr lassen, weil ich ihn kenne, aus eigener Erfahrung. Er ist manchmal das Einzige, was einen dazu bringt weiterzumachen.

„Du weißt, wo du mich finden kannst", sage ich leise und gehe. Sie nickt zum Abschied. Bleibt am geöffneten Fenster stehen und inhaliert die kalte Luft und den Rauch, immer abwechselnd, vollkommen konzentriert, so wie sie vorhin ihr Haar gebürstet hat.

Ich laufe den Korridor entlang, folge den Neonröhren. Es ist leer und still, doch auf halber Strecke kommen mir zwei Patienten aus der Entspannungsgruppe entgegen, in ein Gespräch vertieft. Ich drehe das Gesicht weg und trete zur Seite, bis ich die Wand spüre. Zwecklos. Sie bleiben stehen und mustern freundlich-interessiert mein Gesicht. *Lasst mich,* denke ich und habe das Gefühl, dass meine Abneigung aus jeder Pore strömt, die beiden Gestalten einhüllt und mit sich fortträgt. Doch nichts geschieht.

„Du bist doch auch in unserer Gruppe, oder?", fragt der Mann.

„Ja."

„Du warst vorhin so schnell weg ..."

Gleich passiert es. Gleich wird er mir einen Vortrag halten, dass ich mich mehr in die Gruppe einfügen und meine Gefühle zulassen müsse. Und dann werde ich ihm mit meiner Krücke eine reinhauen. Das ist so sicher wie das Amen in der Kirche!

Vielleicht werfen sie mich dann raus, mitten in der Nacht, und ich habe meine Ruhe. Ob man auf dieser Insel trampen kann? Oder ob alle ab halb zehn brav in ihren Betten liegen und von den Touristenströmen im Sommer träumen?

„Also, ich kann dich verstehen. Ich finde, der Typ hat es einfach nicht drauf. Entweder man schläft nach zwei Minuten freiwillig ein oder man fragt sich, wie man das bis zum Ende aushalten soll."

„Wie bitte?"

Ich starre ihn fassungslos an. Die Frau an seiner Seite nickt eifrig und macht eine wegwerfende Handbewegung.

„Walther hat Recht. Einfach nur öde. Wir haben was Besseres mit unserer Zeit vor, nicht wahr?"

Walther nickt und tätschelt ihre Hand.

„Wir gehen noch was trinken unten im Aufenthaltsraum und spielen eine Runde Scrabble. Hast du Lust, mitzukommen?"

„Ein andermal."

Sie zieht bedauernd die Achseln hoch.

„Schade. Aber vielleicht hast du ja morgen Lust?"

„Ja, vielleicht", lüge ich.

Sie nickt und lächelt, dann hakt sie sich wieder bei ihrem Begleiter unter.

„Schönen Abend noch, und falls dir doch noch langweilig wird, komm ruhig runter!", ruft Walther, schon halb im Gehen begriffen.

Ich warte, bis sie sich einige Meter entfernt haben, dann drehe ich mich um und sehe ihnen nach. Verspüre für einen Augenblick das unglaubliche Bedürfnis, dazuzugehören.

Dann mache ich mich auf den Weg zurück in mein Zimmer. Niemand kommt mir entgegen, die Gänge sind menschenleer; bis auf die bunten Bilder, die Harmonie vorgaukeln, sehen sie alle gleich aus. Ich komme mir vor wie Keanu Reeves in *Matrix*, irgendwann werde ich aufwachen und feststellen, dass die Welt, in der ich bis dahin gelebt habe, nur eine Illusion war.

14

Die Erste, der ich am nächsten Morgen begegne, ist Kim.

„Na, ausgeschlafen?", fragt sie lächelnd. Ihr weißes Poloshirt ist makellos.

„Eher weniger", sage ich und schließe die Zimmertür hinter mir ab. Ich habe keine Lust auf ihre neugierigen Fragen. Wirre Träume, in denen ich auf einem durchgehenden Pferd einen Berg hinuntergaloppiert bin, direkt auf eine viel befahrene Autobahn zu, haben mich die halbe Nacht verfolgt. Auf meiner Jeans prangt ein riesiger Kaffeefleck, den ich bis jetzt übersehen habe, doch nun ist es zu spät, um umzukehren, wenn ich mich nicht komplett lächerlich machen will.

„Kommst du mit?"

Schweigend gehe ich neben ihr den Gang entlang in Richtung Frühstücksraum, kaue auf den Worten herum und behalte sie schließlich für mich.

„Sehen wir uns nachher?", fragt Kim, als sie im Treppenhaus stehen bleibt, um die wenigen Stufen zur physikalischen Therapie hinunterzusteigen.

„Es wird sich nicht vermeiden lassen."

Was ist los mit mir? Warum keine Floskel, kein netter, harmloser Small Talk? Weil mir die Worte fehlen in ihrer Gegenwart. Weil etwas an ihr mich nicht in Ruhe lässt, ob ich will oder nicht. Ich schätze, ich werde darüber nachdenken müssen. Nach einem Becher starkem Kaffee oder auch zwei.

Kim fährt sich mit der Hand durchs Haar. Ich mag diese Geste.

„Auweia, das klingt ja nicht gerade vorteilhaft", sagt sie, kein bisschen eingeschnappt, „haben wir so einen schlechten Eindruck bei dir hinterlassen?"

„Wir"? Wer ist „wir"? Sie und Maren oder sie und der Rest der arbeitenden Bevölkerung hier? Es muss eine Manie sein, dass scheinbar alle Klinikmitarbeiter ihre Identität beim Durchziehen der Stechkarte gegen ein kollektives Wir-Gefühl eintauschen und hinter einer Wolke aus weißer Reinlichkeit verschwinden.

„Wie würdest du dich fühlen, wenn dir jemand ständig noch mehr Schmerzen zufügt, als du ohnehin schon hast?"

Nachdenklich mustert sie mein Gesicht und ich drehe mich weg, sehe aus dem Fenster auf eine herbstlich-trübe Insellandschaft. Niemand soll mich so genau unter die Lupe nehmen, und schon gar nicht um diese Uhrzeit, nach so einer beschissenen Nacht!

„Wir bringen dich nur dazu, an deine Grenzen zu gehen, weißt du? Und sogar darüber hinaus."

Spar dir dein Gequatsche. Das zieht bei mir nicht.

„Aha", sage ich betont gelangweilt und spiele mit meinem Schlüssel.

„Vielleicht gefällt dir das nicht, aber Maren sagt, du machst echte Fortschritte."

„Wie kommt es dann, dass ich davon nichts mitkriege?"

Kim stellt sich direkt vor mich. Sie ist ein Stück größer. Ich kann die feinen Linien sehen, die sich unter ihren Augen entlangziehen, und ein kleines Muttermal auf ihrer Wange. Sie ist nicht perfekt. Höchstens von weitem.

Ihr Gesicht schwebt so nah vor meinem, dass ich für eine irrwitzige Sekunde überzeugt bin, dass sie mich küssen wird.

„*Ich* finde, du machst Fortschritte", sagt sie mit Nachdruck und betrachtet meine Augen und meinen Mund, immer abwechselnd.

Dann dreht sie sich ruckartig um und springt die Treppe hinunter.

„Bis nachher", ruft sie und verschwindet durch die Glastür. Es dauert endlos lange, bis mein Herzschlag sich wieder normalisiert hat. Ich glaube, ich spinne! Und was das Beste ist: Wenn sie mich geküsst hätte ... Ich hätte es zugelassen.

15

Freitagnachmittag. Wir haben es tatsächlich geschafft, unseren Spaziergang am Meer wahr zu machen. Zwei Kilometer zum Strand, zwei zurück, aber an die mag ich noch gar nicht denken, als ich aus der Tür trete und Kim auf mich warten sehe. Sie hat sich umgezogen, das Weiß ist verschwunden und hat einer Jeans, einem dicken schwarzen Rollkragenpullover und einer Weste Platz gemacht.

„Wow", entfährt es mir, und ich beiße mir verlegen auf die Lippen. „Ich ... so meinte ich das natürlich nicht."

„Warum nicht?", fragt sie mit einem Seitenblick und hochgezogenen Augenbrauen. „Gefalle ich dir in Arbeitsklamotten etwa besser?"

„Nein."

Ich starre angestrengt auf den Weg vor uns. Konzentriere mich auf jeden Schritt auf den schlüpfrigen Holzbrettern, die sich durch die Dünen ziehen. Links, rechts. Ganz einfach, wenn man nicht allzu sehr darüber nachdenkt.

„Ich stehe nicht mehr so auf weiß, seitdem ich im Krankenhaus war."

„Verständlicherweise", sagt sie und zündet sich eine Zigarette an.

„Sag mal, willst du wirklich für den Rest deines Lebens an so einem Ort arbeiten?", platzt es mir heraus. „Mit Krankheit und dem ganzen Schmerz und Tod um dich herum?"

Nachdenklich sieht sie über ihre Schulter auf die Klinikgebäude, die wir gerade verlassen haben, dann wieder nach vorne, auf den schmalen Streifen Meer, der vor uns zwischen den Dünen aufblitzt.

„Ja. Ja, ich glaube schon. Es ist etwas anderes, wenn du den Leuten helfen kannst, als wenn du selber drin liegst, verstehst du? Wenn du das Gefühl hast, du hast deine Patienten weitergebracht, egal wie hoffnungslos ihre Lage eigentlich ist."

Sie nimmt einen letzten Zug und tritt die Zigarette sorgfältig mit ihrer Stiefelspitze aus. Atmet aus und stößt dabei eine schmale Rauchwolke in die kalte, dämmrige Abendluft.

„Manchmal gehe ich abends raus und könnte Bäume ausreißen", fährt sie fort und ihre Stimme ist dunkel, „manchmal heule ich, vor lauter Frust, weil nichts vorangeht, vor lauter Trauer, weil es mir mal wieder nicht gelungen ist, mich abzugrenzen, und jemand, den ich lieb gewonnen habe, gegangen ist. Bist du zufrieden mit der Antwort?" Sie lächelt mich von der Seite an.

„Ja."

Sie geht so nah neben mir, dass ihre Schulter meine von Zeit zu Zeit berührt. Ich schlucke meine Verlegenheit hinunter. Räuspere mich.

„Was ist?"

„Nichts. Ich meine … ich bin überwältigt von deiner Offenheit. Wir kennen uns schließlich kaum, oder?"

„Dann lernen wir uns eben jetzt kennen", antwortet Kim, zündet zwei neue Zigaretten an und reicht mir eine davon. „Willst du?"

Wortlos nehme ich sie aus ihrer Hand. Ziehe daran und spüre den Rauch in meinen Lungen, höre ihr zu, wie sie atmet. Ich mag das Geräusch.

„Verführst du alle deine Patienten zu so ungesunden Angewohnheiten?"

„Nein, das ist Ausnahmefällen vorbehalten."

Wir grinsen uns an.

„Ich kannte mal jemanden, der behauptet hat, dass das ganze Leben ungesund sei, aber wir hören trotzdem nicht damit auf", sage ich und denke an Marius.

„Das war ein weiser Mensch, was?"

Ich schweige. Der Weg ist zu Ende, die Holzbohlen gehen in Sand über. Ich brauche meinen ganzen Atem, um mit den Krücken vorwärts zu kommen und nicht zu stürzen.

„Willst du umkehren?", fragt Kim.

„Spinnst du?", frage ich und humpele verbissen weiter. Ich will dorthin, wo die Wellen sind, endlich etwas von der Nordsee spüren, an die ich unbedingt wollte. Um keinen Preis zurück!

Erst als das Salzwasser meine Schuhe berührt, halte ich an. Ich habe Kim weit hinter mir gelassen. Sehe zu, wie ein kleiner Krebs neben mir auf den Sand gespült und von der Strömung wieder mitgenommen wird. Warte, bis sie neben mich tritt.

Kim sieht mich an. Und plötzlich ist da ihre Hand unter meinem Kinn. Sie zwingt mich sanft dazu, sie anzusehen. Ich blicke direkt in ihre Augen, tarnfarben heute, die Farbe kaum vom Meer zu unterscheiden.

„He", sagt sie, mehr nicht. Und ich reiße mich los, bevor ich ertrinke.

Plötzlich sehe ich es wieder vor mir: Franzis Gesicht, Leahs Mund. Ich kann das nicht. Ich bin dabei, mich zu verlieben, und ich muss es verhindern, mit allen Mitteln, bevor es zu spät ist. Bevor ich wieder anfange zu leiden wie ein Hund. Und verlassen werde. Mein Panzer ist zu dünn geworden in den letzten Wochen, keine Chance, noch ein Drama zu überstehen. Ich bin froh, dass ich dem letzten entkommen bin.

Niemand ist unterwegs, als ich den langen Weg zur Klinik zurücklaufe. Mein Herz schlägt wie verrückt. Kim ist längst nicht mehr zu sehen, sie ist mir nicht gefolgt, steht vermutlich noch immer am Strand, allein.

Ich schließe mich in meinem Zimmer ein. Trete gegen den Spiegel, doch Erleichterung will sich nicht einstellen. Mein Herz ist so schwer, als hätte es sich mit Meerwasser vollgesogen.

Nur widerwillig humpele ich eine halbe Stunde später zum Schwimmtraining. Denke an Kim und versuche, es nicht zu tun, mich auf meine Therapie zu konzentrieren, doch es gelingt mir nicht. Ich ertappe mich dabei, wie ich in der Halle mit Blicken nach ihr suche, doch Maren ist heute allein, streng und unerbittlich wie immer.

Missmutig starre ich durch all das Blau hinunter auf den Grund, während sie Musik einschaltet.

„Julia, was ist los?", fragt Maren und hält damit inne, ihre Gymnastikübungen auf dem Trockenen vorzuturnen.

„Ich habe keinen Bock, das ist los!", maule ich sie an und spucke Chlorwasser aus.

Sie hebt die Hände und lässt sie wieder sinken. „Okay, okay, ist ja gut, ich hab's verstanden."

Sie wendet sich ohne einen weiteren Kommentar den anderen Patienten zu und ignoriert mich. Ich schwimme zwei Bahnen in absoluter Rekordzeit, dann steige ich aus dem Becken und knalle die Tür zu den Duschräumen hinter mir zu. Als ich durch das Glas zurückblicke, kann ich sehen, dass Maren lächelt. Ich werde einfach nicht schlau aus ihr.

„Was war denn das eben für ein Auftritt?"

Anne stellt sich neben mich unter die Dusche und beginnt, Unmengen von Shampoo auf ihrem Haar zu verteilen.

„Lass mich in Ruhe, ich bin schlecht gelaunt."

„Das sehe ich. Meine Frage war eher: warum?", gibt sie ungerührt zurück und greift nach einer Haarkur, die nach Vanille riecht.

„Sag mir lieber, was du da treibst. Willst du heute noch auf einen Schönheitswettbewerb oder so was Ähnliches gehen?"

Sie grinst und wirft mit der mittlerweile leeren Flasche nach mir.

„Wir gehen heute Abend aus."

„Habe ich richtig gehört? Hast du gerade ‚wir' gesagt?"

„Ja. Im Jugendzentrum im Ort ist heute Disco, ich habe das Plakat gesehen. Sei um halb zehn am Hinterausgang, und kein Sterbenswörtchen zu niemandem, hörst du? Wir werden nämlich abgeholt", sagt sie und macht ein geheimnisvolles Gesicht. Schlingt sich ihr Handtuch um den Kopf und stolziert davon, Richtung Umkleide.

Zu jeder anderen Zeit hätte ich sie vermutlich hängen lassen. Das Letzte, was ich mir freiwillig antue, ist eine Dorfdisco, zudem noch mit den blöden Krücken an meiner Seite. Aber heute Abend? Ich habe Angst vor dem Alleinsein. Angst vor dem bloßen Gedanken an Kims verlorene Gestalt am Strand.

Also verschwinde ich nach dem Abendessen, das aus Graubrot, Leberwurst, Käse, Gewürzgurken und dem unvermeidlichen Pfefferminztee besteht und bei mir den mittlerweile schon vertrauten Brechreiz auslöst, auf mein Zimmer, um mich ausgehfertig zu machen.

Das Telefon klingelt, als ich gerade ratlos vor meinem Kleiderschrank stehe. Für eine verrückt-schöne Sekunde denke ich, es wäre Kim, dann tönt mir Olivers Stimme entgegen: „Wie geht es dir, Kleine?"

Ich denke über diese simple Frage nach. Komme zu keiner passenden Antwort. In meinem Kopf herrscht ein einziges

Chaos. Nur dass ich nicht mehr seine „Kleine" bin, das ist mir plötzlich sonnenklar.

„Was macht Mia?", lenke ich ab und er steigt sofort darauf ein.

„Ihr ist übel, sie hat sich gerade ein bisschen hingelegt."

„Grüß sie von mir, ja?"

„Klar, mach ich. Ich rufe dich morgen wieder an."

Als ich nicht antworte, wird er unsicher. „Juli? Wirklich alles okay?"

„Ja sicher, alles bestens", lüge ich und wünsche mir in dieser Sekunde, dass er morgen nicht anruft. Morgen nicht und auch nicht am Tag danach.

Es knackt, dann ist die Verbindung unterbrochen. Ich stehe da mit dem stummen Hörer in der Hand. Frage mich, worüber wir eigentlich geredet haben.

Gab es in den letzten Monaten auch nur ein einziges wirkliches Gespräch zwischen uns? Eines, das über „Hallo, wie geht's?" und „Wer geht heute einkaufen?" hinausging, Sätze, die den Alltag sichern? Hat er eine Ahnung davon, wie es hinter meiner Fassade aussieht, tief drinnen, wo die ganze verdammte Trauer festsitzt und lauert? Die Antwort lautet definitiv nein. Es ist vielleicht zu einem Teil meine Schuld: Ich habe ihn schließlich auch nie gefragt, wie er sich wirklich fühlt.

Für einen kurzen Augenblick bin ich versucht, ihn anzurufen. Dann denke ich an Mia, die auf unserem Sofa liegt und ihre Schwangerschaftsübelkeit pflegt. Wie von selber gleitet der Hörer aus meiner Hand.

Stattdessen hocke mich auf die Fensterbank, es regnet schon wieder, scheint hier ein Dauerzustand zu sein. Tief unter mir lassen die Astern in den kahlen Beeten die Köpfe hängen. Mistwetter. Der falsche Ort, um einen klaren Kopf zu bewahren, und den brauche ich, wenn ich wieder gesund werden will. Meinetwegen können sich die ganzen Gefühle davonmachen, einschließlich des Kim-Gefühls in meinem Bauch!

Ich rauche die Zigarette, die sie mir geschenkt hat, heute, auf dem Weg zum Strand, bevor ich davongerannt bin wie eine Idiotin und sie habe stehen lassen. Vermutlich wird sie nie wieder ein Wort mit mir wechseln und ich kann es ihr nicht einmal verübeln. Höchstwahrscheinlich denkt sie, ich hätte nicht nur ein lahmes Bein, sondern auch ein Hirn wie ein Spatz.

„Mist, Mist, Mist", schimpfe ich, doch der Wind schluckt meine Stimme sofort. Nicht mal anständig fluchen kann man in diesem Nest!

Der Wagen parkt am Hinterausgang, pünktlich um halb zehn. Ein Typ, der allerhöchstens wie achtzehn aussieht, hockt am Steuer und grinst mich erwartungsvoll an. Aus dem Autoradio hämmert auf voller Lautstärke ein cooler Hip-Hop-Sound. Oder zumindest das, was er dafür hält.

„Hi" schreit er gegen die Bässe an, „ich bin Tobias, aber du darfst mich Tobi nennen."

„Juli. Und wenn du so weitermachst, Tobi, werden wir unter Garantie innerhalb der nächsten zwei Minuten entdeckt!", brülle ich und dehne das „O" in seinem Namen künstlich in die Länge.

„Ist ja gut, Mann", murmelt er und fährt im Rückwärtsgang die Einfahrt hinunter, „das war aber die letzte Spaßbremse für heute, okay?"

„Geht klar, Mann", antworte ich und schaue aus dem Fenster, aber außer Dunkelheit und Regen gibt es nichts zu sehen.

Anne hockt auf dem Beifahrersitz und kichert albern. Es ist mir sofort klar, wie der Hase läuft zwischen ihr und diesem Tobias. Meinetwegen, soll sie ihren Spaß haben. Hauptsache, ich komme nachher noch irgendwie nach Hause.

„Woher kennt ihr beide euch eigentlich?", frage ich munter. Tobi wirft mir einen schnellen Blick im Rückspiegel zu, dann sieht er wieder auf die Fahrbahn. Anne wendet den Kopf, begierig darauf zu erzählen. Ihre stark geschminkten Augen wirken fremd im Dämmerlicht, die Schatten der vorüberhuschenden Straßenlaternen tun ein Übriges.

„Ich war neulich mit ein paar anderen in der Mittagspause Kaffee trinken im Ort, da haben wir uns getroffen", antwortet sie stolz, so als hätte sie eine besonders wertvolle Trophäe beim Preisschießen ergattert.

Ich nicke und betrachte den Parkplatz vor der Disco, der bereits jetzt, um kurz vor zehn, überfüllt ist. Ein paar Jungs lassen ihre Mofas aufheulen und umkreisen uns.

„Gott, hat hier eigentlich jeder ein Fahrzeug?"

Tobias grinst mich an. „Du bist auf einer Insel, Juli, ohne fahrbaren Untersatz stirbst du hier spätestens in den Wintermonaten vor Langeweile!"

Die Tanzfläche ist leer, obwohl sich der DJ alle Mühe gibt, die Leute in Stimmung zu bringen. Tobias holt uns ein Bier, das ich in schnellen, gierigen Schlucken herunterstürze.

„So gefällst du mir schon besser", sagt er.

„Geschenkt", antworte ich, aber das hört er schon nicht mehr, er hat sich Anne zugewendet und küsst sie hinters Ohr und auf den Haaransatz.

„Kommst du mit runter, kickern oder Billard spielen?", fragt sie in meine Richtung, aber ich bin mir nicht sicher, ob sie wirklich mich meint. Ich hasse es, das fünfte Rad am Wagen zu sein.

„Geht schon mal vor, ich komme gleich nach", murmele ich und frage mich, wie sich Bierflasche und Krücken vereinbaren lassen, ohne dass ich dabei sofort auf die Schnauze falle. Ob es da einen Trick gibt, damit auch Freaks wie ich saufen können? Ich meine, was soll man sonst auf einer Party machen, wenn man nicht tanzen kann und die Lautstärke der Musik jede vernünftige Konversation verhindert?

Seltsamerweise muss ich erneut an Mia denken. Wie es dem Baby wohl geht? Was fühlt so ein winziges Wesen, wenn es sich im Bauch befindet? Denkt es überhaupt oder ist es einfach nur da, vollauf damit beschäftigt, zu wachsen und ein fertiger Mensch zu werden? Ich weiß nicht einmal, ob es ein Junge oder ein Mädchen ist. Aber eines weiß ich sicher: Ich will nicht, dass ihm etwas passiert. Es gehört zu mir und zu Oliver, schon jetzt, trotz allem. Da ist zum ersten Mal wieder ein Wir-Gefühl, seitdem Mia kam. Auch wenn sie es im Bauch trägt – sie kann nicht verhindern, dass es dieselben Gene besitzt wie ich, nicht wahr?

Die Flasche ist leer. Ich hole mir eine zweite und schaffe es damit unbeschadet bis zur Kellertreppe. Die Musik ist noch lauter geworden, die Bässe vibrieren unter meiner Schädeldecke. Das letzte Mal, als ich betrunken war, habe ich Franzi gesehen, bei dem Schulfest.

Nicht daran denken jetzt.

Unten in der Bar stehen ein Billardtisch und ein Kicker, beide dicht umlagert. Ich entdecke Anne neben Tobias, der wie ein Wahnsinniger die Kurbeln des Kickers bearbeitet. Annes Wangen sind gerötet. Die Glückliche, sie ist ihre Krücken bereits seit zehn Tagen los!

Ich bleibe stehen, weil ich sie nicht stören will. Lasse meinen Blick weiterwandern. Als ich Kim entdecke, dauert es ein paar Sekunden, bis die Botschaft in meinem vernebelten Hirn angekommen ist. Sie steht etwas abseits, in ein Gespräch mit einer jungen Frau vertieft. Wäre ich noch nüchtern, würde ich jetzt vielleicht etwas Normales tun oder sagen. „Hi, wie geht's?" wäre eine gute Idee. Aber meine Zunge ist in den letzten zehn Sekunden an meinem Gaumen festgeklebt.

Ich gehe langsam hinüber, obwohl ich weiß, dass es ein Fehler ist. Manche Dinge muss man einfach tun. Vielleicht existiert da irgendwo in unseren Eingeweiden ein kleiner Motor, der in den Momenten die Führung übernimmt, wenn die Gehirnzellen mal wieder brachliegen.

„He, da ist ja noch so'n Spasti, seht mal!"

Ich bewege meinen Kopf unendlich langsam nach rechts, so als wäre er auf meinem Hals festgeschraubt. Ein Mädchen mit langen, schwarzen Haaren grinst mich an, ihre Augen hinter einer dichten Schicht Mascara sind hell und farblos.

„Hast dich wohl verlaufen, was? Erst die", sie nickt mit dem Kopf zu Anne hinüber, die ahnungslos und glücklich an Tobias gelehnt dasteht und nichts mitkriegt, „und jetzt auch noch du, bisschen viel für die Behindertenquote heute, oder?"

„Mit dir zusammen bestimmt, Spatzenhirn", flüstere ich.

„Was hast du gesagt?"

Sie baut sich drohend vor mir auf, zwei Mädchen im Schlepptau, die knallenge, rosa Tops tragen und anscheinend das gleiche Haarfärbemittel benutzen. Vielleicht gibt es „strohblond" hier auf der Insel im Doppelpack billiger?

„Nichts", sage ich und sehe zu Kim hinüber, sie hat mich entdeckt und starrt mich unverwandt an, und ich habe keine Lust, mich vor ihren Augen zu prügeln.

„Das will ich dir auch geraten haben", sagt die Discoqueen enttäuscht und schiebt ab, nicht ohne einen letzten geringschätzigen Blick auf mein Bein zu werfen.

Ich überwinde die letzten Meter und grinse Kim blöd an. Das Mädchen, mit dem sie sich unterhalten hat, hält inne und betrachtet mich mit unverhohlener Neugier.

„Was machst du hier?", fragt Kim.

Es klingt verdächtig nach „Ich wünschte, du wärst ganz weit weg".

Ich ignoriere sie, strecke der Fremden die Hand hin. „Hi, ich bin Juli".

„Juli, so wie der Monat?"

„Genau so."

Keine Ahnung, warum ich nicht einfach aufhören kann. Vielleicht liegt es an der Art, wie sie Kim ansieht und von Zeit zu Zeit wie zufällig ihren Arm berührt?

„Also, Juli, es war schön, dich kennenzulernen, aber wir haben hier etwas wirklich Wichtiges zu besprechen, okay?"

Sie hat einen schönen Mund, die Namenlose. Nur was er sagt, ist ziemlich hässlich.

„Schon klar. Ich weiß, wann ich störe."

Ich reiße mich von Kims Anblick los und wende mich endlich zum Gehen.

Sie schweigt. Lässt es geschehen. Alles wäre besser, wenn sie rumschreien und mir eine Szene machen würde. Wenn sie mich fragen würde, warum ich vorhin einfach gegangen bin und sie stehen gelassen habe. Alles wäre besser, als einfach nichts zu sagen.

Ich schaffe es bis zur Treppe, ohne zu stolpern. Fünfzehn Stufen. Vor einem Jahr hätte ich nicht mehr als wenige Sekunden dafür gebraucht, jetzt sind es Stunden, so scheint es mir.

Oben hat sich die Tanzfläche gefüllt. Ich hole mir noch ein Bier und lehne mich gegen die Wand, beobachte. Ich bin selber eine Insel, an deren Küsten die Stimmen branden, aber weiter kommen sie nicht. Dazu braucht es schon eine Sturmflut wie Kim.

„He, willst du tanzen?", schreit ein Typ in mein linkes Ohr. Vermutlich hat er die Krücken übersehen, die zu Boden geglitten sind. Ich betrachte ihn genauer, er sieht nicht einmal schlecht aus, langes Haar, das ihm in die Augen fällt, grasgrüne Augen, soweit ich das in dem Dämmerlicht beurteilen kann. Vielleicht ist es auch nur das Scheinwerferlicht, das sich in seiner Iris spiegelt.

Ich zucke mit den Schultern.

„Tut mir leid, aber ich kann nicht."

„Ach so?"

Er sieht enttäuscht aus, während er abzieht. Vermutlich denkt er, mein eifersüchtiger Freund hockt irgendwo und belauert mich. Und ich habe keine Lust, den Irrtum aufzuklären.

Ich schnappe mir meine Krücken und bahne mir den Weg nach draußen, ohne Rücksicht auf Verluste. Dort ist es kalt und der Regen durchweicht meine Klamotten in Sekundenschnelle. Den hatte ich total vergessen. Und es ist weit bis zur Klinik und nirgendwo ein Taxi zu sehen.

Ich mache mich auf den Weg, zu Fuß. Schließlich lande ich auf einer Kreuzung, habe keine Ahnung, von wo wir gekommen sind, jede Richtung sieht gleich aus, aber da ich schlecht hier stehen bleiben kann, bis es hell wird, marschiere ich einfach los.

Erst nach einer ganzen Weile merke ich, dass ich tatsächlich falsch abgebogen bin: vor mir liegt das Meer. Ich bleibe stehen, um nachzudenken, was mir nach drei Flaschen Bier enorm schwer fällt, da höre ich hinter mir Schritte. Der Typ wird mir doch wohl nicht gefolgt sein?

Ich gehe einfach weiter geradeaus, werde schneller, mein Bein tut jetzt lausig weh, aber ich ignoriere es einfach.

„Juli?"

Woher kennt der Typ meinen Namen?

Und wieso spricht er plötzlich mit Kims Stimme?

Es ist dunkel am Strand, aber nicht ganz, ein Mond steht am Himmel, der aussieht wie eine halb aufgegessene Torte, die dort oben jemand vergessen hat.

Es ist Ebbe, das Wasser ist ziemlich weit weg, ich laufe hinein ins Watt, obwohl der Boden schlüpfrig ist und mir die Krücken immer wieder zu entgleiten drohen.

Ich frage mich, warum die meisten Menschen glauben, dass es still ist im Wattenmeer, denn das stimmt nicht, es gurgelt an allen Ecken und Enden. Wasser schwappt in den Pfützen, Tiere sind damit beschäftigt, auf Nahrungssuche zu gehen, das glaube ich zumindest, denn was sonst tun Krebse um diese Zeit hier draußen? Vielleicht haben sie Sex im

Mondschein. Falls es bei Krusten- und Schalentieren so etwas wie den Begriff Romantik gibt.

Für eine Weile habe ich die Stimme hinter mir zurückgelassen, jetzt kommt sie wieder näher.

Geh weg! Ich will allein sein.

Es ist schön, wie sich das Mondlicht im Wasser spiegelt. Was macht es da schon, dass sich zwischen mir und dem Festland mittlerweile ein Fluss befindet, der vorhin noch nicht da war und von Minute zu Minute tiefer wird?

„Juli, was um Himmels willen machst du da? Wir müssen zurück, die Flut kommt. Ich habe keine Lust, wegen dir hier draußen zu ersaufen!"

„Lass mich in Ruhe", schreie ich, „geh zurück zu der blöden Tussi und unterhalte dich mit ihr. Das ist es doch, was du willst, oder?"

Sie ist jetzt ganz nah, legt mir eine Hand auf die Schulter. Ich schüttle sie ab. Will nicht umkehren. Die Wellen reichen mir mittlerweile bis zum Oberschenkel. Kim reißt mich herum und knallt mir eine, mitten ins Gesicht. Ich bin zu überrascht, um mich zu wehren. Ich starre sie nur an.

„Was tust du hier, Juli?", fragt sie rau.

„Das Gleiche könnte ich dich fragen!"

Sie schüttelt den Kopf. Nimmt mich einfach mit an Land. Ich wehre mich nicht mehr. Auf einmal bin ich so erschöpft, dass mir die Knie zittern. Ich stolpere mehrmals, doch jedes Mal zieht sie mich wieder hoch. Meine Jeans ist nass bis auf die Haut, meine Zähne schlagen hart aufeinander.

„Dir ist kalt", sagt sie, als wir endlich wieder am Strand stehen.

„Ja, stell dir vor!"

„Und du bist sturzbetrunken. Wie viele Bier hattest du?"

„Keine Ahnung. Zu viele vermutlich."

Ich bin immer noch sauer auf sie. Dabei hat sie genauso einen Grund, auf mich böse zu sein, schließlich war ich diejenige, die sie heute Nachmittag im Stich gelassen hat.

„Da war ein Junge, der wollte mit mir tanzen. Kannst du dir das vorstellen?"

Ich lache hysterisch. Kim schweigt und hält mir eine Zigarette hin.

„Nimm das, dann wird dir wärmer."

Ich ziehe einmal daran und gebe sie ihr zurück. Meine Zähne klappern immer lauter, so eine hundsgemeine Kälte kriecht plötzlich in meinen Körper. Dennoch kann ich nicht aufhören zu reden.

„Meine Eltern sind tot, wusstest du das? Ein Verkehrsunfall, im letzten Sommer."

Sie inhaliert und gibt mir die Zigarette zurück. Ihre Hand zittert ebenfalls, doch als sie redet, klingt sie ganz ruhig.

„Wo lebst du denn dann jetzt?"

„Bei meinem älteren Bruder."

„Ist er okay?"

„Geht so. Seine Freundin kriegt ein Kind von ihm, und ich konnte sie lange nicht besonders leiden."

„Und jetzt?"

„Ich weiß nicht. Manchmal denke ich, sie ist doch ganz in Ordnung, aber ... ich weiß es einfach nicht."

„Warum haust du nicht einfach ab, wenn es dir da nicht gefällt?"

„Ich hab's versucht. Weiter als bis zur Kühlerhaube eines LKWs bin ich nicht gekommen."

„O Mann." Sie atmet aus und zertritt die Asche unter ihren Füßen. „Willst du mitkommen zu mir? Wir können hier unmöglich stehen bleiben!"

Meine Jeans hinterlassen nasse Flecken auf dem Beifahrersitz.

„Ist das dein Wagen?"

„Nein, leider nicht, nur von meiner Mitbewohnerin ausgeliehen", sagt Kim und sieht konzentriert auf die Straße, um einem Schlagloch auszuweichen.

„Du wohnst in einer WG?“

„Ja. Seit ich letztes Jahr von zu Hause ausgezogen bin.“

„Wo leben deine Eltern?“

„Im Nachbardorf. Sie haben eine Pension, wie viele hier. Im letzten Jahr haben sie ausgebaut, einen Wellness-Bereich mit Sauna und allem Drum und Dran.“

Ich pfeife durch die Zähne, aber sie schüttelt den Kopf.

„Was ist? Gefällt es dir nicht?“

„Darum geht es nicht.“

Sie hält an, mitten auf der Straße. Zum Glück ist es spät und menschenleer, sonst würde bestimmt jemand in uns reinfahren.

„Worum dann?“

„Meine Eltern erwarten, dass ich den Laden übernehme, wenn sie sich zur Ruhe setzten. Meine ältere Schwester wohnt auf dem Festland, ihr Mann ist Lehrer an einem Gymnasium in Kiel. Dass sie nicht zurückkommt, ist sonnenklar. Ich habe es monatelang nicht fertiggebracht, ihnen zu sagen, dass ich ebenfalls von hier weggehe. Ich habe mich heimlich an Physiotherapie-Schulen beworben. Irgendwann hat mein Vater es rausgekriegt. Er hat einfach meine Post aufgemacht, kannst du dir das vorstellen? Danach war die Hölle los.“

Sie sieht weg, aus dem Fenster, in die Dunkelheit. Ich fummle am Radio herum, um meine Hände zu beschäftigen, doch es ertönt nur ein lautes Rauschen.

„Mistkarre.“ Kim haut mit der flachen Hand gegen das Lenkrad. Sieht mich von der Seite her an. „Alles okay bei dir?“

„Klar. Ging mir nie besser.“

„Du lügst“, sagt sie und lächelt.

„Kann sein.“

Ich spüre das Bier immer noch. Ich fühle mich innen ganz weich, meine Gedanken sind seltsam unscharf. Es tut gut, hier zu sitzen, mit ihr, und einfach nur zu reden. Seit Monaten habe ich so etwas nicht mehr getan.

„Was ist dann passiert? Haben sie dich rausgeworfen?"

„Ich bin ihnen zuvorgekommen, habe das Notwendigste gepackt und bin gegangen. Zum Glück war in der WG von einer Freundin gerade ein Zimmer frei geworden. Dann habe ich die Stelle in der Klinik bekommen, für ein Jahr. Alles läuft glatt. Bis auf die Tatsache, dass meine Eltern mich hassen."

Sie zieht eine Grimasse und angelt nach ihren Zigaretten, doch die Packung ist leer. „He, heute ist mein Glückstag."

„Immerhin hast du mich aus der Nordsee gefischt!"

Sie lacht. Laut und aus vollem Herzen. „Da hast du Recht. So was wie dich habe ich da draußen noch nie gefunden."

„Mich gibt's auch nur einmal", grinse ich und weiß genau: Einen Satz wie diesen würde ich in nüchternem Zustand niemals zustande bringen.

Kim fährt mit mir über die Landstraße. Bei einer kleinen Häuseransammlung in der Nähe der Dünen biegt sie links in einen Sandweg ein und bleibt schließlich vor einem niedrigen, weiß getünchten Haus stehen. Es ist ein Friesenhaus mit reetgedecktem Dach, wie aus einem Postkartenmotiv entsprungen, wenn man von dem verwilderten Garten und der halbzerfallenen Steinmauer einmal absieht. Vor der Garage parken ein mit bunten Blumen bemaltes Mofa und eine klapprige Ente mit dem Aufkleber „Atomkraft? Nein danke!".

„Was ist das? Eine Hippiekommune oder ein Hexenhaus?" Grinsend sehe ich Kim an.

„Weder noch. Wart's ab", sagt sie und geht mir voraus durch die Gartenpforte. Neben der Eingangstür liegt ein Kürbis, dem jemand eine Fratze aufgemalt hat.

„Kim?"

Ich halte an, auf halbem Weg. Sehe sie an in dem Licht, das aus den Fenstern fällt. Ich kann nicht mehr klar denken vor lauter Alkohol in meinem Kopf, aber das macht plötzlich nichts mehr, mein Bauch denkt für mich mit, irgendwo unterhalb meines Magens sitzt eine Stimme und die sagt mir: jetzt!

„Ja?"

„Sie sollten froh sein."

„Wer?"

„Deine Eltern. Sie sollten froh sein, dass sie dich haben. Ich meine, du könntest genauso gut Drogen nehmen oder den ganzen Tag vor dem Fernseher abhängen, oder? Ich kenne genug Leute, die so was tun, vor lauter Langeweile oder weil sie sich selbst nicht mehr ertragen."

Ich verstumme, und Kim schweigt ebenfalls. Dann kommt sie zurück zu mir und lächelt mir in die Augen. Hastig fahre ich fort. Kann die Stille zwischen uns nicht aushalten, nicht, wenn sie so nah vor mir steht wie jetzt. Die Worte purzeln wie von selber aus meinem Mund.

„Ich meine, wenn ein Jugendlicher an einer High School loszieht und seine Mitschüler abknallt, dann ist das eine wirkliche Katastrophe, oder?"

Ihr Zeigefinger fährt über meine Wange, ganz vorsichtig. Einmal rauf, einmal runter, dann nimmt sie ihn weg.

Am liebsten würde ich schreien: „Hör nicht auf!"

16

Im Haus duftet es nach Apfelkuchen. Ich sehe auf meine Armbanduhr, es ist bereits weit nach Mitternacht.

„Wer um Himmels willen backt jetzt noch?"

„Leni, schätze ich", sagt Kim und wirft einen schnellen Blick in die Küche, in der ein alter Gasherd steht. An den Wänden hängen Borde aus Holz, auf denen sich Kannen und Becher türmen, Fotos in Inselfarben sind zu erkennen.

„Sie ist ein bisschen verrückt, was das angeht. Aber sie kocht und backt wirklich hervorragend."

Kim geht weiter und ich folge ihr, den Flur entlang, den eine überdimensionale Tibet-Fahne ziert, ins Wohnzimmer. Das Erste, was mir auffällt, ist ein dicker, gestromter Kater auf einem altertümlich aussehenden Kachelofen. Neben ihm hockt ein junger Mann mit Nickelbrille, in ein Buch versunken, und krault ihm geistesabwesend den Nacken. Er trägt weder Schuhe noch Strümpfe und seine nackten Füße baumeln in der Luft.

Auf einem alten Sofa, das einmal rot war und jetzt abgewetzt ist und die Fäden hängen lässt, sitzen sich zwei Typen gegenüber und spielen Karten. Der eine hat Dreadlocks, in die winzige Muscheln geflochten sind, der andere trägt einen Dreitagebart.

Auf dem Fußboden hockt eine junge Frau mit kinnlangen schwarzen Haaren und betrachtet mit gerunzelter Stirn Bilder von Kindern. An dem Esstisch ist eine weitere damit beschäftigt, sich eine Zigarette zu drehen, ihr hellblondes Haar reicht ihr bis fast zum Hintern und fällt ihr weich ins Gesicht. Sie sieht auf, als wir hereinkommen.

„He, Kim, wen hast du denn da mitgebracht?"

Fünf Augenpaare wenden sich mir neugierig zu und ich spüre, dass ich rot werde. Am liebsten würde ich umkehren. Ich umklammere die Krücken so fest, dass meine Knöchel weiß hervortreten.

„Hi, ich bin Juli", sage ich und das Wesen mit den Elfenhaaren springt auf und reicht mir die Hand.

„Ich bin Leni. Und der Kerl da ohne Schuhe ist David."

David lächelt und winkt mir zu.

„Was liest du da so Spannendes?", erkundige ich mich.

„Keine Ahnung", antwortet er und seufzt, „ich versuche seit zwei Stunden, es herauszufinden, aber es gelingt mir einfach nicht. Ich glaube, es hat etwas mit der amerikanischen Politik und der Ölkrise im Nahen Osten zu tun."

„Himmel, kann es nicht mal was Leichteres sein?"

Die Frau, die bis eben auf dem Fußboden gehockt hat, erhebt sich und kommt auf mich zu.

„Ich bin Rieke", fügt sie hinzu, jetzt mir zugewandt, „ich bin Kindergärtnerin, wenn du also mal einen Babysitter brauchst ..."

„Äh ... nein danke. Im Moment kein Bedarf."

Sie antwortet nicht, ist bereits wieder damit beschäftigt, die bunten Bilder zu sortieren, auf denen sich Tiere, Sonnen und Blumen tummeln.

„Sie hat einen Malwettbewerb veranstaltet und jetzt kann sie sich einfach nicht entscheiden, wer von den Kleinen gewonnen hat", flüstert Leni und zwinkert mir zu. Dann rümpft sie plötzlich die Nase und schnuppert. „Sagt mal, was riecht hier eigentlich so verbrannt? O Gott, mein Kuchen!"

Sie verschwindet und zieht eine weißblonde Welle hinter sich her. Kopfschüttelnd sieht Kim ihr nach.

„Wie viele Leute wohnen hier eigentlich?", frage ich. Mir schwirrt der Kopf vor lauter Namen und Gesichtern.

Der junge Mann mit dem Dreitagebart und dem zerzausten Haar grinst mich an. Hübsch. Könnte mir gefährlich werden, in einem anderen Leben.

„Sechs, bis jetzt, aber wir haben noch ein paar Zimmer frei. Ich bin übrigens Paul. Mir gehört der Teeladen im Ort, vielleicht hast du ihn schon gesehen?"

„Klar", antworte ich. „Wie alt bist du denn?"

Er wirkt jungenhaft. Auf gar keinen Fall wie ein Geschäftsmann.

„Neunundzwanzig. Sieht man mir nicht an, oder?" Er zwinkert mir zu und Rieke stöhnt laut.

„Lass dich nicht einwickeln von ihm, er hat schon so ziemlich jeder Frau auf dieser Insel das Herz gebrochen."

„Dich eingeschlossen?"

„Nein. Ich bin dagegen immun."

Pauls Grinsen wird breiter. Er deutet auf sein Gegenüber, das hartnäckig schweigt. „Falls du mal was wissen willst über die hiesige Tierwelt: das hier ist Martin, er studiert Biologie."

Martin erhebt sich gähnend und streckt die langen, schlaksigen Glieder. „Hi Juli. Eigentlich studiere ich in Kiel, ich mache hier bloß ein Praktikum in der Beobachtungsstation."

„Was beobachtet ihr denn?"

„Seevögel."

„Hast du die Muscheln in deinen Haaren dabei gesammelt?"

„Nein, die stammen von Hawaii. Hat mir ein Freund mitgebracht, der jedes Jahr zum Surfen hinfährt. Hier in der Nordsee haben wir fast nur Miesmuscheln."

„Ich mag diese kleinen rosaweißen", sage ich, „die findet man in Unmengen am Strand, oder?"

„Ja, aber das hier sind Kauri-Muscheln. Ich habe vor, irgendwann mal nach Hawaii zu gehen, und bis dahin erinnern mich die Dinger daran, meinen Traum nicht aus den Augen zu verlieren."

„Und die jungen, hübschen Hawaiianerinnen", murmelt Paul und fängt sich dafür prompt einen Tritt ein. „Au!", protestiert er, aber Martin weicht seiner Revanche geschickt aus.

„Mann, lernt man so was auch auf den Seehundbänken?", keucht Paul.

„Nein, das habe ich mir in Japan von einem alten Kampfkunstmeister abgeschaut."

Martin lässt sich seelenruhig in seine Ecke des Sofas, knapp außer Reichweite von Pauls Füßen, zurückgleiten und greift wieder nach seinen Spielkarten.

„Scheiß Buddhisten, egal was du tust, du kannst sie einfach nicht aus der Ruhe bringen."

Martin zeigt Paul nur schweigend den Mittelfinger.

Leni spaziert zurück ins Wohnzimmer.

„Wie geht es deinem Kuchen?", fragt David.

„Ich habe ihn gerettet, kein Problem. Magst du später ein Stück probieren, Juli?"

Ich nicke. Kim geht zur Tür.

„Wir sollten langsam zusehen, dass wir aus den nassen Sachen rauskommen."

David springt zu Boden, seine nackten Füße machen ein klatschendes Geräusch auf den Holzdielen. „Stimmt. Wo wart ihr eigentlich?", fragt er und betrachtet interessiert unsere nassen Hosen.

„Wattlaufen", antwortet Kim, „soll sehr gesund sein, noch nie davon gehört?"

„Doch, aber macht man das nicht eigentlich tagsüber?"

Sie zuckt mit den Schultern. „Öfter mal was Neues, schon vergessen?"

Im Treppenhaus flüstert sie mir zu: „Keine Angst, ich leih dir ein paar Klamotten von mir."

Sie geht vor mir her, die Treppe hinauf.

„Backt Leni öfter um diese Zeit?", frage ich, nur um überhaupt etwas zu sagen.

„Ja. Wie schon gesagt, sie ist ein bisschen verrückt, aber echt begabt. Sie hat sich gerade mit einer Töpferei selbstständig gemacht und stellt absolute Wahnsinnsbecher und Schüsseln her. Sie wird sie dir bestimmt zeigen, wenn du sie danach fragst."

Ich schließe die Augen. Wenn ich noch eine Sekunde länger auf ihr Hinterteil starre, kann ich für nichts mehr garantieren! Ich taste mich nach oben, bis wir einen langen Flur erreichen, von dem ein Haufen Türen abgeht. Die meisten sind dicht mit Postern, Fotos und Postkarten beklebt, an einer hängt ein „Keep out"-Schild, an einer anderen eines mit „Warnung vor dem bissigen Hund".

„Wo ist das Bad?", murmele ich.

„Ganz hinten. Wenn du duschen willst: Handtücher sind im Schrank. Ich bin so lange in meinem Zimmer. Einfach an die blaue Tür klopfen."

Wie lange kann ich hier drin bleiben, bis sie einen Suchtrupp losschickt? Ich lehne mich gegen die Tür und sehe mich im Bad um. Weiße Fliesen, bunte Handtücher, in der Ecke eine Waschmaschine und ein Trockner. Auf dem Badewannenrand ein halbes Dutzend verschiedene Duschgels und Shampoos, die auf ihren Einsatz warten.

Ich lasse heißes Wasser ein und gleite kurz darauf in den langsam wachsenden Schaumberg. Schließe die Augen. Nur einen kurzen Moment entspannen und wieder warm werden.

Es klopft. Kim streckt ihren Kopf herein, ohne meine Antwort abzuwarten. „Alles okay bei dir?"

Ich tauche unter bis zur Nasenspitze. Ich hätte die Tür abschließen sollen, das hier überfordert mich komplett!

„Ja klar, ich komme gleich", stottere ich und hoffe, dass sie meine knallrote Gesichtsfarbe auf das heiße Wasser schiebt.

„Ich habe dir etwas Trockenes zum Anziehen mitgebracht."

„Danke."

Sie soll es bloß nicht wagen, mich anzufassen.

Gott, ich wünschte, sie würde mich anfassen!

„Juli? Wirklich alles okay?"

„Ja."

Ich weiß genau, wenn ich sie jetzt ansehe, bin ich verloren. Also starre ich auf meine Zehen, die aus dem Wasser ragen wie zehn rosa Gummiboote auf dem Ozean.

„Dann bis später."

Die Tür fällt ins Schloss. Ich bin allein. Allein mit diesem irren Gefühl im Bauch, das sich wohl am ehesten als Sehnsucht definieren lässt. Ich wünschte, sie würde wiederkommen. Ich wünschte, sie würde kommen und mich berühren und mit mir zusammen eine Riesenüberschwemmung in diesem Badezimmer anrichten.

Die Handtücher riechen nach Weichspüler, Marke „Aprilfrisch". Ich vergrabe mein Gesicht darin und versuche, Kims Geruch zu entdecken. Zwecklos.

Das Gleiche bei der Jeans, die sie mir hingelegt hat: Fehlanzeige. Dann schlüpfe ich in ihren Pullover, und plötzlich ist mit ihrem Duft alles wieder da: ihr Zeigefinger auf meiner Wange. Ihr Gesicht in der Dunkelheit vor mir.

Auf dem Flur ist niemand zu sehen. Ich suche ihre Tür, schließlich stehe ich vor einer blau bemalten Holztür mit Margeriten darauf. Ich drücke probeweise die Klinke herunter. Kim hockt auf einer Matratze am Boden und klimpert auf einer Gitarre. Es gibt kaum Möbel in dem Zimmer, außer einer Stereoanlage nur einen Schreibtisch und Umzugskartons. Das wirklich Beeindruckende an dem Raum jedoch ist seine Farbe: Wände und Decke sind in einem leuchtenden Blau gestrichen. Nicht einfach irgendeines, sondern tiefdunkles Meeresblau. Ich atme und schaue und sauge dieses Bild in mich auf. Es ist wie unter Wasser, haargenau so muss sich ein Fisch fühlen!

„Hast du das selber gemacht?"

„Ja", sagt Kim, „sie waren vorher lindgrün. Beinahe derselbe Farbton, den sich mein Vater für seine neue Wellness-Oase ausgesucht hat." Sie zieht eine Grimasse und deutet neben sich. „Setz dich doch."

Ich hocke mich auf die Matratze. Fühle auf einmal wieder, dass ich zu viel getrunken habe, das heiße Wasser hat ein Übriges getan.

„Gefällt's dir?"

„Gefallen ist gar kein Ausdruck", murmele ich und lege mich auf den Rücken, sehe nach oben in das endlose Blau. Nicht zu fassen, wie müde ich auf einmal bin!

„Es ist wahnsinnig schön."

Ich fühle ihre Hand auf meiner Wange. Schließe die Augen.

„Ja", sagt sie leise, „allerdings."

Dann schlafe ich ein.

17

Am nächsten Morgen malt die Sonne Lichtpunkte auf meine Lider. Ich öffne sie, blinzle und sehe mich um. Es ist Samstag. Die Wände sind weiß, ich liege in meinem Bett in der Klinik, ohne die geringste Ahnung, wie ich dahin gekommen bin. Ich versuche, mich gegen den Kater zu wappnen, der todsicher kommen wird, doch da ist nichts, nicht einmal ein winziger Kopfschmerz, nur der Raum, der dreht sich, als könnte er sich noch nicht entscheiden, wo und in welcher Form er heute zum Stillstand kommen will.

Was den Ausgang des gestrigen Abends angeht, herrscht in meinem Hirn größtenteils Nebel. Kims Gesicht taucht darin auf, immer wieder, und noch eines, vage bekannt: David. Die beiden haben mich ins Auto verfrachtet und hierher gebracht, um mich vor einem Donnerwetter zu bewahren.

Ich setze mich langsam auf und warte, bis das Zimmer aufhört, Karussell zu fahren. Unter der Tür quellen die Geräusche des Tages hervor.

Vorsichtig stelle ich meine Füße auf das Linoleum: der Boden trägt. Ich sehe mich um, als sähe ich den Raum zum ersten Mal. Es herrscht perfekte Ordnung, nichts erinnert an das gewöhnliche Chaos zu Hause. Ich brauche es hier nicht – das Chaos ist bereits in meinem Kopf.

Jetzt zum Beispiel. Was ist das mit Kim und mir? Freundschaft? Starrt man seinen Freunden auf den Hintern und träumt davon, sie zu küssen?

Ich gehe ins Bad und stelle mich vor den verdammten Riesenspiegel, nackt. Das Bild, das ich seit dem Unfall vermieden habe, da ist es plötzlich. Schonungslos. Auf meiner hellen Haut zeichnen sich die Narben deutlich und leuchtend rot ab. Sie werden blasser werden, haben die Ärzte gesagt, in ein paar Jahren beinahe verschwunden sein, nicht mehr als ein paar Linien auf ansonsten makellosem Grund. Ich weiß nicht, ob ich ihnen trauen kann. Meine Haut ist auf einmal mein Feind, für alle sichtbar.

Ich lasse den Blick höher wandern und betrachte mein Gesicht, die dunklen Augen unter den langweiligen braunen Strähnen. Ich werde sie mir abschneiden lassen, endgültig. Wenn schon ein neuer Schnitt, dann radikal. So kurz wie möglich, auch wenn Oliver wahrscheinlich der Schlag trifft. Er steht auf Mädchen mit langen Haaren, wie man an Mia mit ihrer perfekten roten Mähne sieht.

Mein Gesicht wirkt wesentlich schmaler als vor dem Unfall. Ob die drei Wochen Reha ausreichen werden, um meinen Körper wieder in seine alte Form zu bringen? Drei Wochen Verlängerung könnte ich noch beantragen, dann ist die Schonfrist vorbei. Und dann?

Ich beobachte die Sonnenflecken, die über meine nackten Zehen wandern. Denke an Kim, das Reetdachhaus. Weiß plötzlich nicht mehr, ob ich sie will, die Rückkehr in mein altes Leben. Noch einmal zwei Jahre Schule, durchhalten, nur für ein Stück Papier, von dem noch nicht einmal sicher ist, dass ich es bekomme?

Was wäre, wenn ich bei dem Crash mit dem LKW gestorben wäre? Hätte ich von irgendwo hinuntergeschaut auf meinen toten Körper und mich gefragt, ob das schon alles gewesen sei?

Seit ich hier bin, habe ich zum ersten Mal wieder Lust auf dieses verdammte Leben. So richtig leben, mit allen Extremen, nicht nur Pflichterfüllung und am Ende, wenn ich alt bin, das Warten aufs Essen und darauf, wahrgenommen zu werden von einer Welt, die mich am liebsten vergessen würde.

Wenn ich eines mitnehme aus der Zeit hier, dann das: Warten lohnt sich nicht, das Leben wird nicht besser, irgendwann später, unsere Zeit läuft ab, Leben ist jetzt und morgen ist es vielleicht vorbei. Und dann, wenn es schon unbedingt sein muss, will ich zumindest sagen können: „Okay, es passt mir nicht, jetzt schon zu gehen, aber wenigstens habe ich das Beste daraus gemacht. So viel Liebe aufgesogen wie nur möglich."

Meine Eltern sind tot, aber ich bin es nicht. Und mir gelingt es einfach nicht, mich deshalb schuldig zu fühlen.

„Wo bist du gewesen? Ich hab dich überall gesucht!"

Anne ist sauer. So sauer, dass sie sogar ihr Frühstück vergisst, und das will einiges heißen, ihr Morgenkakao ist ihr normalerweise heilig.

„Ich habe dich mit Tobi zusammen am Kicker gesehen, und da wollte ich nicht stören."

„Was soll das heißen: nicht stören? Wir drei waren doch zusammen da, oder?"

Ich hebe beschwichtigend die Hände. „Es tut mir wirklich leid, okay? Ich habe zu viel getrunken gestern. Ich war oben, und dann ist mir schlecht geworden, und ich bin raus."

Sie sieht mich misstrauisch an. „Und wer hat dich nach Hause gefahren, wenn ich fragen darf? Und sag nicht, dass du gelaufen bist, denn das glaube ich dir sowieso nicht!"

Ich fahre unbewusst mit den Fingern über meine Narben. Es hat wohl keinen Zweck, zu lügen. „Kim."

„Wer?"

„Das Mädchen, das ihr freiwilliges soziales Jahr in der Physiotherapie macht. Sie war gestern auch da."
„Ach so." Anne seufzt. „Ernsthaft?"
„Ich schwöre es."
Sie beginnt endlich, ihr Müsli zu löffeln. „Weißt du, ich habe schon gedacht, du hättest irgendeinen tollen Typen kennengelernt und wolltest ihn vor mir verheimlichen."
„Das würde ich niemals tun", sage ich und weiß: Es ist die Wahrheit.

Am Nachmittag schneit es, mitten im Oktober. Dicke weiße Zuckerwatte deckt alles zu, erinnert mich an meine Kindheit. Es ist Jahre her, dass ich zuletzt welche gegessen habe, mit meiner Mutter, auf dem Jahrmarkt, doch jetzt verspüre ich einen unbändigen Heißhunger auf das süße, klebrig-tröstliche Zeug. Ich setze einen Fuß hinein und sehe zu, wie mein Stiefel langsam verschwindet. Meine Zehen werden kalt und feucht. Scheußlich, und gleichzeitig fühlt es sich irre gut an.
Ich greife hinein in das endlose Weiß, forme einen Ball und schleudere ihn ins Nirgendwo. Werfe und schmeiße und schreie mir dabei die Seele aus dem Hals. Fluche so laut ich kann und bin froh, dass mich niemand hier draußen hören kann.
Als meine Arme lahm werden, lasse ich mich in den Schnee fallen, lege mich rücklings hin und starre in den Himmel über mir, doch es gelingt mir nicht, die Augen lange genug offen zu halten, eine Flocke nach der anderen schwebt heran und setzt sich auf meine Wimpern, und sobald ich sie weggeblinzelt habe, kommt schon ihre gesamte Verwandtschaft und nimmt ihren Platz ein.
„Du wirst dich erkälten", sagt plötzlich eine Kim-Stimme von da draußen, außerhalb meiner Zuckerwatte-Welt.
„Na und? Was macht das schon?", motze ich und richte mich halb auf. Ich will nicht, dass sie mich so sieht! „Spionierst du mir etwa nach?"

„Nein“, antwortet Kim und hockt sich neben mich, ungeachtet dessen, dass ihre Jeans wieder einmal nasse Flecken bekommt. „Ich steh auf Schnee, das hat nichts mit dir zu tun. Allerdings“, lächelt sie, greift sich eine Handvoll Weiß und steckt sie mir in den Nacken, „sieht er mit dir darin noch ein bisschen schöner aus als sonst.“

Protestierend angle ich nach der Kälte in meinem Nacken und versuche gleichzeitig, ihre Worte festzuhalten, damit sie sich nicht gleich wieder davonmachen. Damit ich mich an sie erinnern kann, heute Nacht, wenn ich alleine in meinem Bett liege.

In Sekundenschnelle fliegt mein Schneeball zurück. Er trifft sie auf die Wange und lachend spuckt sie Flocken. Blinzelt, genau wie ich, und wirft sich auf mich. Wir zerdrücken das Weiß, raufen und kämpfen, aber ich habe keine Chance, sie ist trainierter als ich und schließlich gelingt es ihr, meine Arme auf den Boden zu pressen. Sie lacht mir ins Gesicht, kaum zehn Zentimeter von meinem entfernt. Atmet und streift dabei mein Ohr. Ich habe eine Gänsehaut, schon wieder, und diesmal kommt sie nicht von der Kälte.

Kim küsst mich so vorsichtig, als wäre ich aus Glas. Sie küsst mich auf den Mund und dann erhebt sie sich und klopft sich den Schnee von den Klamotten. Für eine Sekunde denke ich: *Jetzt wird sie sich umdrehen und davonrennen, todsicher!*

Doch nichts davon geschieht. Sie reicht mir die Hand und zieht mich hoch. „Komm, wir gehen was Heißes trinken“, sagt sie, noch immer atemlos.

Und ich nicke nur.

18

Am Sonntag steht statt Therapien ein Spaziergang ins Dorf auf dem Plan. „Außenaktivität", wie das hier genannt wird. Eine kleine Gruppe dick vermummter Gestalten versammelt sich gegen halb zehn vor dem Eingang. Es schneit immer noch, winzige Flocken, die sofort schmelzen, wenn sie mit der Haut in Kontakt kommen.

Einige der älteren Damen murren, dass man bei diesem Wetter keinen Hund vor die Tür jagen würde, aber ich kann nicht genug bekommen von dieser Kälte. Halte mein Gesicht in den Himmel, lecke mir den Schnee von den Lippen. Er schmeckt nach nichts und gleichzeitig nach ganz viel, und er ist mir tausendmal lieber als das ewige Regengrau!

Wir setzen uns in Bewegung, Maren an der Spitze. Mein Muskelkater der ersten Tage ist endlich verschwunden und es gelingt mir beinahe mühelos, Schritt zu halten. Nach einigen Minuten lässt Maren sich zurückfallen und reiht sich neben mir ein.

„Wie kommst du zurecht, Julia?"

„Wie sieht es denn aus?"

„Ziemlich gut. Ich denke, es ist an der Zeit, die Krücken wegzulassen und dich auf deine eigenen Beine zu stellen. Was meinst du?"

Ich habe plötzlich eine Scheißangst. So sehr ich die Dinger auch oft verflucht habe: Sie geben mir Sicherheit, ich habe mich daran gewöhnt, mich auf sie zu verlassen. Und jetzt soll ich plötzlich ohne sie klarkommen?

Maren mustert nachdenklich mein Gesicht. „Wir dürfen den Zeitpunkt nicht verpassen", sagt sie leise.

„Morgen, okay? Morgen ganz bestimmt."

„Hand drauf?"

Ich nicke. Wer weiß schon, was morgen ist?

Ich jedenfalls muss mich erst daran gewöhnen, so plötzlich am Ziel meiner Träume zu sein. Wochenlang die Dehnübungen, das Laufenlernen, Schritt für Schritt, der Muskelaufbau, und jetzt sagt sie einfach zu mir: Lauf?

Und was, wenn ich falle?

Kim schließt sich der Gruppe an, als wir beinahe schon im Dorf sind. Sie muss gerannt sein, sie stößt kleine weiße Atemwolken aus und sieht dabei aus wie ein dick vermummter Drache.

„Alles klar?", sagt sie und berührt wie zufällig meine Hand.

Ich sehe nach unten auf meine Stiefelspitzen, um mein glückliches Grinsen zu verbergen. Nicke, während das Weiß langsam beginnt, die Insel zu verschlucken. Die Luft schmeckt nach Salz und Eis und wir gehen schweigend.

Kurz darauf fange ich an zu kichern. Kim stößt mich mit dem Ellenbogen in die Seite.

„He, was ist so komisch?"

„Kennst du diesen Dokumentarfilm über die Pinguinwanderung? Ungefähr so müssen wir jetzt auch aussehen."

Sie mustert die Gestalten, die in einer Reihe hintereinander laufen, und grinst ebenfalls. „Du hast 'nen Knall, Juli, hat dir das schon mal jemand gesagt?"

„Ja, das höre ich öfter."

Ich sehe in ihre Augen und beobachte, wie eine Schneeflocke auf ihrer Nasenspitze langsam schmilzt. Vielleicht ist

Kim gar nicht von dieser Welt? Kein Mensch kann solche Augen haben! Vielleicht ist sie ein Alien, das nur zufällig hier gelandet ist und sein Raumschiff nicht wieder in Gang bringt, und jetzt sitzt sie für immer hier fest auf dieser Insel und wundert sich über uns Menschen?

„Aber weißt du was", sage ich, „es fühlt sich eigentlich ganz gut an."

Ich denke an ihre Lippen und will sie küssen, hier, jetzt gleich, vor allen Leuten, während Maren auf die alten Bauernhäuser deutet und erzählt und erzählt. In meinem Kopf ist kein Platz mehr für einen anderen Gedanken, so als würde der an den Kuss sich ausdehnen wie ein blödsinniger rosaroter Luftballon.

„Kommst du heute Abend mit ins Kino?", flüstert Kim.

„Klar", flüstere ich zurück und denke: *Ich würde sie auch zum Treffen des örtlichen Fischervereins begleiten, nur um Zeit mit ihr zu verbringen.*

„Es läuft *Rhythm Is It*, den wollte ich schon seit Ewigkeiten sehen. David, Rieke und Leni kommen auch mit."

Mein Herz verlässt die Überholspur und legt einen Zwischenstopp auf dem Seitenstreifen ein. Am liebsten würde ich es ihr sagen: „Ich will mit dir allein sein." Ihr erzählen von all dem Hoffen und der Unsicherheit und den Gedanken an sie.

„Ich würde mich echt freuen, wenn du auch dabei wärst."

Wieso kann sie das tun? In der einen Minute so sein, so gleichgültig, und in der nächsten kommen solche netten Worte aus ihrem Mund?

Ich nicke schwach. Kim berührt meine Hand und ich wage es nicht, mich zu rühren. Vielleicht ist das alles ein Traum und ich erwache, wenn ich rede? Ohnehin sind Worte nicht wichtig, oder?

Vorsichtig sehe ich zu der kleinen Gruppe hinüber, die gespannt Marens Geschichten lauscht. „Was, wenn die was mitbekommen?"

„Na und?", sagt sie leise, „glaubst du, das haut *die* um?"

*

Anne hat aus einer geheimen Quelle, die vermutlich den Namen Tobias trägt, für uns eine Flasche Whisky besorgt. Gemeinsam hocken wir auf meinem Bett und trinken. Es ist Samstagabend und die Welt um uns herum scheint tot zu sein.

Ich bin siebzehn, aber ich kenne Leute, die besaufen sich mit zwölf, dreizehn Jahren jedes Wochenende. Landen mit fünfzehn in einer Entzugsklinik. Wenn sie Glück haben. Und warum das Ganze? Mit Alkohol im Blut lässt sich alles leichter ertragen, Perspektivlosigkeit genauso wie Langeweile. Du schluckst und schluckst und plötzlich wird alles weich und einfach. Bis du den Punkt erreicht hast, an dem es nicht weitergeht, hinter dem das große Elend lauert. Alles hat seinen Preis.

Und den bin ich heute nicht bereit zu zahlen.

„Was ist das eigentlich zwischen dir und dieser Kim?", fragt Anne und beginnt das Papieretikett der Flasche abzureißen. So wie sie Kims Namen ausspricht, klingt es, als wäre sie der Feind.

„Was soll da sein?" Meine Stimme zittert nur ein ganz kleines bisschen.

„Ich weiß es nicht, Juli. Sag du es mir!"

Ihr Blick frisst sich direkt hinein in meinen Kopf. Meine Gedanken gehen auf die Barrikaden, nicht daran gewöhnt, dass ich jemanden so nah heranlasse.

„Ich habe dich heute beobachtet, wie du sie anstarrst", sagt Anne und kickt die Flasche schmollend unters Bett, wo sich eine kleine Whiskypfütze bildet. Ich kann das Zeug riechen, schmecken. Erinnerungen an zu Hause, an schlechte Partys und noch mieseres Rummachen, den schalen Nachgeschmack am Morgen. Ich stelle mein Glas weg. Es ist noch halb voll.

„Und? Ich starre an, wen ich will."

Anne lacht, ziemlich hysterisch. Diesmal ist sie diejenige, die zu viel getrunken hat. „Sicher", sagt sie. Und dann beginnt sie zu heulen.

Ich fange sie auf. Ohne nachzudenken. Umarme ihren zitternden Körper und halte ihn fest, bis er ruhiger wird. Anne schnieft in Ermangelung eines Taschentuches. Schluchzt, kichert, alles gleichzeitig. Schließlich bekommt sie Schluckauf. Boxt mich gegen den Oberarm.

„Du hältst mich bestimmt für völlig irre, oder?"

„Kein bisschen", grinse ich und küsse sie auf das schokoladenfarbene Haar.

19

Ergotherapie-Gruppe am Montagmorgen, ausgerechnet. Der Leiter hält eine Rede, wie gut wir in der letzten Woche mitgearbeitet haben, wie weit wir vorangekommen sind und wie sehr er sich auf die nächste Woche mit uns freut. Nach drei Minuten sind alle gerührt und applaudieren; Frau Siemers aus dem dritten Stock wischt sich verstohlen eine Träne aus dem Augenwinkel.

So ist das wohl, wenn man sich in einer Extremsituation befindet wie wir: Eingesperrt mitten im Nirgendwo und im Herbst, mit einem Haufen Folterknechte, die uns die Knochen verbiegen und denen wir auf Gedeih und Verderb ausgeliefert sind. Da kann man schon mal rührselig werden angesichts eines solchen Lobes.

„Geben Sie nicht auf", sagt er, „auch wenn die Lage manchmal aussichtslos erscheint, hören Sie nicht auf zu kämpfen. Stehen Sie auf und geben Sie sich nicht zufrieden mit einem bisschen Leben. Nehmen Sie sich das ganze. Es gehört Ihnen."

Er verbeugt sich und steckt seinen Zettel zurück in die Hosentasche. Vermutlich hält er diese Rede alle paar Wochen mit schöner Regelmäßigkeit. Motivation ist das Zauberwort. Koste es, was es wolle. Unruhig rutsche ich auf meinem

Stuhl hin und her und betrachte das Windspiel, das ich in den letzten Tagen gebastelt habe. Ich will hier raus. Ich tauge nicht für so etwas, für Malen nach Zahlen und Selbsterfahrung durch Origami. Ich will rennen. Mich wieder spüren. Wie kann ich mir sonst sicher sein, dass ich noch am Leben bin?

In der Mittagspause schleiche ich mich raus. Die Sonne explodiert förmlich am blitzblanken Himmel und hat den Schnee in null Komma nichts weggeschmolzen. Ich nehme nicht den vertrauten Weg zum Strand, sondern einen schmalen, halb zugewucherten Pfad, den ich vor ein paar Tagen erst entdeckt habe.

Kämpfe mich zwischen Brombeerranken hindurch, bis sich der Urwald zurückzieht und den Blick auf eine Wiese freigibt. Die Scheune, die dort steht, ist alt, aber noch in Gebrauch. Wahrscheinlich haben sie dort Futter für die Kühe eingelagert, denn es duftet meilenweit gegen den Wind nach Heu. Die windschiefen Außenwände sind dicht mit wildem Wein bewachsen. Ob den jemand gepflanzt hat? Oder war er eines Tages einfach von selber da? Jedenfalls, die Blätter sind rot. Leuchtend herbstrot.

Durch meine Krankenhausaufenthalte habe ich ganz vergessen, dass wir bereits Oktober haben. Früher, da bedeutete das immer Blätterrascheln, Eichelnsammeln, Drachensteigen und Kürbisschnitzen. Meine Mutter mochte den Herbst mehr als alle anderen Jahreszeiten. Manchmal hat sie Feste veranstaltet, nur für uns drei. Wenn Olli und ich mittags aus der Schule kamen, sagte sie zum Beispiel „heute feiern wir ein Kastanienfest", und wir verbrachten dann den ganzen Nachmittag draußen im Garten mit Sammeln und Kastanienschlachten.

Ich lasse mich rücklings in das Laub fallen und betrachte die gezackten Umrisse der Bäume vor dem makellos blauen Himmel. Für eine Blattlaus bedeutet ein solches Blatt das ganze Universum. Und es ist völlig okay für sie, weil sie ja nichts anderes kennt. Ein bisschen so fühle ich mich zurzeit auch. Die Insel ist mein Universum. Nein, falsch: Kim ist mein Universum.

20

Um halb acht stehe ich vor dem Eingang. Riekes Ente hält so dicht vor mir, dass mir der Kies über die Stiefel spritzt. Kim sitzt am Steuer, sie trägt ein weißes Männerhemd. Kann man eigentlich mit siebzehn am Herzinfarkt sterben? Wahrscheinlich bin ich die Erste, der so etwas passiert.

Ich lasse mich neben sie auf den Beifahrersitz fallen, auf der Rückbank quetschen sich Leni, Rieke und David zusammen.

„Morgen bin ich die Krücken los, dann ist es vorbei mit meinem Logenplatz, oder?", sage ich über die Schulter nach hinten.

Kim sieht mich schnell von der Seite an. „Ehrlich?", fragt sie, „morgen schon?"

„Maren wollte sie eigentlich heute schon weglassen, aber ich war noch nicht so weit. Ich habe heute etwas zum Festhalten gebraucht."

Ich lächle sie an und meine nicht den Restalkohol in meinem Blut. Ob sie es kapiert hat?

Ich komme nicht dazu, darüber nachzudenken.

„Wovon handelt dieser Film überhaupt?", wirft Leni in die Runde und bindet sich ihr langes Haar lose auf dem Hinterkopf zusammen.

„Von Jugendlichen, die zum ersten Mal in ihrem Leben tanzen und dabei ganz nebenbei etwas fürs Leben lernen", antwortet David.

„Und *darüber* drehen die einen Film?"

„Wart's ab."

Als wir uns an der Kinokasse in die Warteschlange einreihen, steht David plötzlich hinter mir.

„Du hast den Film schon mal gesehen, oder?", frage ich ihn.

„Ja. Dreimal."

Ich pfeife durch die Zähne. „Wow, scheint sich ja zu lohnen."

Er nickt und kramt in seinem Rucksack nach Geld und ich entdecke sie sofort, die Kamera.

„Bist du etwa Fotograf?"

„Ja, wieso?"

Die Antwort wäre einfach, aber ich bringe sie nicht über die Lippen. Was, wenn er mich auslacht? Ich bin siebzehn. Wahrscheinlich hält er es für ein Hirngespinst, das vorübergeht, so wie die meisten.

„Ach, nur so."

Ich drehe mich um, damit er die Enttäuschung in meinem Gesicht nicht mitbekommt. In einem Schaukasten an der Wand hängen Filmplakate, eine Vorschau auf die nächsten Wochen. Die Scheiben sind staubig, von einer der Lampen, die den Eingang beleuchten, seilt sich soeben eine fette Spinne ab.

„Wenn es dich interessiert, kann ich dir gerne mal ein paar meiner Arbeiten zeigen", sagt eine Stimme in meinem Nacken.

„Das wäre schön", antworte ich ins Nirgendwo und beobachte, wie die Spinne mit Hingabe an ihrem Netz arbeitet.

„Du fotografierst auch, oder?"

Er ist immer noch da. Macht es mir leicht. Und ich denke: *Jetzt oder nie.*

„Ja, hin und wieder."

„Was?"

Ich drehe mich wieder um, betrachte ihn zum ersten Mal genauer. Warum gibt er sich so viel Mühe mit mir, wo er mich doch kaum kennt?

„Meistens Gesichter. Eigentlich nur."

„Alte oder junge?"

„Früher junge, in letzter Zeit hauptsächlich alte. Die haben mehr zu erzählen. Die Falten und all das ... Man sieht, dass der Mensch dahinter eine Geschichte hat."

„Passt dir morgen Abend?"

„Wozu?"

„Ich würde gerne deine Meinung zu ein paar von meinen Entwürfen hören. Ich bin gerade dabei, eine Mappe zusammenzustellen, für eine Ausstellung im nächsten Sommer."

Ich überlege. Versuche, mir nicht einzureden, dass es ihm etwas bedeutet. Vermutlich will er einfach nur nett zu mir sein. Die berühmte gute Tat des Tages.

„Also gut. Morgen nach dem Abendessen", höre ich mich sagen und er nickt, „ich freu mich".

„He, was habt ihr beiden da hinten denn zu bequatschen?" Leni kommt neugierig näher. In den Händen hält sie die Eintrittskarten.

David und ich sehen uns an. Lächeln gleichzeitig.

„Ach nichts", sagt er, „ich habe sie nur zu meinem Geburtstag übermorgen eingeladen. Du kommst doch, Juli, oder? Es wird nichts Großes, wir wollen nur ein bisschen feiern."

„Klar komme ich. Dein wievielter?"

„Achtundzwanzig. Uralt, oder?" Er zwinkert mir zu und nimmt Leni wortlos die Karten aus der Hand.

Kim schafft es, den Sitz neben mir zu ergattern, der Platz zu meiner Rechten bleibt frei. Als es dunkel wird, klopft mein

Herz so laut, dass ich meine, man müsste es bis in die erste Reihe hören. Gleich wird sich jemand umdrehen und sich beschweren, todsicher!

Aber nichts passiert.

Die Werbung flimmert vorüber, die Trailer, dann beginnt der Film. Er ist wirklich gut, David hat nicht zu viel versprochen. Normalerweise würde ich mich total fallen lassen, so faszinierend ist es zuzusehen, wie die Jugendlichen aus einer Berliner Hauptschule anfangen, an sich zu arbeiten und endlich etwas aus ihrem Leben zu machen. Doch da ist Kim und sie sitzt so dicht neben mir, dass es mir fast den Atem nimmt.

Als der Film schon beinahe vorbei ist, dreht sie endlich den Kopf. Ich sehe sie an und sie küsst mich, einfach so, mitten auf den Mund. Ich höre auf zu denken. Erst als es vorüber ist, setzt mein Gehirn wieder ein, doch da ist es zu spät und ihr Gesicht bereits wieder Lichtjahre von mir entfernt.

„Du", flüstert sie. Mehr nicht.

Und ich sitze da und denke, das ganze Kino hält den Atem an und lauscht. Währenddessen ist in mir wieder dieses glückliche Grinsen, es kommt von ganz innen, aus meinem Bauch. Breitet sich in mir aus wie eine Lawine.

Geküsst, von einer Frau! All das, was immer gefehlt hat, ist plötzlich da, und noch viel mehr, von dem ich nicht einmal gewusst hatte, dass es existiert. Mit Franzi war ich nahe dran, für eine Sekunde, auf der Lichtung. Bevor sie abgehauen ist. Aber das hier ist anders.

Du verpasst etwas, Franzi, denke ich und starre lächelnd in die Dunkelheit.

21

Ich laufe durch den Turnraum, im Kreis wie ein Zirkuspferd. Maren hat Musik eingelegt, eine alte CD von den *Fugees*.

„Klappt doch ganz gut, oder?", ruft sie mir vergnügt zu. Dann nimmt sie mir eine der Krücken weg. Ohne Vorwarnung, einfach so. Und vor lauter Überraschung laufe ich einfach weiter. Zwei Beine und eine Krücke. Ich keuche, atme, spüre die Vibration des Bodens, die Bässe der Musik, sie wandern durch meinen Körper bis hinauf unter meine Schädeldecke. Ich rede die ganze Zeit, um meine Angst zu besiegen. Totalen Blödsinn, aber meine Stimme beruhigt mich.

Maren beobachtet mich und schweigt. Wippt leicht im Takt der Musik.

„Na, siehst du, es funktioniert", sagt sie schließlich und streckt die Hand nach der zweiten Krücke aus. Ich zögere. Wische mir den Schweiß aus dem Gesicht und kann mich nicht dazu durchringen, meinen letzten Halt herzugeben. Habe wieder einmal diese Panik, die mich seit dem Unfall immer wieder in meinen Träumen heimsucht, diese Angst zu fallen und nicht wieder hochzukommen.

Maren wartet noch ein paar Sekunden, dann tritt sie entschlossen zu mir und nimmt mir die Krücke aus der Hand.

Bringt sie in den Nebenraum, außer Reichweite. Und ich laufe weiter. Langsam, ungelenk, aber immerhin: Ich laufe. Auf meinen eigenen Beinen.

Am Ende des Raums bleibe ich stehen. Drehe mich um. Dieselbe Strecke zurück. Der Song ist vorüber, geht nahtlos in den nächsten über.

„Machst du das immer so?", frage ich keuchend. Meine Beine zittern vor Anstrengung.

„Du meinst die Musik?" Maren lächelt und zuckt mit den Achseln. „Nein. Bei den älteren Patienten würde ich damit wohl eher das Gegenteil bewirken. Es sei denn, ich krame die alten Schlager von meiner Mutter hervor." Sie zwinkert mir zu. „Ich stehe auf die *Fugees*, besonders wenn ich mal richtig schlecht drauf bin. Du etwa nicht?"

Doch, denke ich, *tue ich und es ist verrückt, aber ich würde dich jetzt am liebsten umarmen. Und den Rest der Welt gleich mit.*

Maren hockt sich auf die Matte. „Komm her, hast es dir heute echt verdient."

Ich lasse mich neben sie fallen, lege mich auf den Rücken, atme und starre zur Decke empor, spüre meinen Herzschlag und die Wärme in meinen Muskeln, spüre die Musik, bis in die Haarspitzen. Zum ersten Mal, seit ich in den LKW gerast bin, habe ich eine Ahnung, dass ich eines Tages wieder ganz werden könnte.

Ein bisschen wackelig fühle ich mich noch, als ich einige Minuten später zur Schwimmhalle hinübergehe, wo Anne ehrgeizig ihre Bahnen zieht. Dennoch: der Endorphinrausch ist da, mit jedem Schritt ungebremster.

Ein paar Sekunden beobachte ich sie durch die Glasscheibe, ein bunter Fisch neben einem Dutzend anderer, ihr Bikini ist dunkelrot. Annes Zeit auf der Insel ist um, morgen fährt sie nach Hause. Ich weiß, ich werde sie vermissen. So sehr, dass es jetzt schon zu wehtut, darüber nachzudenken.

Ich schlüpfe in den Umkleideraum; er ist leer, genau wie die Duschräume. Ich lasse heißes Wasser auf meine verspannten Nackenmuskeln prasseln, schlucke die Tränen hinunter, doch sie sammeln sich immer wieder neu in meiner Kehle und proben den Aufstand. Tränen vor lauter Freude und Traurigkeit gleichzeitig. Verrückt und schön und überwältigend, dieses Gefühlschaos in mir, manchmal haut es mich um, in Augenblicken wie diesen beispielsweise, aber wenigstens fühle ich überhaupt etwas, wenigstens lebe ich nicht mehr nur so vor mich hin, wie zu Hause, und warte darauf, dass der Tag zu Ende geht.

Ich lasse mich zu ihr ins Wasser gleiten. Als Anne mich entdeckt, paddelt sie zu mir herüber.

„He, wo warst du? Du siehst so glücklich aus!", sagt sie und prustet wie ein Walross.

„Bei Maren. Stell dir vor: Ich bin die Krücken los!"

„Was denn? Die ollen Dinger?"

Blitzschnell schnappt sie sich mein Bein und zieht mich unter Wasser. Als ich wieder an die Oberfläche komme, versucht sie es erneut, doch diesmal bin ich gewappnet: Ich tauche unter ihr weg, stürze mich von hinten mit Indianergeheul auf sie und drücke sie unter die Oberfläche. Es rauscht in meinen Ohren, zwischen meinen Fingern Annes Haar, nass und dunkel. Lachend und nach Atem ringend kommen wir Sekunden später wieder nach oben.

Anne schlägt mir auf die Schulter. „Gratuliere! Mensch, dann wird es dieses Jahr wohl nichts mehr mit der Behinderten-Ermäßigung für uns, was?"

„Nee, der Zug ist endgültig abgefahren."

Grinsend beginne ich, Bahnen zu schwimmen, sie hält mühelos mit mir mit. Eine ältere Dame sieht kopfschüttelnd zu uns herüber.

„Dies ist ein Bewegungsbad, keine Freizeit-Schwimmhalle, meine Damen!", sagt sie tadelnd und zupft an ihrer geblümten Kappe.

„Schon gut", sagt Anne laut, „wir benehmen uns bereits wieder absolut gesittet."

Dann prustet sie erneut los.

„He, wo ist eigentlich dein Tobias?"

Mit gespielter Entrüstung sieht sie mich an.

„Erstens ist es nicht mein Tobias."

„Und zweitens?"

„Zweitens holt er mich nachher ab."

Sie taucht unter. Nur ihre Hand mit den zwei emporgereckten Fingern schaut noch heraus. *Victory*.

22

Ohne Anne hält mich in diesem Haus nichts mehr. Heute Morgen ist sie abgereist und hat mich in dem Altersheim allein gelassen.

Drei Filme habe ich hier mittlerweile vollgeknipst und zum Entwickeln gebracht, drei mal sechsunddreißig Bilder, Gesichter, vertraute und unvertraute. Jetzt will ich raus, weg von hier, mich ins Leben stürzen. Ich habe endgültig genug Krankenhausatmosphäre getankt, für den Rest meines Lebens!

Ich beschließe, in der Mittagspause ins Dorf zu fahren, um nachzuschauen, ob meine Fotos schon fertig sind. Als ich meine Jacke aus dem Zimmer hole, zeigt mein Handy einen neuen Anruf an: Oliver. Er hat keine Nachricht auf meiner Mailbox hinterlassen, keine SMS geschickt. *Dann eben nicht*, denke ich und rufe nicht zurück, nicht heute. Morgen, vielleicht. Dieser Tag gehört mir. Ich brauche eine Auszeit von der Vergangenheit. Habe genug mit der Gegenwart zu tun.

Ich erreiche den Bus in letzter Sekunde, bevor sich die Türen schließen. Keuchend lasse ich mich auf einen der freien Sitze fallen. Geschafft! Die Haut an meinem Bein juckt und spannt zwar, aber ich habe es tatsächlich fertiggebracht, den ganzen Weg zur Haltestelle zu laufen.

Draußen herrscht mittlerweile Matschwetter, kein Schnee, abgeerntete Felder ziehen vorbei, ab und zu sind Autos oder Spaziergänger zu sehen, ansonsten tote Hose. Ich bin froh, als der Bus auf der Hauptstraße hält und mich ins Freie spuckt, zusammen mit zwei, drei anderen Unermüdlichen.

Als ich das Schild mit der Aufschrift „Foto-Service" über der Eingangstür des Schreibwarenladens sehe, bin ich plötzlich hellwach. Was, wenn die Bilder eine totale Enttäuschung sind? Wenn ich das, was ich bei ihrer Entstehung in den Gesichtern gesehen habe, nicht mehr wiederfinde?

Ich habe keine Ahnung, was ich sonst mit meinem Leben anfangen soll. Es gibt nicht viele Talente, die ich vorzuweisen habe. Na gut, rennen und schwimmen und Rad fahren vielleicht, aber das war einmal, das Sportstudium kann ich wohl vergessen. Und an einem Schreibtisch versauern wie mein Vater? Nur über meine Leiche!

Der Laden ist leer bis auf ein älteres Ehepaar, das bei den Ansichtskarten steht.

„Nehmen Sie die hier, die wird immer wieder gerne gekauft."

Die Verkäuferin deutet auf ein Modell mit Möwen, Strand und Wellen darauf, das so gar nicht zu der Jahreszeit draußen passen will. Dann nimmt sie meinen Abholschein entgegen und verschwindet damit durch einen Vorhang ins Hinterzimmer.

„Was meinst du?", fragt die Frau zögernd und als ihr Mann nicht antwortet, nimmt sie die Postkarte aus dem Ständer und legt sie auf den Tresen. So richtig überzeugt sieht sie nicht aus.

„Brauchen Sie eine Papiertüte?"

Die Verkäuferin ist wieder hinter ihrem Vorhang aufgetaucht wie eine Kasperlefigur. Ihre Dauerwelle wippt im Takt ihrer Bewegungen und bringt den Duft von Haarspray mit sich.

„Wenn Sie so freundlich wären."

Die Frau kramt in ihrer Handtasche nach ein paar Münzen, während ihr übergewichtiger Ehemann sie ignoriert und stattdessen das Regal mit den Souvenirs in Augenschein nimmt. Nach einer Weile entscheidet er sich für einen Plastik-Leuchtturm und stellt ihn schweigend auf den Verkaufstresen neben die Papiertüte.

„Was willst du denn damit, Ernst?" Seine Frau sieht ehrlich erstaunt aus.

„Ist für Lilly, die freut sich bestimmt!"

Sie dreht sich erklärend zur Verkäuferin um, so als würde es die interessieren: „Lilly ist unsere kleine Enkelin in Hamburg, wissen Sie?"

Die Verkäuferin nickt, als ob sie es tatsächlich gewusst hätte. Die Wellen auf ihrem Kopf nicken mit.

„Aber Ernst, haben wir ihr den nicht schon letztes Mal mitgebracht?"

„Nein", sagt Ernst und schnauft, „letztes Jahr war es so ein Aufzieh-Seehund für die Badewanne, weißt du nicht mehr?"

„Bist du dir sicher?"

Während die beiden eine ausführliche Diskussion über das Angebot an Mitbringseln beginnen, die sich an Scheußlichkeit gegenseitig überbieten, reicht mir die Verkäuferin eine dicke Fototüte. Als ich mein Portemonnaie zücke, sieht sie mich erstaunt an.

„Wollen Sie sie sich nicht zuerst ansehen?"

„Nein danke, das brauche ich nicht." Nicht hier. Nicht jetzt. Für diesen Moment will ich alleine sein.

Sie nickt ausdruckslos und nennt mir den Preis. Wahrscheinlich hält sie mich insgeheim für eine Serienkillerin, die aus der Psychiatrie entkommen ist, und verständigt sofort nach meinem Weggang die Polizei: „Hier ist das humpelnde Mädchen mit den Fotos, Sie wissen schon, *die* Fotos, mit all den Gesichtern drauf, sonst nichts. Vielleicht ist sie auf der Flucht angeschossen worden?"

„24,39 Euro", sagen die pink angemalten Lippen und ringen sich ein schmales Lächeln ab angesichts dieses Betrages.

Das Ehepaar hat sich endlich geeinigt und verlässt mit einem glücklichen Lächeln im Gesicht und einem im Dunkeln leuchtenden Plastikschaf unter dem Arm den Laden.

Plötzlich kommt mir eine Idee: „Haben Sie vielleicht auch Tonkarton, Scheren, Klebestifte?"

Die Verkäuferin wittert ein Geschäft und eilt davon, türmt ihre Schätze vor mir auf. Das meiste ist völlig überteuert, aber ich entscheide mich dennoch für nachtblauen Tonkarton und einen silbernen Stift. Sie packt alles zusammen mit Schere und Kleber in eine Tüte.

„Kommen Sie bald mal wieder. Es ist so nett, wenn auch mal jüngere Kunden da sind", sagt sie zum Abschied.

Ich nicke, presse die Tüte an meine Brust und mache mich auf den Weg zurück zum Bus. Es ist lausig kalt, der Wind treibt mir die Tränen in die Augen. „Verrücktes Wetter", schimpfe ich leise. Wahrscheinlich laufen sie zu Hause noch in Jeansjacken rum, während ich mir hier den Arsch abfriere!

Der nächste Bus fährt erst in fünfundvierzig Minuten. Lustlos wandere ich durch die leergefegten Straßen, bis ich vor einem Friseurgeschäft stehen bleibe. Wie war das mit meinem Vorhaben? Bevor ich mich anders entscheiden kann, trete ich ein. Befürchte das Schlimmste, doch drinnen keine Spur von Dauerwellen-Mief und dem Chic von vorgestern. Ein junges Mädchen mit blau gefärbten Haaren, links millimeterkurz und rechts bis auf die Schulter fallend, sieht mich freundlich lächelnd an.

„Was kann ich für dich tun?"

Zurück in meinem Zimmer breite ich meine Einkäufe auf dem Bett aus. Lege neben den Tonkarton ein paar Muscheln, eine Möwenfeder und Sand aus meinen Jackentaschen. Ich bin mir plötzlich nicht mehr so sicher, ob meine Idee mit der Collage für Davids Geburtstag wirklich so gut war. Öffne die Klebelasche der Fototüte in Zeitlupentempo.

Das Erste, das mir in die Hände fällt, ist Kim, ganz oben auf dem Stapel liegen ihre Augen in Großaufnahme. Mein Herzschlag macht sich schon wieder davon und aus meinem Magen wird ein kleiner, harter Klumpen.

Ich lasse los und die Bilder segeln auf den Boden. Die Gesichter aus dem Klinikalltag, sie liegen alle zu meinen Füßen, die volle Wucht Schmerz, Frust und Hoffnung.

Dazwischen Schnappschüsse aus dem Reetdachhaus: Rieke beim Kochen mit selbstkritisch in Falten gezogener Stirn, David beim Studieren seiner Abzüge, Leni beim Drehen einer Zigarette. Dann wieder Anne beim Schwimmen, sie streckt mir die Zunge raus, die Haare kleben ihr am Kopf.

Und dann kommt das letzte Bild, das schönste: David, noch einmal, diesmal ausnahmsweise nicht auf seine Arbeit konzentriert, sondern auf Leni, die ein Stück von ihm entfernt steht und tanzt, mit geschlossenen Augen, während sie einen Song aus dem Radio mitsingt. In Davids Blick ist eine solche Verletzlichkeit und Weichheit, dass ich langsam, aber sicher eine Gänsehaut bekomme. Ist da etwas, das ich bis jetzt übersehen habe?

Ist David etwa verliebt in Leni?

In meinem Körper surrt die Energie, als ich die Treppen hinunterlaufe. Ich fahre mir mit der Hand über die raspelkurz geschorenen Haare. Ich werde mir eine Mütze kaufen müssen, aber das ist es wert. Neulich stand es in einer von Annes Zeitschriften: „Zehn Dinge, die man getan haben muss vor seinem achtzehnten Geburtstag". Seine Umgebung mit einer ungewöhnlichen Frisur zu schocken, gehörte definitiv dazu. Und den Rest schaffe ich auch noch!

23

Am Abend bin ich verabredet, mit David. Ich habe ein Kribbeln im Bauch, diesmal ausnahmsweise nicht vor lauter Verliebtheit, sondern vor Aufregung. Weil ich nicht weiß, ob ich ihm meine Bilder zeigen soll, ob sie gut genug sind. Meine Chance, da ist sie plötzlich, ausgerechnet hier, auf Föhr. Und meine Knie fühlen sich an wie Wackelpudding.

Er betrachtet meinen kahl rasierten Schädel, als er mir die Tür öffnet, zuerst ungläubig, dann lächelnd. „Wow, das gefällt mir", sagt er und tritt zur Seite, „das gefällt mir sogar richtig gut! Deine helle Haut kommt viel besser zur Geltung, wenn du dich nicht hinter deinen Haaren versteckst. Und deine Augen sowieso."

Grün. Meine Augen sind grasgrün, es hat lange gedauert, bis ich mich mit ihnen ausgesöhnt habe. Und meine Haut? Sie ist fast weiß, durchscheinend. Wenn ich verlegen bin, wechselt sie zu leuchtend rot. Und ich bin ziemlich oft verlegen. Jetzt zum Beispiel. Ich hänge umständlich meine Jacke an den Haken und brauche eine Ewigkeit, um mir den Schal vom Hals zu wickeln.

„Komm einfach ins Wohnzimmer, wenn du so weit bist, ja?"

Ich lausche Davids Schritten, die sich entfernen. An der Garderobe hängt Kims Weste; sie muss sie auf dem Weg zum

Schwimmtraining vergessen haben. Ich tauche meine Nase hinein und schließe die Augen. Vermisse sie für ein paar Sekunden so sehr, dass mir beinahe übel wird.

Wie soll ich den Abend überstehen, eine komplizierte Fachdiskussion über Blenden und Belichtungszeiten führen und dabei auch noch einen möglichst guten Eindruck hinterlassen, wenn das Einzige, woran ich denken kann, sie ist?

David sitzt vor dem Kachelofen auf dem Fußboden im Schneidersitz, eine Mappe mit Fotos vor sich auf den Knien. „Schön, dass du da bist", sagt er und deutet auf eine Flasche Wein neben sich. „Möchtest du ein Glas?"

Meine Rettung …

„Ja", sage ich und stürze die ersten Schlucke hinunter.

„Okay, bereit", lächle ich ihn schief an und ziehe seine Bilder zu mir. „Dann lass mich mal sehen."

Ich habe schon haufenweise Fotos gesehen in meinem Leben, meine Bücherregale zu Hause quellen über vor Bildbänden, aber was David da auf die Beine gestellt hat, macht selbst mich sprachlos.

„Wo hast du die aufgenommen?", ist das Einzige, was ich herausbringe, einen Abzug in der Hand, auf dem ein dunkelhäutiger Junge vor einer Hütte zu sehen ist. Er schaut direkt in die Kamera und hat nur noch ein Bein, stützt sich auf zwei provisorische Krücken. Er sieht traurig aus. Hat sein Lächeln verloren und den Rest seiner Kindheit gleich mit. Ich kann es spüren, wenn ich ihn ansehe.

„In Angola. Ich war letztes Jahr dort und habe in einem Projekt gegen Landminen mitgearbeitet. Viele der Kinder dort haben nur noch ein Bein oder einen Arm."

Er schweigt, während ich die restlichen Bilder durchsehe. Sie sind alle schwarz-weiß, und alle zeigen Kinder. Da ist nichts von der Inselromantik, die ich erwartet habe, nichts geschönt, um dem Betrachter zu gefallen. Harte, grausame

Wirklichkeit, Elend, Hunger und Krieg. Und dazwischen immer wieder Hoffnung und Lachen, wo man es am allerwenigsten erwartet hätte. Bei einem Fußballspiel in einem Flüchtlingscamp zum Beispiel. David steht am Rand.

„Wer hat das aufgenommen?"

„Einer der Jungen, mit denen ich gearbeitet habe. Er hieß Sean."

„Hieß?"

„Er ist zwei Wochen später erschossen worden, bei einem Überfall. Viele der Kinder leben auf der Straße, weil ihnen nichts anderes übrig bleibt. Es ist gefährlich dort draußen. Ihr Leben ist nicht viel wert. Die meisten schnüffeln Klebstoff, um überhaupt den Tag zu überstehen."

Er seufzt und trinkt. „Ziemlich schockierend. Vielleicht hätte ich dich vorwarnen sollen?"

„Nein", sage ich und räuspere mich, weil mir meine Stimme entgleitet, „das ist in Ordnung. Es haut mich nicht um, keine Angst."

„Aber fertig macht es einen schon, nicht wahr?"

„Ja."

„Denkst du, sie werden trotzdem eine Ausstellung mit mir machen? Ganz ehrlich?"

Ich denke an Kurkonzerte im Sommer und Familien beim Sandburgenbauen.

„Ich weiß es nicht. Ich weiß nicht, ob diese Insel der richtige Ort dafür ist. Aber versuchen musst du es auf jeden Fall, versprichst du mir das?"

Er nickt und betrachtet mich nachdenklich.

„Zeigst du mir auch mal welche von deinen Fotos? Irgendwann?"

„Ja", sage ich. „Morgen vielleicht."

24

Das Handy klingelt, als ich gerade auf dem Weg zu Davids Geburtstagsfeier bin. Oliver hat mir das kleine Telefon vor dem Abschied in die Hand gedrückt, mit den Worten: „Hier, damit ich dich immer erreichen kann".

Will ich das noch, immer erreichbar sein für ihn?

In diesem Augenblick wünsche ich mir, ihn auszuschließen aus meinem Leben. Das hier, das ist meine Zeit. Und darin ist kein Platz für große Brüder!

„Ja?", sage ich und werfe einen ungeduldigen Blick auf die Uhr. Sicherlich werden die anderen bereits am Tisch sitzen und warten. Sicherlich werde ich die Letzte sein und das hasse ich wie die Pest.

„Mensch, Juli, endlich, wo warst du denn, ich habe es vorhin schon ewig klingeln lassen!"

„Na und? Ich gehe gerade spazieren."

„Aber es ist doch schon stockdunkel draußen", antwortet er und ich schweige hartnäckig. Es wäre das Normalste der Welt, ihm einfach zu sagen, dass ich auf einer Geburtstagsfeier eingeladen bin, oder? Warum habe ich dann das Gefühl, dass es ihn verdammt noch mal nichts angeht?

Du verpasst was, Bruderherz. Etwas passiert mit meinem Leben, mit mir, gerade jetzt, während ich hier draußen stehe und es wieder zu schneien beginnt und die Flocken den Tonkarton in meinen Händen durchweichen. Und du hast nicht die geringste Ahnung davon.

Ich habe es so satt, ihn anzulügen!

„Olli? Ich komme nicht zurück." Der Satz fällt einfach aus meinem Mund und kriecht hinein in sein Ohr. „Wenn die Reha-Maßnahme vorbei ist, will ich für eine Weile hier bleiben, auf der Insel. Mir eine Auszeit nehmen. Nenn es Ferien, wenn du willst."

Er räuspert sich. „Ähm, Julia, nicht dass ich dir die Ferien nicht gönnen würde, aber ... wo willst du überhaupt wohnen?" Er sagt die letzten fünf Worte mit hörbarer Erleichterung, so als hätte er ein Ass aus dem Ärmel geschüttelt, mit dem er nur gewinnen kann.

„Ich habe mir eine WG angeschaut. Sie hätten ein Zimmer für mich frei."

„Du hast *was*? Das kann nicht dein Ernst sein! Was ist mit der Schule? Wenn du hart arbeitest, kannst du den Stoff der letzten Wochen noch aufholen, hast du daran schon mal gedacht? Ich habe mit eurem Direktor gesprochen, und er meinte, angesichts der Umstände ..."

„Du klingst genau wie Vater", sage ich.

„Na und? Was ist so schlimm daran, Juli? Vielleicht hatte er Recht. Vielleicht wollte er nur das Beste für uns, hast du daran schon mal gedacht?"

Das Beste für uns hat ihn nie interessiert. Und das weißt du!

„Wie viel Geld müsstest du der Schulkasse spenden, damit sie mich wieder in die Zwölfte aufnehmen? Und sei ehrlich!"

Oliver antwortet nicht, also habe ich vermutlich Recht.

„Ich habe die Schnauze voll davon, vom Mitleidsbonus zu leben, kapierst du das nicht?", schreie ich ihn an. „Ich bin hundsmiserabel in der Schule, und es ist scheißegal, ob ich heute wiederkomme oder in drei Monaten, ich werde das Abi so oder so nicht schaffen."

„Und was willst du stattdessen tun?"

„Ich habe keine Ahnung, Oliver! Aber ich werde es herausfinden, hier. Und wenn ich meine, dass ich unbedingt studieren muss, um glücklich zu sein, dann kann ich in ein paar Monaten immer noch in die Klasse unter mir einsteigen, wie sie es mir angeboten haben."

Er zögert. „Aber willst du nicht doch die Reha erst mal verlängern? Vielleicht hast du danach genug von der Nordsee und kommst nach Hause …"

„Vergiss es", unterbreche ich ihn, „ich brauche keine Reha mehr. Ich habe genug von Krankenhäusern für den Rest meines Lebens. Was ich wirklich brauche, ist eine Rückkehr in das ganz normale Leben."

Es herrscht Schweigen am anderen Ende der Leitung, dafür sind meine Gedanken plötzlich überlaut.

„Mia und ich haben gedacht, wir kommen dich an deinem Geburtstag besuchen. Dann sehen wir weiter", sagt Oliver schließlich.

Eine siebentägige Gnadenfrist, nichts weiter.

Ich weiß jetzt, was ich will, denke ich, *aber ich weiß nicht, ob ich es noch mit dir will.*

Erst als er auflegt, atme ich aus. Gehe auf das Auto zu, in dem Kim wartet, um mich mit auf die erste Geburtstagsparty zu nehmen, die mir wirklich etwas bedeutet. Und ich habe nicht vor, sie mir von ihm vermiesen zu lassen!

„Hallo", sagt Kim und starrt verblüfft auf meine Haare, beziehungsweise auf das, was davon übrig geblieben ist. „Wann warst du beim Friseur?"

„Vor ziemlich genau vierundzwanzig Stunden. Was dagegen?", motze ich und gleichzeitig tut es mir leid, schließlich kann sie nichts für meine plötzliche schlechte Laune.

„Überhaupt nicht", antwortet sie und fährt mir sanft mit der Hand über den Kopf. Ich mag das Gefühl. Ich mag es, wie sie mich berührt.

Ich nehme ihre Finger und küsse sie in die Handfläche. „Ich hatte schon Angst, dass es dir nicht gefällt."

„Ziemlich radikal. Aber schön", sagt sie und küsst mich auf den Mund. „Wollen wir?"

„Ich bin bereit."

David sitzt am Kopfende des Tisches vor einem ansehnlichen Berg an Geschenken. Er sieht ziemlich verlegen aus, weil alle ihn anstarren: Leni, Rieke, Paul, Martin und Kim, und jetzt auch noch ich.

„Herzlichen Glückwunsch zum Geburtstag", sage ich, umarme ihn von hinten und halte ihm mein Werk hin. Er nimmt die Collage und betrachtet sie. Nimmt sich Zeit, für jedes einzelne Bild. Ich höre, wie die Sekunden vergehen, eine Uhr tickt laut, aber ich sehe nur sein Gesicht, über den blauen Karton gebeugt.

„Was ist denn das? Zeig doch mal!", sagt Leni und langsam dreht David die Collage um, so dass alle sie sehen können. Für ein paar Sekunden herrscht andächtiges Schweigen, dann brechen alle in ein einziges „Oh" und „Wow" und „Ich glaub es nicht!" aus. Es wird für einen Moment ziemlich laut am Tisch und ich leuchte wie eine Tomate, natürlich. Die Einzige, die schweigt, ist Leni. Sie sitzt nur da und starrt auf das Foto in der Mitte. Es ist das, auf dem sie tanzt und er sie beobachtet, das, auf dem sein Gesichtsausdruck Bände spricht. Mein Lieblingsbild.

Schließlich steht sie ganz langsam auf und geht zur Verandatür. „Kommst du mal?", fragt sie David mit einer fremden, leisen Stimme, und er folgt ihr wortlos nach draußen.

Rieke räuspert sich, als die Tür hinter ihnen zufällt. „Ich stelle das Essen warm, wer hilft mir?"

Paul springt auf und folgt ihr in die Küche, Martin im Schlepptau. Ich sehe Kim an, die sich über die Fotos beugt. Sie trägt einen blauen Wollpullover mit Reißverschluss.

„Ich wünschte, ich hätte so ein Geschenk zustande gebracht, die Fotos sind echt der Wahnsinn!", seufzt sie.

„Ich habe noch mehr, drüben in meinem Zimmer. Ich zeige sie dir irgendwann mal, wenn es dich interessiert."

„Machst du Witze? Natürlich interessiert es mich!"

Sie nimmt meine Hand und spielt mit meinem Zeigefinger.

„Du weißt, dass du daraus etwas machen musst, oder? So ein Talent darf man nicht einfach wegwerfen!"

„Von wegen, Talent", murmele ich und beobachte, wie ihre Finger über meine gleiten. „Ich muss dir etwas sagen: Ich habe meinem Bruder eben mitgeteilt, dass ich vorerst nicht wiederkomme."

Sie hört auf, mich zu streicheln. Sieht mir in die Augen. „Was hat er geantwortet?"

„Themenwechsel!", sage ich und verziehe das Gesicht.

„Kann ich wirklich bei euch unterschlüpfen? Schon nächste Woche? Ich habe einen auf sicher gemacht, vorhin am Telefon, dabei habe ich noch gar nicht offiziell bei euch angeklopft."

„Klar, mach dir darüber mal keine Gedanken, das Zimmer steht doch sowieso leer. Wir besprechen das gleich nachher, wenn sich alle wieder ein bisschen beruhigt haben, ja?"

Sie erhebt sich und zieht mich hoch. Umarmt mich so stürmisch, dass ich um ein Haar umkippe, aber im letzten Moment fängt sie mich auf. Lacht und küsst mich auf den Mund, mit Lippen, die nach Kaffee schmecken.

„Mensch, das ist echt der absolute Hammer", schreit sie und wirbelt mich im Kreis, „du in unserer Chaos-WG, wer hätte das gedacht?"

Ich schließe die Augen, obwohl mir dabei schwindelig wird. Ich hab immer gedacht, ich müsste bis ans andere Ende der Welt reisen, um ein bisschen Glück zu finden. Jetzt bin ich in einem noch kleineren Kaff gelandet als vorher und plötzlich ist es da, zwischen Herbsteinsamkeit und Eiseskälte!

„Ich glaub, ich platze gleich", sage ich leise, „vor lauter Freude."

Nach einer halben Stunde sind David und Leni immer noch nicht zurück. Rieke scheucht uns mit einem resoluten „Kommt, es ist schade ums Essen!" in die Küche. Es wird eng dort, aber das macht nichts, Paul hockt sich auf die Heizung und Kim aufs Fensterbrett, jeder balanciert einen Teller Gemüseauflauf auf den Knien und es ist der gemütlichste Geburtstag, den ich je erlebt habe, auch wenn das Geburtstagskind nicht dabei ist und sich stattdessen dort draußen wahrscheinlich gerade eine Mordserkältung holt.

Wir teilen uns die zweite Flasche Wein und allmählich ist es ein Gefühl wie Fliegen. Ich könnte mich daran gewöhnen, an diese Leichtigkeit. Kim lacht und ich höre zu. Atme. Fühle mich großartig. Vergesse das Handy und alles, was damit zusammenhängt. Die Umrisse im Raum sind weich und die Stimmen klingen gedämpft, so als ob ich mich in einer riesengroßen Seifenblase befinden würde.

Irgendwann ist da wieder Kims Hand auf meiner, ihre Fingerspitzen gehen spazieren auf meiner Haut. Noch später kommen Leni und David zurück, er hat den Arm um sie gelegt.

„Alles gut?", fragt Paul.

„Alles gut", antwortet David und lächelt.

Leni macht sich stumm über den Auflauf her, als hätte sie seit Tagen nichts gegessen, währenddessen schiebt er sich neben mich auf die Bank und ich drücke mein Gesicht an seine Brust. Er zieht mich an sich, und die Kim-Finger lassen los, aber es ist mir egal, in dieser Sekunde, ich mag es, wenn David mich hält, mag den Geruch seines Rasierwassers und das kratzige Gefühl seines Wollpullovers an meiner Wange.

Kim und ich sind die Letzten, die ins Bett gehen. Die Uhr am Herd zeigt bereits halb drei.

Sie macht kein Licht, es ist auch so hell im Zimmer, draußen fällt der Schnee immer dichter. Wenn es so weitergeht, werden wir morgen früh eingeschneit sein.

„Verrücktes Wetter", murmele ich und spüre, wie Kims Hand über meinen Arm, meine Schulter und meinen Rücken wandert. Ich wage nicht, mich zu rühren. Wünschte, ich wüsste, was das ist, was ich für sie empfinde. Liebe, auf jeden Fall. Und gleichzeitig ist da diese Scheißangst in meinem Bauch. Davor, dass sie geht. Davor, dass ich mir selber nicht sicher bin, ob das hier für den Rest meines Lebens gilt.

„Kim? Hast du es ... schon mal getan?"

Sie dreht mit geschickten Fingern zwei Zigaretten, eine für sich und eine für mich. Draußen tobt der reinste Schneesturm, und ich höre den Rauch in ihrer Kehle. Ich bin ein bisschen betrunken, aber das macht nichts.

„Ja. Du nicht?"

„Nein. Doch. Aber nicht mit einer Frau."

Sie nickt und fährt sich durch das Haar.

„Ich habe beides ausprobiert."

„Was war besser?"

„Ist das dein Ernst?"

„He, sonst würde ich nicht fragen!", protestiere ich.

Sie lächelt und streichelt mir über die nackte Schulter. „Ich steh nun mal nicht auf Männer."

Genügt mir das?

„Hör auf zu denken", sagt Kim.

„Hast du sie geliebt? Die anderen Frauen?"

Sie schüttelt den Kopf. „Eine von ihnen. Bei den meisten habe ich es nur geglaubt."

Okay, ich habe gefragt. Nur bin ich mir nicht mehr so sicher, ob ich sie haben will, ihre Antwort.

Kim sieht mich immer noch an. „Bist du jetzt schockiert?"

„Nein", sage ich.

Und dann küsse ich sie, jeden einzelnen Millimeter ihres Gesichts. „Ich weiß nicht, wie das geht", sage ich, „dich zu lieben. So, dass es dir gefällt."

Sie nimmt mich in den Arm. „Mir gefällt, was du tust", sagt sie und küsst sich vor zu meinem Bauchnabel.

„Ich will nicht, dass du mein Bein berührst."

„Warum nicht?"

Sie sieht mich fragend an. Die Wände werfen einen blauen Schimmer auf ihr Gesicht, sie sieht aus wie eine Meerjungfrau. Wie eine Meerjungfrau, die zwischen meinen Beinen auf Tauchgang geht.

„Weil es hässlich ist!"

„Das stimmt nicht", sagt sie und küsst meine Narben.

„Dann mach wenigstens die Augen zu!"

„Ich denke gar nicht daran", sagt Kim.

25

Der Schnee liegt bestimmt fünf Zentimeter hoch, als ich am nächsten Morgen aus dem Reetdachhaus schleiche, und die tiefhängenden Wolken haben sich verzogen. Es ist still, so als würde der Schnee alle Geräusche dämpfen bis auf das Knirschen meiner Stiefel.

Ich ziehe mein Handy hervor und wähle Annes Nummer. Einfach so, weil ich mit ihr reden will, jetzt.

„Ja?", sagt ihre Stimme verschlafen an meinem Ohr.

„Hi, ich bin es."

„Juli? Warum um Himmels willen rufst du mitten in der Nacht an?"

Ich sehe auf meine Uhr und grinse. „Es ist schon beinahe sieben."

Sie gähnt und ich kann hören, wie sie sich im Bett aufsetzt.

„Also schieß los, was gibt es?"

„Nichts Besonderes", sage ich und blicke in all das Weiß, das mich umgibt. Stelle mir vor, ich wäre als Eisbrecher auf dem Meer unterwegs.

„Du lügst", sagt Anne, „sonst würdest du mich nicht um diese Uhrzeit wecken!"

„Vermutlich hast du Recht."

„Ich habe immer Recht", antwortet sie und ich sehe sie vor mir, wie sie grinst. Vermisse sie plötzlich wie verrückt.

„Du fehlst hier echt."

„Das ist sehr schmeichelhaft, aber nicht die ganze Wahrheit, oder?"

Verdammt, sie lässt nicht locker. Und mir fehlen plötzlich die Worte.

„Ist irgendetwas passiert?", fragt sie leise, „geht es dir gut?"

„Es geht mir gut. Mehr als das", antworte ich.

„Du hast dich verliebt", stellt sie fest. „Wahnsinn, ich hatte schon gedacht, auf die Nachricht müsste ich warten, bis ich alt und grau bin! Wie heißt der Glückliche?"

„Kim."

„Wie, Kim?"

„Du hast richtig gehört."

Man kann praktisch hören, wie bei ihr der Groschen fällt.

„Hab ich's doch gewusst!", triumphiert sie.

„Und? Hast du damit ein Problem?"

„Warum sollte ich? Gott, Juli, ich bin doch nicht von vorgestern! Ich habe mindestens zwei Cousins, die schwul sind. Hauptsache, du kommst damit klar."

„Logisch", sage ich. Doch als sie aufgelegt hat, rast mein Herz. Es wird sich herausstellen, ob ich wirklich damit klar komme, vielleicht nicht heute, aber morgen, spätestens, wenn Oliver hier aufkreuzt. Was soll ich ihm sagen? „He, falls du es noch nicht wusstest: Deine kleine Schwester steht jetzt auf Frauen."

Lesbe. Ich hasse dieses Wort. Die Typen in meiner Klasse benutzen es für Mädchen, die sie nicht kriegen können.

Ich erinnere mich vage an ein paar Frauen, die ich mal in München gesehen habe, als wir eine Tante besucht haben. „Schau mal die da", hat meine Mutter flüsternd zu meinem Vater gesagt, und ich habe auf die ineinander verschränkten Hände gestarrt. Auf stämmige Wesen in maskulinen Klamotten und mit kurzgeschorenen Haaren, die weder damenhaft die Beine übereinander schlugen, wenn sie in Straßencafés saßen, noch den Blick senkten, wenn jemand sie beobachtete. Sie blickten durch uns hindurch, mit regungslosen Mienen, rauchten und tranken Milchkaffee. Sie sahen in ihren karierten Hemden aus wie schlechte Kopien von Kerlen, die ich nicht mochte. Und gleichzeitig faszinierten sie mich.

Bin ich jetzt wie sie, nur weil ich Kim liebe?

Ich verzichte auf das Frühstück, kippe nur hastig einen pechschwarzen Kaffee hinunter. Mein Nachbar von gegenüber ist nirgends zu sehen, und das Letzte, was ich jetzt brauche, sind Schokomüsli und Konversation über die neuesten Wehwehchen.

Ich stürze mich in das Schwimmbecken, das um diese Zeit noch verlassen daliegt, kraule, bis meine Arme schmerzen. Doch die Mischung aus Verwirrung und Euphorie in meinem Inneren bringt auch das nicht zum Schweigen.

In meinem Spind zeigt mein Handy eine neue Nachricht an. Oliver schreibt:

Waren heute beim Ultraschall, du kriegst einen Neffen. Was sagst du?

Ich bin sprachlos. Aus dem Zellhaufen in Mias Bauch ist plötzlich ein Junge geworden. Er lässt sich nicht mehr wegdenken, ignorieren. Und er ist nicht länger ein geschlechtsloses Wesen.

Ich freue mich riesig, schreibe ich zurück. *Und übrigens: ich habe mich verliebt.*

Kein Zurück mehr, das schwöre ich mir in dieser Sekunde!

Wenig später kommt postwendend die Antwort:

Wer ist denn der Glückliche?

Ich starre das Telefon an, als könnte es mir die richtige Antwort verraten. Schließlich tippe ich: *Lass dich überraschen, an meinem Geburtstag wirst du ja sehen.* Dann schalte ich es aus. Zwar nur ein kleiner, aber immerhin ein Aufschub.

*

Zurück in meinem Zimmer: ein Tisch, ein Stuhl, ein Bett, nichts Persönliches, ein Raum wie hundert andere hier, funktional bis ins letzte Detail, einzig darauf ausgerichtet, Menschen mit einer Behinderung aufzunehmen und möglichst störungsfrei wieder in die Gesellschaft zu entlassen. Vier Tage noch, dann ist das endgültig Vergangenheit für mich.

Ich hole mir einen Kaffee vom Automaten, auf jedem Stockwerk steht einer davon, schluckt Münzen und spuckt dafür eine undefinierbare bräunliche Brühe aus, die entfernt an Kaffee erinnert, aber weder wach macht noch schmeckt. Drei Schlucke, dann kippe ich den Inhalt des Plastikbechers in den Ausguss des Waschbeckens.

Als ich aufblicke, betrachte ich mein Spiegelbild. Sehe grüne Augen, helle Haut, einen kahl geschorenen Schädel. Seitdem meine Haare abgeschnitten sind, kann ich mich endlich ansehen, ohne weglaufen zu wollen. Aber sobald ich an mein linkes Bein denke, ist es aus mit dem Selbstbewusstsein. Ich ziehe eine Grimasse.

Gib's auf, aus dem Traum von der Bikini-Schönheit wird nichts mehr.

Will ich auch gar nicht, habe ich nie gewollt. Alles, was ich will, ist, dass Kim nicht schreiend davonläuft, wenn sie mich nackt sieht.

Ich könnte schon wieder wahnsinnig werden vor lauter Sehnsucht im Bauch. Angle nach meinen Stiefeln und werfe die Tür hinter mir ins Schloss. Laufe hinüber, den ganzen Weg zum Reetdachhaus, die Strecke genügt, um mir die Tränen in die Augen zu treiben, doch ich ignoriere den Schmerz und es funktioniert, es trägt mich hinüber, mein Bein.

Ich habe keine Wahl, dieses verdammte Ding ist an mir dran, es ist tatsächlich noch immer ein Teil von mir, mit all seinen Narben, die sich über die Oberschenkel ziehen wie rote, unregelmäßige Flussläufe. Es ist nicht totzukriegen und ich sollte besser lernen, damit zu leben. Denn wenn ich es weiter hasse, kann ich schließlich genauso gut mich selber hassen.

Als ich Kim endlich gegenüberstehe, bin ich atemlos. Atemlos verliebt.

„Ich will nicht, dass du die Augen zumachst", sage ich, „ich will, dass du mich ansiehst, immer."

„Ich auch", antwortet sie und legt ihre Hände auf meine Oberarme. Sie sind warm, die Wärme fließt förmlich aus ihnen heraus in meinen Körper.

Ich hocke mich im Schneidersitz auf die Matratze, Kim hat die Anlage eingeschaltet, eine CD von den *Walkabouts* dreht sich und sie legt ihren Kopf in meinen Schoß, singt und ich streiche durch ihr Haar. Es ist weich und riecht nach Shampoo; sie muss es gerade erst gewaschen haben. Ihre Stimme ist dunkel.

„Du solltest Sängerin werden, anstatt andere Leute durchzukneten", murmele ich und küsse sie, mitten auf die Lippen. Sie lächelt und ich könnte schon wieder platzen vor Glück. Es ist mir scheißegal, was die dort draußen denken, ich bin verliebt und das ist das Einzige, was zählt.

Sie nimmt meinen Kopf zwischen ihre Hände und küsst mich auf die Nasenspitze. Wir küssen uns die Lippen wund, die ganze Nacht, bis es draußen langsam hell wird. Und ich schalte mein Hirn aus. Wenn man sich auf den Kopf verlässt, kriegt man bloß Depressionen!

Es ist wie beim Lesen: Jedes Mal, wenn du eine Seite umblätterst, erwartet dich ein ganzer Haufen Glück und Unglück, Tragödien und Liebe und Eifersucht, aber da ist immerhin etwas, für das es sich zu leben lohnt, mehr als wenn dein Tag nur aus Aufstehen, einem schnellen Kaffee, der Fahrt ins Büro, einem Flirt in der Mittagspause und Feierabend-Fernsehen mit Bier und Chips besteht.

Kim stellt sich ans Fenster und sieht nach draußen. Immer wenn sie sich zu mir umdreht, kann ich ein Stück ihrer

Brüste erkennen. Sie sind klein und fest und ich wünschte, sie würden zu mir anstatt nach draußen in den neuen Tag hinausschauen.

„Ab Freitag wohnst du nur ein paar Türen weiter, nicht mehr dort drüben", stellt sie fest. „Freust du dich?"

„Ja", sage ich und gehe zu ihr hinüber, widerstehe dem Wunsch, meine Arme von hinten um sie zu schlingen, berühre stattdessen nur vorsichtig ihren Rücken.

„Wie könnte ich mich nicht darüber freuen?"

„Och", sagt sie und zuckt mit den Achseln, doch ich kann sehen, dass sie lächelt. „Weißt du, was ich jetzt gerne hätte?"

Ich habe keine Ahnung, was sie jetzt gerne hätte. Mir würden eine Menge Dinge einfallen, die ich jetzt gerne mit ihr täte. Aber davon sage ich ihr nichts.

„Milchkaffee und Croissants und eine Morgenzigarette, und das Ganze mit dir im Bett", sagt sie und dreht sich zu mir um, so dass sie ihre Brüste gegen meine drückt. Ich verschlucke mich beinahe an meinem eigenen Atem. Versuche, so zu tun, als wäre ich mordsmäßig cool, aber es gelingt mir nicht ganz. Ich habe den Verdacht, dass sie meinen Herzschlag spüren kann, und der geht gerade mit mir durch.

„Vielleicht könnten wir Rieke fragen, ob sie uns was vorbeibringt?", sage ich und sie kichert. Schubst mich zurück zu der Matratze, wirft sich auf mich und beginnt, mich zu kitzeln, bis ich nach Atem ringe.

Es ist ein geniales Gefühl, wenn man zum ersten Mal mit jemandem ins Bett geht und alles, wirklich alles zusammenpasst. Man fragt sich, warum man vorher so viel rumexperimentiert hat und nicht einfach gewartet hat, bis man denjenigen oder diejenige trifft.

„Du, wir müssen aufstehen!", sage ich nach einer Ewigkeit und schiele auf den Wecker, der längst geklingelt hat. Es ist zwanzig nach sieben. Das vorvorletzte Mal, dass ich mich in aller Herrgottsfrühe zur Klinik hinüberschleichen werde, um anschließend mit den anderen Patienten am Frühstückstisch zu sitzen und so zu tun, als hätte ich nichts Aufregenderes als Lymphdrainage und progressive Muskelentspannung im Kopf.

„Hmm", murmelt Kim an meiner Brust und versucht, noch ein paar Minuten Schlaf zu ergattern. Ich löse mich aus ihrem Arm und suche meine Sachen, die überall verstreut sind. Ziehe die Tür hinter mir ins Schloss und laufe in neuer persönlicher Rekordzeit zur Klinik.

Die Vögel zwitschern noch ziemlich verschlafen, es ist nebelgrau auf den Feldern, auf dem nahe gelegenen Bauernhof schreien sich die Kühe die Seele aus dem Hals, wahrscheinlich hat der Bauer auch verschlafen. Auf dem Kiesweg liegt eine schwarz-weiße Katze und sieht mich an. „Hi", sage ich und kraule ihren Nacken. Sie lässt es sich gnädig gefallen, dann kommt ihr etwas Besseres in den Sinn und sie läuft davon.

Der absolut perfekte Morgen, denke ich, *und kein Schwein merkt es außer mir!*

Ich bin so wach, als hätte ich mir literweise Koffein injiziert, laufe eine Runde um die Klinik und stehle mich dann zum Hintereingang rein.

„Julia, du bist schon wach?", fragt eine der Schwestern, die mir auf dem Gang entgegenkommt.

„Ja, ich war joggen", sage ich und lache ihr ins Gesicht. Sie ist hübsch, das ist mir bis jetzt nie aufgefallen, sie hat blondes Haar, das sich aus ihrem Zopf davonstiehlt, und hellblaue Augen. Unter ihrer Schwesterntracht zeichnen sich ihre Hüften ab.

„Das ist gut", antwortet sie und zwinkert mir zu, „Bewegung und frische Seeluft, das hat bei uns noch jeden gesund gemacht."

Ich sehe ihr nach, wie sie lautlos den Gang entlanggeht. Ich könnte sie umarmen.

Der Gedanke an Kim trägt mich durch den Tag, begleitet mich durch sämtliche Therapien und lässt mich sogar die Mahlzeiten mit einem Lächeln überstehen. Mein Tischnachbar sieht mich mit seltsamem Blick an.
„Was ist denn mit dir passiert?", fragt er.
„Nichts", sage ich. „Ich bin zur Abwechslung einfach mal glücklich."

Fast bin ich erstaunt, als ich am Abend tatsächlich wieder wie selbstverständlich neben Kim liege.
„Du hast mir gefehlt", sage ich.
„Du mir auch", antwortet sie.

26

Es ist Freitag und ich packe meine Sachen. Verabschiede mich von den Schwestern und den anderen Patienten. Werfe einen letzten Blick zurück, dann steige ich in Pauls Wagen, einen alten Mercedes, der vor dem Eingang wartet. Es ist ein seltsames Gefühl: wie Weggehen und Ankommen zugleich.

Das Zimmer am Ende des Gangs ist nur wenig größer als mein bisheriges und spärlich möbliert, aber das ist mir gleichgültig. Ich brauche keinen Platz, nur einen sicheren Ort, an den ich mich zurückziehen kann, wenn die Gespenster der Vergangenheit mal wieder ihr Gesicht zeigen. Oliver überweist mir jeden Monat ein mehr als großzügiges Taschengeld, das reicht locker für die Miete.

Ich verstaue meine Klamotten in dem alten Kleiderschrank, der schwach nach Mottenkugeln duftet. Aus meinem Fenster kann man die Felder sehen, schwarz und kahl, auf das Frühjahr wartend.

Jemand hat das Bett für mich bezogen und ich setze mich auf die karierte Decke. Die Sprungfedern ächzen vernehmlich. Wer immer hier vor mir gewohnt hat, hat einen lausigen Geschmack besessen, denn über mir hängt ein Poster von einem Sonnenuntergang am Meer. Ich beschließe, mich gleich nächste Woche auf die Suche nach einem neuen zu machen. Lasse die Beine baumeln und versuche, positiv zu denken.

Gedanken wie: Ich bin nicht mehr sauer auf meinen Bruder, weil er nur versucht, sein Leben zu leben, so wie wir alle. Weil er es sich nicht ausgesucht hat, für mich verantwortlich zu sein.

Gedanken wie: Niemand ist daran schuld, dass ein Fahrer in einer Kurve die Kontrolle über seinen Wagen verliert. Weder Oliver noch ich hätten den Tod unserer Eltern verhindern können. Man kann solche Dinge nicht vorhersehen, und wenn dem so wäre, wären wir längst alle verrückt geworden vor Sorge und hätten dabei vergessen zu leben.

Aber kein Mensch kann immer nur positiv denken. Und ich schon gar nicht!

Paul hat zum Abendessen Spaghetti mit Tomatensoße gekocht und zur Feier des Tages eine DVD mitgebracht. Sieben Leute hocken sich im Wohnzimmer vor den Fernseher, sogar Martin ist gekommen und hat seine Seevögel für einen Tag sich selbst überlassen. Ich habe ihn bis jetzt kaum zu Gesicht bekommen.

„Was machen deine Forschungen?", frage ich ihn und bringe mein Weinglas in Sicherheit, als David sich schwungvoll neben mich setzt.

„Es läuft ganz gut, glaube ich", sagt Martin und lächelt. Mit den Muscheln in seinen Dreadlocks sieht er aus wie ein Meereskrieger, der sich kampfbereit macht.

Der Titel des Films flimmert über die Mattscheibe: *Million Dollar Baby*. Ich kenne das Plakat und bin enttäuscht. Ich habe mich noch nie sonderlich fürs Boxen interessiert.

Doch meine Enttäuschung dauert nur ein paar Sekunden, dann starre ich ebenso fasziniert wie der Rest der Gruppe auf den Bildschirm. Der Film handelt von einer Frau, die eigentlich viel zu alt zum Boxen ist, aber so hartnäckig auf einen abgehalfterten Trainer einquatscht, der von Clint Eastwood gespielt wird, bis er sie tatsächlich trainiert, als erste Frau überhaupt. Sie wird ziemlich gut, doch im entscheidenden Kampf trifft sie auf eine fiese Gegnerin und diese bricht ihr zwei Halswirbel. Sie ist von da an komplett gelähmt und liegt nur noch im Bett, kann nicht mal mehr selber atmen. Ihr Trainer sitzt Tag und Nacht an ihrem Bett und macht sich furchtbare Vorwürfe und es dauert eine Ewigkeit, bis er es endlich schafft, ihre Maschinen abzustellen.

Ich merke nicht einmal, wie mir die Tränen herunterlaufen. Ich würde ihn am liebsten anschreien, damit er endlich seine beschissenen Selbstzweifel aufgibt.

Ich kenne dieses Gefühl, auf einer Intensivstation aufzuwachen. Ich weiß, wie es sich anfühlt, wenn etwas, das vorher ganz selbstverständlich zu dir gehört hat, dir plötzlich nicht mehr gehorcht. Ich weiß, wie laut es zugeht, wie lange es dauert, bis du begreifst, dass es dein eigener Körper ist, der die Maschinen dazu animiert, diesen Höllenlärm zu machen, weil du nicht so funktionierst, wie sie es von dir erwarten. Ich weiß, wie es sich anfühlt, niemals allein zu sein, mit einem Schlauch, der in deine Blase geht, und einem anderen, der in deinen Venen verschwindet. Ständig fragt dich jemand, wie es dir geht, dabei ist es doch offensichtlich, dass du total fertig bist, wenn du es noch nicht einmal schaffst, dich selber am Rücken zu kratzen, oder?

Ich würde mir wünschen, dass jemand meine Maschinen abstellen würde, und zwar schnell, wenn alles, was ich noch bewegen kann, für den Rest meines Lebens meine Augenlider wären!

Und genau das sage ich auch, als der Abspann vorbei ist: „Kann bitte jemand das Gleiche für mich tun, falls mir so was passiert?"

„Also, ich glaube dein Pensum an Unfällen ist für den Rest deines Lebens aufgebraucht", murmelt Paul.

Rieke sieht mich an und schüttelnd zweifelnd den Kopf. „Aber du kannst doch jetzt nicht sagen, was du dir in dem Fall wünschen würdest, Juli. Vielleicht gäbe es etwas, für das es sich lohnt. Weiterzuleben, meine ich."

„Und was soll das bitteschön deiner Meinung nach sein?"

Ich bemühe mich gar nicht erst, meine Stimme zurückzuhalten. Was ich zu sagen habe, will nach draußen, jetzt. Plötzlich ist all der Frust aus den Wochen nach dem Unfall wieder da, die ganze Angst, mit voller Wucht.

„Ich weiß nicht. Liebe vielleicht?", schlägt Rieke vor und weicht meinem Blick nicht aus.

„Liebe? Was hast du davon, wenn du dich nicht rühren kannst? Wer liebt dich schon, wenn du ein Krüppel bist?", schreie ich sie an und erhebe mich mühsam. Mein Glas kippt und hinterlässt einen hässlichen Fleck auf dem Holzfußboden.

„He, es ist okay, Juli", sagt David leise und greift nach meiner Hand. „Es gibt hier niemanden, der nicht verstehen würde, wie du dich fühlst."

„Es ist nicht okay. Es ist verdammt noch mal nicht okay", schluchze ich und schüttle seine Hand ab. Stürme nach draußen und werfe die Tür ins Schloss.

„Super, kannst du mir mal sagen, warum du ausgerechnet diesen Film ausgesucht hast?", höre ich Leni zischen.

„Ich wusste doch nicht, dass er so endet", antwortet Paul entschuldigend, „ich dachte, es ginge einfach nur ums Boxen."

Ich höre nicht mehr zu. Schließe mich in meinem Zimmer ein und warte auf den Schlaf. Umsonst. Über meinem Kopf geht die Sonne unter. Und Kim kommt nicht.

Um halb drei klopft es endlich an meiner Tür.

„Erträgst du mich jetzt?", fragt sie und ich drehe den Schlüssel herum. Lasse sie herein. Das Bett ist zu schmal für uns beide, wir liegen dicht an dicht, ich muss meine Arme um ihre Taille schlingen, um nicht zu fallen. So warten wir gemeinsam auf das Morgengrauen. Als es kommt, spiegelt es sich in Kims Augen. Und plötzlich sind die Gespenster fort. Ich sehe unter dem Bett nach und im Kleiderschrank, hinter den Vorhängen am Fenster. Doch sie bleiben verschwunden.

27

Samstagmittag, ziemlich genau vierundzwanzig Stunden nach meinem Umzug. Ich sitze im Wohnzimmer auf dem Fußboden und wärme mir den Rücken am Ofen. Jemand hat das Unmögliche vollbracht und meinen Weinfleck von gestern Abend entfernt. Der Kater schnuppert an meinen Fingern und wartet darauf, dass ich ihn kraule.

„Du hast es gut", sage ich und versenke meine Nase in seinem Fell, „du erwartest immer nur das Beste, oder?"

Als Rieke das Zimmer betritt, denke ich für eine Sekunde, dass sie umkehren wird, dann scheint sie es sich anders zu überlegen und kommt zu mir her.

„Bist du irgendwie sauer auf mich?"

„Nein", sage ich und meine es auch so.

Sie seufzt erleichtert und lässt sich neben mir zu Boden gleiten. Schließt die Augen.

„Was hast du jetzt eigentlich vor?", fragt sie nach einer Weile.

„Wie meinst du das? Ich werde weiterhin fleißig meine Übungen machen und trainieren. Ich habe mir ein paar Extrastunden verordnet, damit meine Muskeln wieder annähernd so kräftig werden wie vor dem Unfall", sage ich mit einem schiefen Grinsen, das keines ist.

Sie nickt.

„Sicher, das ist großartig. Aber …"

„Aber was?"

„Auch auf die Gefahr hin, dass du jetzt doch noch sauer wirst: Ich finde, du solltest dir noch etwas anderes suchen. Wann kommt dein Bruder noch mal her?"

„Am Dienstag, zu meinem Geburtstag."

„Wäre es dann nicht besser, wenn du ihm etwas Richtiges präsentieren könntest? Ein Praktikum, einen Job, irgendwas? Einen handfesten Grund, warum du hier bleiben willst?"

„Und was soll das deiner Meinung nach sein?"

Rieke zuckt mit den Achseln. „Das musst du schon selber herausfinden."

„Ich habe keine Ahnung, was ich hier tun könnte, um ehrlich zu sein."

„Aber würde es dir nicht Sicherheit geben, wenn dein Bruder kommt und dich mit Fragen bombardiert?"

„Vermutlich schon", gebe ich zu.

„Siehst du, bei mir war es genauso. Mein Vater ist ausgeflippt, als ich ihm gesagt habe, dass ich nicht auf dem Hof arbeiten, sondern Kindergärtnerin werden will. Er hatte gehofft, dass ich Agrarwissenschaften studiere. Hat sich ziemlich daneben benommen für ein paar Monate, aber ich war mir hundertprozentig sicher, dass ich die richtige Entscheidung getroffen habe, also habe ich es ganz gut überstanden."

Sie lächelt und streicht sich die dunklen Haare hinter die Ohren. Ihre schweren Silberohrringe baumeln bei jeder Bewegung ihres Kopfes mit und klimpern leise.

„Bist du denn jetzt glücklich? Als Kindergärtnerin?", frage ich und spiele mit den Katerpfoten.

„Ich glaube schon. Klar, es gibt Tage, an denen ich meinen Job hasse und mich die Kinder fertigmachen, aber dann wieder … Ich wollte eigentlich nie etwas anderes. Ich habe fünf kleine Brüder, es war mir immer klar, dass ich was mit Kindern machen will."

„Willst du denn keine eigenen?"

„Doch, eines Tages schon. Wenn ich den passenden Mann dafür gefunden habe. Und bis dahin ist das hier genau das Richtige für mich."

Sie macht eine Geste, die das Haus umfasst, mit allem, was darin ist.

„Weißt du, wenn dir gar nichts einfällt, könntest du wie Kim ein soziales Jahr machen. Der Kindergarten sucht immer händeringend freiwillige Helfer."

Ich versuche, mir das vorzustellen, mich inmitten all der Kinder, doch etwas an dem Bild funktioniert nicht. Obwohl ich Kinder mag, aber Vollzeit, monatelang? Nein, daraus wird nichts.

Ich schüttle den Kopf. „Das Einzige, was ich wirklich kann, ist fotografieren, Rieke."

„Warum suchst du dir dann nicht einen Job bei einem Fotografen?"

„Ich habe David schon gefragt, er braucht mich leider nicht."

Sie lächelt mich an. „Es gibt noch mehr Fotografen auf dieser Insel als David, weißt du?"

Der Kater hat genug von mir. Steht auf, streckt sich, gähnt und stolziert davon.

„Ich weiß nicht", sage ich, „ich habe Angst. Davor, nicht gut genug zu sein, vor allem."

„Was ist so schlimm daran, Angst zu haben, Juli? Angst hat jeder."

„Du auch?"

„Ich? Du lieber Himmel, natürlich! Davor, den Richtigen nie mehr zu finden, nachdem ich bisher nur katastrophenähnliche Beziehungen hatte, zum Beispiel. Davor, dass den Kindern etwas passiert, während ich für sie verantwortlich bin. Die Liste ließe sich endlos fortsetzen."

Ich reibe mir mein Bein; der Stoff kratzt auf meiner Haut.

„Ich denke jedenfalls, wenn du es jetzt nicht versuchst, wirst du niemals herausfinden, ob dein Talent ausreicht. Was hast du schon zu verlieren?"

„Eine ganze Menge. Meine Träume zum Beispiel."

„Ich habe eine Idee", sagt Rieke und steht auf, „wie wäre es, wenn wir nachher Leni besuchen? In Oldsum gibt es jede Menge Künstler. Vielleicht wirst du da ja fündig?"

Ich rümpfe die Nase. „Ist das so eine Art Touristenattraktion?"

„Na ja, im Sommer treibt sich dort eine Menge davon herum, aber jetzt im Winter muss man sie mit der Lupe suchen. Und glaub mir, es lohnt sich, allein schon um Leni beim Arbeiten zu beobachten. Sie ist ein vollkommen anderer Mensch, wenn sie an der Drehscheibe sitzt."

„Okay", antworte ich und beobachte, wie ein Sonnenstrahl über die Dielen wandert. „Wann?"

Rieke düst in ihrem klapprigen Wagen davon, und ich bleibe alleine zurück. Hülle mich in einen von Kims dicken Pullovern und hocke mich draußen auf der Terrasse auf die niedrige Steinmauer. Der November kündigt sich an, heute Nacht hat es bereits gefroren. Jetzt hat die Sonne das meiste wieder weggetaut, aber im Schatten ist es immer noch lausig kalt, Vorgeschmack auf einen langen Winter.

Ich rauche eine Zigarette und dann noch eine, trinke Tee aus einem meerblauen Becher, der nach Zimt und Vanille schmeckt, eine von Pauls Kreationen, und beobachte die Möwen. Warte darauf, dass es Nachmittag wird und Rieke mich holt.

Irgendwann kommt Kim aus der Klinik. Tritt hinter mich und legt ihr Kinn auf meine Schulter.

„Na, Mittagspause?"

„Hm", macht sie nur und schnuppert an mir. „Du riechst nach Weihnachten."

Ich mag nicht an Weihnachten denken. Olli und ich haben es ausfallen lassen seit dem Tag X. Wer holt schon gerne Kisten aus dem Keller, die im Jahr davor jemand gepackt hat, der nie mehr wiederkommt?

„Was ist?"

„Ich kann Weihnachten nicht leiden."

„Aber du hast es noch nicht hier bei uns erlebt!"

„Was macht das für einen Unterschied?"

Sie hockt sich mir gegenüber auf die Mauer und beginnt, Grashalme auszurupfen und zwischen den Fingern zu zerpflücken.

„Lass mich mal nachdenken: Wir halten uns so ziemlich aus den Geschenkorgien raus. Stürzen uns auf Plätzchen und Kerzen und, falls tatsächlich Schnee liegen sollte, veranstalten wir am Heiligabend eine Schneeballschlacht und anschließend gibt es so viel Punsch, dass wir die restlichen zwei Feiertage besoffen unter dem Tannenbaum liegen. Wie gefällt dir das?"

Sie grinst von einem Ohr zum anderen. Ich stürze mich auf sie und boxe sie spielerisch, bis sie die Arme hebt und „Gnade" japst.

„Kim? Was ist, wenn ich dir trotzdem was schenken will?"

„Ich denke, das wäre in Ordnung", sagt sie und küsst die Kälte von meiner Nasenspitze. Schlingt die Arme um mich und hält mich fest. Ich könnte ewig so sitzen.

Doch sie macht alles kaputt, mit einem einzigen Satz. „Freust du dich eigentlich auf deinen Bruder?", murmelt sie an meinem Hals.

„Schon. Andererseits … Ach, ich weiß auch nicht. Ist nicht so einfach."

„Warum?"

„Warum?" Ich mache mich von ihr los. „Du stellst Fragen, ausgerechnet! Bist du vielleicht zu deinen Eltern gegangen und hast ihnen von uns erzählt?"

„Nein. Aber das ist auch etwas anderes."

Trotzig schiebt sie ihre Unterlippe vor. Ob sie weiß, wie schön sie aussieht, wenn sie das tut?

Kim schweigt hartnäckig. Beobachtet eine Möwe, die im Garten spazieren geht.

„Ich will mich nicht mehr verstecken", sage ich.

„Und das heißt?"

„Ich werde es ihm sagen. Aber nicht am Telefon. Sondern persönlich, wenn er hier ist."

Sie nimmt vorsichtig meine Hand.

„Meinst du, du kriegst das hin?"

„Ich hoffe es", antworte ich und starre wie hypnotisiert auf meine Finger in ihren.

„Ich stecke da in einem ziemlichen Dilemma, Juli. Ich weiß nicht, ob es mir gelingt, ihn zu mögen. Ich habe Angst, dass er dich überredet, mit ihm zu kommen. Und ich will nicht, dass du gehst."

Vorsichtig berühre ich ihre Wange. Würde es ihr gerne sagen: *Seitdem es dich gibt, existiere ich in einer anderen Galaxie. Einer Galaxie, in der Olli nur ganz am Rande eine Rolle spielt.*

Es dämmert bereits, als Rieke vor dem Reetdachhaus hält. Ich lasse mich auf den Beifahrersitz fallen und presse meine Schläfe gegen das Glas, starre auf kahle Baumgerippe, die draußen vorüberziehen, auf matschige Wiesen und verlassene Feldwege.

„Ganz schön trostlos hier um diese Jahreszeit, was?"

Rieke nickt. „Allerdings. Manchmal geht es mir so auf den Keks, dass ich für ein Wochenende rüber aufs Festland flüchte."

Sie dreht am Radioknopf, aber im Lokalsender kommt nur die Übertragung eines Kirchenkonzertes, und nach ein paar Minuten gibt sie entnervt auf.

Ich schweige. Die Einsamkeit ist überwältigend, wunderschön, wie eine Riesentafel Bitterschokolade kommt sie mir vor. All die Hochglanzmotive vom Sommer sind verschwunden. Was bleibt, ist eine raue Schönheit, die süchtig macht.

Für ein paar Sekunden blitzt zwischen den Dünen das Meer auf und ich denke: *Da liegt sie vor mir, die absolute Freiheit.* Warum bin ich dann bloß nicht in der Lage, damit umzugehen?

Mit meinem achtzehnten Geburtstag erbe ich genug Kohle, um mich für ein ganzes Jahr an den Strand zu legen, hier oder anderswo, wo es wesentlich wärmer ist. Ich könnte zum Horizont schauen, die Möwen beobachten und mich alle paar Stunden wenden, damit ich gleichmäßig braun werde. An nichts denken, Bücher lesen, trinken, Musik hören, rauchen. Und was tue ich, dumme, pflichtbewusste Julia? Begebe mich auf Jobsuche. In einem Kaff, das auf keiner Landkarte verzeichnet ist. Eine echte Spitzenleistung!

„Hast du etwas Besonderes für deinen Geburtstag geplant? Man wird schließlich nur einmal volljährig", sagt Rieke und wirft mir einen schnellen Seitenblick zu.

„Hm, ich weiß nicht, am liebsten würde ich einfach nur meine Ruhe haben."

Ich beobachte einen Spaziergänger, der einen Stock in die Wellen wirft. Sein Hund, eine struppige Promenadenmischung mit Schlappohren, hechtet begeistert hinterher und tropft ihm Salzwasser von den Lefzen auf die Schuhe.

„Jeder scheint zu erwarten, dass ich mich auf den Tag wie verrückt freue, aber das tue ich nicht. Ich bin so angespannt wegen Olivers und Mias Besuch, dass ich nachts kaum noch schlafen kann."

„Soll ich dir was verraten? Ich habe Geburtstage schon immer gehasst. Ich finde es schrecklich, im Mittelpunkt zu stehen. Jeder schaut einen erwartungsvoll an, um zu sehen, ob man sich auch wirklich freut. Für gewöhnlich fange ich entweder an, totalen Blödsinn zu reden, oder ich verfalle in komplettes Schweigen. Eine absolute Katastrophe."

Ich lächle sie an und sie zieht eine Grimasse. Biegt auf einen Parkplatz ein, hinter dem sich eine Gruppe von niedrigen Friesenhäusern vor dem Wind zu ducken scheint.

„Wir sind da. Ein Jammer, dass es schon so früh dunkel wird, wir müssen unbedingt noch mal bei Tageslicht wiederkommen."

Sie geht mir voraus, den Weg entlang zu einem Reetdachhaus, das noch älter und windschiefer aussieht als seine Nachbarn. Über dem Eingang hängt ein Holzschild mit der Aufschrift „Tongut". Ein Pfeil mit „Werkstatt" darauf zeigt nach rechts, der mit „Laden" deutet nach links.

Rieke wendet sich nach rechts und öffnet mir die Tür. „Kommst du für eine Weile alleine klar? Ich muss noch was erledigen. In spätestens zwei Stunden hole ich dich wieder ab."

Ich werde den Verdacht nicht los, dass sie mich mit Absicht hier alleine lässt, um mir Zeit zu geben. Doch ich nicke nur und trete ein.

Die Werkstatt ist warm und hell erleuchtet, aus einem alten Radio dröhnt Musik. Ich drehe mich um, ehe ich die Tür schließe. Auf der Straße ist niemand mehr zu sehen, nur ein paar vereinzelte Spaziergänger betrachten die Schaufenster, in denen sich Kunsthandwerk türmt.

„Hi", sagt Leni, als sie mich sieht, „mach die Tür zu, es hat mich genug Mühe gekostet, es hier drinnen warm zu bekommen."

Sie scheint kein bisschen überrascht zu sein, mich zu sehen.

Ich beobachte, wie sie den Brennofen füllt. „Ist hier draußen irgendwie die Zeit stehen geblieben?", frage ich und nehme ein zerbrechlich aussehendes Stövchen von einem der Regale, drehe es zwischen den Fingern. Es ist leuchtend orange, und darauf ist eine Giraffe zu sehen. Sieht ziemlich seltsam aus für eine Inseltöpferei. Aber schön.

„Könnte man manchmal schon denken", antwortet Leni, nimmt mir das Stövchen aus den Händen und stellt es auf den Tisch. „Was hältst du davon? Ganz ehrlich?"

„Es ist ... irgendwie anders. Aber ich finde es klasse."

Sie strahlt. „Du bist die Erste, die es zu sehen kriegt. Ich hatte die Schnauze voll von blau mit weißen Tupfen und weiß mit blauen Blumen und dem ganzen anderen Zeug, das die Touristen so lieben. Keine Ahnung, ob ich das hier jemals verkaufen werde."

Sie geht zu einem der hinteren Regale und zieht das Tuch weg, mit dem es bedeckt ist. Ganze Borde voll mit leuchtenden Farben und skurrilen Formen kommen zum Vorschein, Kerzenleuchter aus Spiralen, Tassen, die aussehen, als wären sie in einen Sturm geraten, bauchige Teekannen mit den Körpern von Nilpferden.

„Wow", entfährt es mir, dann noch einmal: „Wow. Wann schaffst du das alles? Deine Schaufenster sind vollgestopft mit Blau-Weiß!"

„Ich habe extra Nachtschichten eingelegt", sagt Leni und wischt sich die Hände an ihrer Schürze ab, gießt Kaffee in zwei Becher und stellt einen davon vor mir auf den Tisch. „Schließlich muss ich auch von irgendwas leben."

„Klar", antworte ich und schnappe mir einen Klumpen Ton, der verlassen vor mir liegt. Beginne, ihn gedankenverloren zu kneten.

Lenis endlos lange Haare sind zu einem lockeren Knoten hochgesteckt, aus dem zwei Bleistifte herausragen, und sie trägt ein kariertes Männerhemd unter ihrer Schürze. Sie deutet auf eine Postkarte, die über dem Waschbecken hängt. Sonne, Strand, eine Finca mit Kakteen im Garten. „Der Besitzer ist vor einigen Monaten in den Süden ausgewandert und hat mir die Töpferei verkauft, zu einem guten Preis. Trotzdem habe ich die ersten Monate kaum gewusst, wie ich die Miete bezahlen soll. Gestern erst kam ein Anruf von einer Teeladen-Kette, sie wollen ein komplettes Service von mir ins Programm nehmen. Weißt du, was das bedeutet?"

Sie hockt sich neben mich auf die Tischkante und wischt sich über die Stirn, ihre Finger hinterlassen feuchte Tonspuren. „Ich kann nebenbei endlich mal was wagen. Dinge ausprobieren, die mir gefallen. Manchmal habe ich geglaubt, ich fange an zu schreien, wenn ich auch noch eine einzige Teekanne herstellen muss!"

Die Ladenglocke bimmelt.

„Entschuldigst du mich?"

„Sicher."

Ich lege den Tonklumpen behutsam zurück auf den Tisch.

„Wahrscheinlich wieder einer von den Blau-Weiß-Liebhabern", sagt sie seufzend, „ich schätze, ich bin meiner Zeit einfach voraus."

Sie zwinkert mir zu und entfernt sich. Für einen Augenblick lausche ich auf die Stimmen. Dann fasse ich einen Entschluss und gehe zur Tür, ziehe sie hinter mir ins Schloss. Stehe unentschlossen auf der Hauptstraße, die ihren Namen nicht verdient. Was will ich an diesem Ort?

Ich laufe an Geschäften vorbei, ohne mehr als einen flüchtigen Blick auf die Auslagen zu werfen. Holzspielzeug, Strickpullover, Batikstoffe, selbst gefärbte Wolle. Nicht meine Welt.

Ich sehe auf die Uhr und stöhne innerlich auf – noch massenhaft Zeit, bis Rieke zu meiner Rettung erscheint!

Nur noch ein Laden ist übrig auf meinem Weg. Lustlos schlendere ich darauf zu und bleibe plötzlich stehen wie festgenagelt. Starre in das Fenster, in dem Bilder hängen, zusammen mit Kameras und diversem Foto-Bedarf. Aufnahmen vom Inselleben, Hochzeiten, Porträts, und dazwischen immer wieder die Farben von Wasser und Himmel.

Wie magnetisch angezogen drücke ich die Klinke herunter und trete ein. Ein Klangspiel ertönt, und eine Frau lächelt mich freundlich an. Das Gesicht kommt mir vage bekannt vor. Ich grabe in meiner Erinnerung und finde sie tatsächlich: die Frau von der Fähre, die mich mitgenommen hat, als kein Taxi weit und breit zu sehen war.

„Frieda." Soeben ist mir ihr Name wieder eingefallen.

Frieda sieht mich neugierig an, dann scheint es auch bei ihr zu dämmern. „Die Reha-Klinik, oder?"

Ich nicke eifrig.

„Hab ich doch gewusst, dass wir uns irgendwann wiedersehen. Hier auf der Insel geht niemand so leicht verloren."

Sie kommt um den Verkaufstresen herum und reicht mir die Hand. „Du bist deine Krücken los", stellt sie fest, und ich nicke erneut, zu mehr bin ich im Augenblick nicht fähig. In meinem Bauch herrscht plötzlich ein unverschämtes Glücksgefühl. Hier ist sie, die Frau mit dem aufregendsten Beruf der Welt, und lächelt mich noch immer an!

Ein Bellen ertönt aus dem Hinterzimmer, dunkel und laut, dann noch einmal. Eine Kinderstimme ruft etwas, und dann saust ein grau-weißer Hund auf mich zu, haut mir seine dicken Pfoten auf die Knie und versucht stürmisch, mein Gesicht abzulecken. Ich kraule seinen Nacken und winselnd wirft er sich vor mir auf den Boden und zeigt mir seinen rosigen Bauch.

Frieda räuspert sich. „Hatte ich nicht gesagt, du sollst Bobby hinten bei dir behalten?"

Ich sehe auf, um herauszufinden, mit wem sie redet. Vor mir steht ein Mädchen von etwa drei Jahren in roten Latzhosen. Ihre Locken sehen nicht so aus, als ob sie in den vergangenen Tagen Bekanntschaft mit einer Haarbürste gemacht hätten, um ihren Mund herum zieht sich eine Schokoladenschnute.

„Das ist Emma", sagt Frieda entschuldigend, „meine Tochter."

„Hallo Emma", sage ich und zu ihrer Mutter gewandt: „Du hast eine Tochter?"

„Ja."

Das Mädchen nimmt Bobby am Halsband und er lässt sich zahm wie ein Lamm von ihr zurück in die Küche führen. Wir folgen ihr, Frieda voraus.

„Bobby knutscht", sagt Emma zu mir und dehnt dabei das Wort, so dass es wie „knuuutscht" klingt. „Aber nur, wenn er dich mag."

„Klingt logisch", antworte ich und fahre mir über das Kinn, wo er mich mit seiner Zunge erwischt hat. „Ist das dein Hund?"

„Ja."

„Hast du Lust, mit uns etwas zu trinken?", fragt Frieda und deutet auf den Herd. „Wir haben uns gerade heiße Schokolade gemacht."

„Klingt verlockend", sage ich und merke erst jetzt, wie durchgefroren ich bin. Ich strecke meine eisigen Füße unter den Tisch, und Bobby wirft sich darauf und seufzt behaglich.

„Hast du eine Dunkelkammer?"

Frieda sieht mich erstaunt an. „Ja, wieso? Interessierst du dich fürs Fotografieren?"

Meine Chance. Jetzt muss es heraus, jetzt oder nie: „Ja. Ich will Fotografin werden. Unbedingt."

„Oh."

Sie sagt nicht mehr als „oh" und ich könnte wahnsinnig werden. Warum nur fallen mir tausend Worte ein, sobald ich allein bin, und kein einziges, wenn es wirklich darauf ankommt?

„Könntest du dir vorstellen, mich anzustellen, als Aushilfe?", höre ich mich sagen.

„Mein Laden wirft nicht gerade viel ab", antwortet Frieda vorsichtig.

„Darum geht es mir nicht. Ich habe das nicht gesagt, weil ich bei dir das große Geld verdienen will."

Ich grabe in den Tiefen meines Rucksacks nach meinem Kalender, in dem ich immer ein paar Schnappschüsse mit mir herumschleppe, von Kim und David und den anderen. Halte sie ihr unter die Nase.

Frieda zögert kurz, dann nimmt sie sie. Betrachtet eins nach dem anderen. Als sie fertig ist, beginnt sie wieder von vorn. Seufzt schließlich. „Ich nehme dich. Allerdings als unbezahlte Praktikantin. Ginge das in Ordnung für dich?"

„Wann kann ich anfangen?"

„Übernächste Woche." Sie lächelt und beobachtet ihre Tochter, die unter dem Tisch hockt und Bobby etwas ins Ohr flüstert. „Manchmal mache ich mir Sorgen um sie. Aber mit Hunden zu reden, ist immer noch besser, als sich in dem Alter schon die Lippen anzumalen und die Fingernägel zu lackieren, wie es einige ihrer Kindergartenfreundinnen praktizieren, oder?"

„Definitiv", sage ich und trinke meine heiße Schokolade.

„Wie geht es eigentlich deiner Freundin? Der mit dem Reiterhof?"

„Sabine? Ich sehe sie im Moment kaum noch, bei ihr sind gleich zwei Schulklassen eingefallen. Gut für ihre Kasse, Pech für uns."

Sie steht auf und stellt die Tassen in die Spüle. Als das Telefon klingelt, mache ich mich auf den Weg.

„Bis übernächsten Montag dann", rufe ich ihr zu, schon im Gehen begriffen.

„Bis dann", formen ihre Lippen tonlos, und Emma winkt zum Abschied, ein Hundeohr fest in der anderen Hand.

Der erste Gedanke, als ich draußen stehe, ist, es sofort David zu erzählen. Seine Stimme klingt gehetzt durchs Telefon.

„He, wo bist du gerade?", frage ich ihn.

„In Wyk, ich verhandele gerade wegen der Ausstellung. Es sieht ganz gut aus für mich."

Es ist so kalt, dass es in den Augen wehtut und in der Nase prickelt. Die länglichen, gelben Straßenlaternen sehen aus wie seltsame Ufos in der Nacht.

„Gratuliere. Es gibt Neuigkeiten", sage ich.
„Gute oder schlechte?"
„Fantastische. Ich fange als Praktikantin an. Bei einer Fotografin."
Das Indianergeheul, das er jetzt ausstößt, hätte ich ihm gar nicht zugetraut.

Ich gehe allein ins Kino, um meine neue Stelle zu feiern. Die Kartenverkäuferin lächelt mich an, vielleicht erkennt sie mich vom letzten Mal, vielleicht freut sie sich auch nur, dass außer den acht Gestalten, die im Eingangsbereich herumlungern, noch jemand kommt.
„Popcorn gibt es leider heute nicht, mir ist die Maschine kaputtgegangen", sagt sie, „aber vielleicht möchtest du etwas anderes?"
Ich entscheide mich für eine Tüte Weingummi. Hocke mich damit in die Dunkelheit und versenke mich in eine fremde Geschichte und dabei fließt die ganze Zeit die Energie in meinen Adern.
Den Film, *American Beauty*, habe ich bereits mit Katja gesehen, aber das macht nichts, ich stehe einfach auf Kevin Spacey.
Als der Film zu Ende ist, gehe ich hinaus und die Straße entlang, zuerst kann ich kaum atmen, so kalt ist die Luft, aber nach ein paar Minuten gewöhne ich mich daran. Verpasse meinen Bus, weil ich nur halbherzig die Haltestelle ansteuere, stattdessen nutze ich die Zeit, um durch die Straßen zu schlendern. Heute hält mich nichts mehr auf, und mein Bein schon gar nicht!
Ich werde Kim heute Abend noch von meinem Praktikum erzählen, Oliver erst ganz zum Schluss, am Dienstag, wenn er vor mir steht. Mein Vater ist immer davon ausgegangen, dass ich eines Tages Jura studieren würde, so wie er, oder doch zumindest etwas Vorzeigbares, Innenarchitektur oder Wirtschaftswissenschaften zum Beispiel. Aber ich bin nicht

wie er und ich bin auch nicht wie Oliver. Ich bin soeben dabei, mir meine eigene Welt zu schaffen, und ich fange an, mich verdammt wohl darin zu fühlen.

Als ich die Haustür aufschließe, schlägt mir der Geruch von selbstgemachter Pizza entgegen. Leni streckt den Kopf in den Flur. „Ach, du bist es."

„Wen hast du denn erwartet?"

„David. Er ist immer noch in seiner Besprechung."

„Ich glaube, es sieht ganz gut aus", sage ich und hänge meinen Schal an den Haken neben ihren.

„Woher weißt du das denn? Die Sache mit seiner Ausstellung war doch bisher noch gar nicht spruchreif?"

„Ich habe ihn vorhin angerufen, weil ich ihm etwas erzählen wollte, und da hat er es erwähnt. Übrigens, ist Kim da?"

Sie schließt die Küchentür hinter sich und kommt näher. „Was ist das eigentlich zwischen dir und ihr?"

„Was soll sein?"

„Bist du verliebt?"

„Ja. Ich schätze, das bin ich", sage ich und schäle mich aus meiner Jacke. „Warum fragst du?"

„Ich war mir nicht sicher. Ihr berührt euch fast nie, wenn ihr unter Leuten seid."

Ich zucke mit den Achseln.

„Kann schon sein. Es ist nicht wie bei dir und David, weißt du? Man weiß nie, wie die Leute reagieren."

Sie blickt auf ihre Hände. „Bist du denn glücklich?"

„Seltsam, genau diese Frage habe ich Rieke heute auch schon gestellt!"

Ein Schlüssel dreht sich im Schloss und Paul bückt sich, um durch den niedrigen Türrahmen zu kommen. Seine Wangen sind gerötet von der Kälte und er stampft sich den Schnee von den Sohlen.

„Bin ich noch rechtzeitig zum Abendbrot?"

Leni zieht die Augenbrauen hoch.

„Gibt es eigentlich auch noch etwas anderes, was dich interessiert?"

Damit verschwindet sie in der Küche.

„He, das ist nicht fair, ich interessiere mich für eine Menge Dinge", ruft Paul und zwinkert mir zu, „für Frauen, Schlafen, Sport und Bier zum Beispiel."

„Idiot", sage ich.

„Das höre ich öfter", antwortet er und hält mir die Tür auf.

„Ruf mich, wenn David kommt und es Essen gibt, okay", sage ich und gehe lieber die Treppe hinauf.

Ich brauche einen Moment Zeit für mich allein. Ich hocke mich aufs Bett, lasse das Licht ausgeschaltet, warte, bis sich meine Augen an die Dunkelheit gewöhnt haben. Lausche auf die Stille. Direkt nach dem Tod meiner Eltern konnte ich sie nicht ertragen und habe meine Anlage regelmäßig voll aufgedreht, wenn ich zu Hause war, mich zugedröhnt mit Musik, um meine Gedanken zu übertönen.

Ich erkenne Kims Schritte auf der Treppe, sie hat eine bestimmte Art, die Stufen hinaufzuspringen, es klingt wie ein Rhythmus.

„He, warum sitzt du im Dunkeln?"

„Damit ich mich nicht sehen muss, während ich nachdenke."

Sie hockt sich neben mich auf die Matratze. „Mann, warum sagst du immer so ein Zeug? Ist das aus einem Buch?"

„Nein, das ist von mir", sage ich, „und ich werde übrigens etwas draus machen, so wie du gesagt hast."

„Woraus?"

„Aus der Fotografie. Ich habe ab nächsten Montag einen Praktikumsplatz."

„Machst du Witze?" Sie umarmt mich, so dass ich kaum noch Luft kriege. Dann nimmt sie meine Hand. „Ich habe auch Neuigkeiten. Sie haben mir einen Platz an der Physiotherapie-Schule in Köln angeboten. Aber ich werde nicht gehen."

Ich lasse los. „Spinnst du? Du wolltest diesen Platz so sehr, fährst extra zum Aufnahmetest und dann nimmst du ihn nicht an?"

Zornig betrachte ich ihr Gesicht, das in der Dunkelheit gespenstisch leuchtet. Es sieht traurig aus.

„Ich war eben bei meinen Eltern. Sie weigern sich, mir Unterhalt zu zahlen, endgültig."

„Aber sie sind per Gesetz dazu verpflichtet, Kim, und das weißt du!"

„Glaubst du, das interessiert sie?", fragt sie und lacht bitter, „lieber lassen sie sich vor Gericht zerren, als freiwillig einzulenken."

Ich will sie in den Arm nehmen, doch sie stößt mich weg.

„Kann ich irgendwas für dich tun?", frage ich und komme mir dabei elendig hilflos vor.

„Lass uns hier rausgehen, ja? Ich muss an die frische Luft. Pizza und heile Welt sind das Letzte, was ich jetzt brauchen kann."

Wir gehen hinunter an den Strand. Kim kickt Steine ins Wasser, dass es bis an ihre Hosenbeine spritzt. Ich könnte platzen vor Zärtlichkeit für sie, wage es aber nicht mehr, sie zu berühren. Stecke die Hände in die Taschen und fühle, wie das ganze gute Gefühl in mir zusammenbricht.

„Was tust du eigentlich hier an diesem gottverlassenen Ort, Juli?", schreit Kim mich an. „Hier gibt es doch nichts, außer Möwen und Muscheln und dem ganzen Scheiß."

„Gesund werden. Zu mir selber finden. Mit dir zusammen sein?" Ich klinge wie ein verdammtes Selbsterfahrungsbuch.

„Warum? Warum ausgerechnet mit mir?"

„Weil du absolut unausstehlich bist", sage ich und küsse sie endlich doch.

Sie seufzt und lehnt sich schwer an mich, ihre Energie scheint aufgebraucht zu sein. „Ich habe einfach Angst, verstehst du das, Juli? Hier kennt jeder jeden, wenn die rauskriegen, dass wir ein Paar sind, zerreißen die sich die Mäuler. Vielleicht hast du schneller genug von dieser Insel, als dir lieb ist!"

„Nicht, solange du da bist."

„Und wenn ich gehe?"

Ich bücke mich nach einem Stock und schleudere ihn ins Wasser. „Ich weiß es nicht. Warum muss ich immer auf alles eine Antwort wissen?"

Ich könnte heulen. Schlucke die Tränen hinunter, hartnäckig.

„Weißt du, was wir jetzt machen?", sagt Kim und greift nach meiner Hand, „ich nehme dich mit zu meinen Eltern."

„Bist du verrückt?"

„Nein, im Gegenteil. Die haben in den letzten Monaten viel zu viel Zeit gehabt, mich zu verdrängen. Machen wir es ihnen doch nicht ganz so leicht!"

Wir leihen uns Riekes Auto und fahren in eines der Dörfer auf der anderen Seite der Insel. Ich bin noch nie dort gewesen, aber es sieht genauso aus wie überall, friesische Idylle unter Reetdächern, Schilder mit der Aufschrift „Zimmer zu vermieten", darunter das Wörtchen „frei" bei den meisten, es ist schließlich Nachsaison.

Der Eisladen und der Fahrradverleih sind mit Holzbrettern verrammelt. Am Eingang des Supermarktes hängen Plakate, die für gemischtes Hack, eingelegte Spreewaldgurken und den jährlichen Weihnachtsbasar in der Kirche werben.

Vor einem der Häuser bleibt Kim stehen. „Das ist es."

Neugierig lasse ich meinen Blick über Gartenteich, Hollywoodschaukel und Sandkasten wandern. Eine Pension wie jede andere hier, nur in der Luxusausführung.

„Was machen wir jetzt?" Ich frage mich, warum ich flüstere.

„Wir holen meinen restlichen Kram ab."

„Du hast immer noch Sachen hier, obwohl du seit Monaten in der WG wohnst?"

„Ich habe damals bei meinem Umzug nur das Notwendigste mitgenommen. Ich wollte einfach nur weg, verstehst du? Ich hatte mich gerade zum ersten Mal in eine Frau verliebt, da erschien mir der ganze Krempel total unwichtig."

„Was ist dann passiert?" Mir ist plötzlich kalt. So kalt wie noch nie zuvor.

„Es hat nicht funktioniert", sagt Kim und öffnet die Pforte, „sie hat mich sitzen lassen wegen einer anderen, aber ich habe es überlebt. Auch wenn ich eine Zeit lang daran gezweifelt habe."

Hinter der Rezeption sitzt eine Frau, die entfernte Ähnlichkeit mit Kim hat. Das gleiche dunkelblonde Haar, nur lang und sorgfältig hochgesteckt. Auf ihrer Bluse winden sich dezente Rosenranken um einen üppigen Busen.

Ihre Mutter sieht auf, als sie die Tür hört. Lächelt mich an, dann fällt ihr Blick auf Kim, und die ganze professionelle Freundlichkeit verschwindet in Sekundenschnelle.

„Was willst du noch hier?", fragt sie mit einer Stimme, die nach Eiszeit klingt.

„Keine Angst, ich will nur mein restliches Zeug abholen", antwortet eine Kim, die ich nicht kenne, sie wirkt wie versteinert.

„Dein Vater hat heute mit dem Renovieren begonnen. Ich glaube, er hat deine Sachen schon in Kisten gepackt."

„Er konnte es wohl kaum erwarten, was?"

Kim dreht mir den Rücken zu und geht voraus, Richtung Kellertreppe.

Ihre Mutter wendet sich stumm wieder ihrem Computer zu. Der Herzanhänger aus roten Korallen, den sie um den Hals trägt, passt perfekt zu ihren Ohrringen.

„Guten Tag, ich bin Julia", sage ich und baue mich direkt vor ihr auf.

„Guten Tag", antwortet sie, um Höflichkeit bemüht, und mustert mich erneut, diesmal gründlicher, „was kann ich noch für dich tun?"

„Ich bin Kims Freundin", sage ich, „und ich wollte sie gerne wenigstens einmal gesehen haben."

Vielleicht bringt Kim mich um. Ziemlich sicher sogar. Aber ich will sie sehen, die Verwirrung auf dem Gesicht ihrer Mutter. Ich will, dass sie mich nicht so schnell wieder vergisst.

Sie ist so perplex angesichts meiner Dreistigkeit, dass sie tatsächlich antwortet: „Was machst du hier auf der Insel, Julia? Ferien?"

„So ähnlich. Ich war zur Reha hier, ich hatte einen schweren Autounfall."

Sie lächelt schwach und schweigt. Vermutlich kämpft das Mitleid noch mit dem Reflex, nach der Schrotflinte zu greifen und mich aus dem Haus zu jagen.

Ich lächle zurück. Das Lächeln klebt fest auf meinem Gesicht. „Ohne Kim wäre ich längst noch nicht wieder auf den Beinen, sie wird einmal eine hervorragende Physiotherapeutin, wissen Sie das eigentlich?"

„Juli, kommst du bitte? Sofort?", sagt Kim von der Treppe her, mit heiserer Stimme.

Ich drehe den Kopf und sehe sie an. „Ja, ich komme. Ich bin hier fertig."

Ich lasse ihre Mutter sitzen und folge ihr nach unten. Betrachte den Keller, der keiner ist, nichts erinnert an die alten, vergessenen Fahrräder, die sich bei uns zu Hause zusammen mit Schlitten, Fotoalben, einzelnen Gummistiefeln und Babyklamotten bis unter die Decke stapeln. Die Wände hier sind mit hellem Holz getäfelt, die Decke lindgrün gestrichen. Türen zu Saunabereich und Swimmingpool gehen zu beiden Seiten ab.

Ich pfeife leise durch die Zähne. „Dein Vater hat sich ganz schön weit aus dem Fenster gelehnt, was?"

„Was glaubst du, warum er so sauer ist? ‚Heutzutage muss man den Leuten etwas bieten, damit sie wiederkommen.' Dumm nur, dass er mich nie gefragt hat, ob ich überhaupt in das Geschäft einsteigen will."

„Die alte Leier, von wegen ‚wir haben uns abgerackert, damit du es mal besser hast', was?"

„So ungefähr. Bloß, dass ich ihn nicht darum gebeten habe", sagt sie und öffnet die Tür zu einem Raum, der mit Farbeimern, Leitern und Werkzeug vollgestellt ist. „Das war mein Zimmer. Jetzt wird er daraus wohl eine Saftbar oder etwas Ähnliches machen."

Sie kniet sich hin und fischt aus einer der Kisten ein paar alte Fotos. „Wenigstens hat er die Sachen nicht gleich auf den Müll geworfen", murmelt sie.

Ich will raus aus diesem hellgrünen Alptraum, dieser Ferienidylle, hinter der der Abgrund lauert. Und Kim steht ganz nah davor; ich sehe es an ihrer Haltung.

„Meinst du, wir kriegen die Kisten alle ins Auto?", frage ich und hebe ein Poster hoch, das achtlos in der Ecke zusammengeknüllt wurde.

„Das müssen wir. Noch einmal komme ich nicht hierher, das schwöre ich dir!"

Als wir zurückfahren zum Reetdachhaus, muss ich an Oliver denken. Ob Mia ihn irgendwann verlässt? Aber selbst wenn: Ich würde immer wissen, dass sie da war. Die Vertrautheit zwischen meinem Bruder und mir ist kaputt und ich glaube nicht, dass sie jemals wiederkommt. Nicht in diesem Leben.

„Du bist so still", sagt Kim, „ist alles okay mit dir oder hat dich das eben überfordert?"

Ich betrachte sie von der Seite. „Alles okay", sage ich.

Ich versuche, mir vorzustellen, wie es sein wird, wenn sie von hier weggeht. Doch an einem bestimmten Punkt komme ich einfach nicht weiter.

„Manchmal wünsche ich mir meine Eltern weit fort, auf einen fremden Planeten zum Beispiel."

„Hm", mache ich.

„Vermisst du deine Eltern sehr?", fragt Kim vorsichtig und schüttelt gleich darauf den Kopf. „Blöde Frage! Natürlich vermisst du sie."

„Manchmal wünsche ich mir so sehr, dass alles wieder wie früher wird, dass ich beinahe selbst daran glaube. An Feiertagen besonders. Der Unfall hat mich abrupt aus unserer Kleinstadt-Welt in die Wirklichkeit befördert."

„Habt ihr euch gut verstanden?"

„Nein, eigentlich überhaupt nicht. Die meiste Zeit haben meine Mutter und ich uns angeschrien. Aber das war nicht immer so, erst in den letzten Jahren."

„Was ist mit deinem Vater?"

„Was soll mit ihm sein? Er war immer in Eile. Er hatte einen komplett anderen Plan vom Leben als ich. Lange Zeit habe ich ihn einfach für ein Riesenarschloch gehalten, weil er über Jahre eine Geliebte hatte. Aber jetzt? Ich weiß nicht …"

Kim sucht nach meiner Hand, aber ich ziehe sie weg.

„Vielleicht war er einfach nur unglücklich mit uns."

„Juli? Darf ich dich was fragen?"

„Sicher."

„Du willst nicht dorthin zurück, oder?"

„Nein. Das hört nie auf, wenn ich zurückgehe. Dass meine Eltern tot sind und Oliver mir total fremd ist, meine ich. Dass Mia jetzt da ist und er neuerdings immer Zeit für sie hat, für mich aber nie. Dass die Sommer nie mehr so werden wie früher und die Tage total einsam und zäh dahinkriechen. Dass ich mich mit meinem alten Leben nicht mehr anfreunden kann, egal wie sehr ich es versuche."

Wir schleichen uns an der Küche vorbei nach oben. Kim holt zwei Flaschen Bier aus dem Rucksack. „Von meinem Vater geklaut", sagt sie und reicht mir eine, „wenigstens zum Betrinken ist er immer gut."

Es ist kalt in ihrem Zimmer. Kims Finger streifen meine und bei mir knallt wieder einmal die Sicherung durch und ich betrachte die Welt durch einen Filter, hinter dem alles andere zurücktritt. In meinem Kopf stecken noch immer die schlaflosen Nächte voller Ungewissheit fest, doch jetzt habe ich den Gedanken zu Ende gedacht, mit ihr, und plötzlich passt alles zusammen. Ich stehe auf Mädchen. Ich stehe auf Kim.

Ihr nackter Körper liegt neben meinem, während sich dort draußen die Welt mit all ihrem Mist weiterdreht. Aber das ist uns gleichgültig, wir haben es geschafft, ihr zu entkommen, zumindest für heute. Wir trinken Bier, hören Musik und schlafen miteinander, und alles ist gut. Sie stößt mit ihrer Flasche gegen meine.

„Worauf trinken wir?"

„Auf alles", sage ich und deute auf mein Bein. „Darauf, dass es weitergeht."

Ich fühle mich, als würde ich durch diese Nacht schweben. Wahrscheinlich werde ich mich morgen nicht an die Hälfte dessen erinnern, was wir geredet haben, dabei geht es um wirklich Wichtiges, um das Leben selbst. Darum, wie es sich anfühlt, jung und unbesiegbar zu sein, wenigstens für ein paar Stunden zwischen Dämmerung und Morgengrauen, für die Dauer einer Zigarette oder eines Lieblingssongs.

28

Ich wache an meinem Geburtstag auf, als es draußen noch dunkel ist. Liege stocksteif da und versuche herauszufinden, ob es sich anders anfühlt, achtzehn zu sein, aber da ist nichts, absolut gar nichts, außer einer vagen Anspannung.

Die Kälte kriecht von meinen Zehen die Beine empor. Als es dämmert, legt sich trübes graues Licht vor das Fenster. Ein großer Rabe sitzt im Baum gegenüber; er ist wunderschön traurig, so als hätte er sich für seine eigene Beerdigung herausgeputzt.

Ich denke nicht an die Bankkonten und Aktiendepots, die mein Vater mir hinterlassen hat, als er sich besoffen hinters Steuer gesetzt hat. Ich denke nicht an Oliver und Mia, die bestimmt demnächst ins Auto steigen und hierher kommen werden.

Ich liege da und denke an die Geburtstage, bevor ich zwölf wurde, die Tage, an denen mir jemand Kuchen und Kerzen und ein Lied ans Bett brachte. Vermisse meine Eltern für einen Augenblick so sehr, dass ich Bauchschmerzen kriege.

Ich flüchte aus dem Bett und schnappe mir meine Klamotten vom Vortag. Ich muss raus, auf andere Gedanken kommen, hole mir meine Kamera und gehe den Raben suchen, der auf den Sonnenaufgang wartet.

Und tatsächlich, die Sonne kommt, wenn auch zunächst hinter dichten Nebelschleiern verborgen. Ein paar gelbliche Blätter sind noch an den Zweigen geblieben, haben den Herbststürmen getrotzt. Sie leuchten, dazwischen Hagebutten, die reinste Farbverschwendung ist das!

Ich drücke auf den Auslöser, es klickt ohrenbetäubend laut in der Morgenstille. Der Rabe über mir legt seinen Kopf schief und hüpft ein paar Äste weiter, dann flattert er auf das nahe liegende abgeerntete Feld. Ich werde ganz ruhig, so schön ist dieser Morgen, so gut fühlt es sich an, etwas zu schaffen, aus dem Moment heraus, einfach so, ohne fremde Hilfe, nur durch meine Hände und einen Augenblick.

Mein knurrender Magen holt mich zurück in die Realität. Es ist beinahe halb neun und der Frühstückstisch im Haus ist gedeckt, es duftet nach Kaffee. Leni kommt aus der Küche, sobald sie die Haustür hört, und fällt mir um den Hals.

„Da bist du ja endlich, wir haben uns schon Sorgen gemacht! Alles Gute zum Geburtstag."

Mir wird warm im Bauch. Leni zieht mich ins Wohnzimmer, Geschenke in buntem Papier zieren den Esstisch, ein Schokoladenkuchen thront in der Mitte, darauf achtzehn brennende Kerzen. David ist da, er umarmt mich, und ich drücke meine Nase in seinen Pullover.

„Herzlichen Glückwunsch", flüstert er an meinem Ohr und dann knistert es und er drückt mir ein Päckchen in die Hand. „Ich hoffe, sie gefällt dir."

Ich weiß, was es ist, noch bevor ich das Papier abgewickelt habe. „Du bist verrückt", murmele ich, doch als ich aufblicke, direkt hinein in seine Augen, in denen ein Strahlen tanzt an diesem Morgen, verstumme ich.

„Sie ist nicht ganz neu, ich habe schon ein paar Wochen damit gearbeitet, bevor ich mir am Donnerstag eine neue gekauft habe. Ich hoffe, das ist okay für dich? Sie ist wirklich gut."

Ich küsse ihn auf die Wange, seine Bartstoppeln kitzeln. Die Digitalkamera ist extrem flach und liegt gut in der Hand. Ich mag es, mir vorzustellen, wie David vor mir den Auslöser betätigt hat. Ich weiß nicht, ob ich jemals so gut sein werde wie er. Aber ich werde mein Bestes geben.

Leni überreicht mir einen Karton, der so schwer ist, dass ich sofort ahne, was sich darin befindet: eine bauchige Teekanne in leuchtendem Orange kommt zum Vorschein. Abgesehen von vier Knubbelfüßen und zwei Drachenflügeln sieht sie jedenfalls wie eine ganz normale Kanne aus.

Leni grinst. „Die hätte sowieso nie jemand gekauft. Aber wenn ich mal berühmt bin, kriegst du dafür bestimmt Millionen."

David stößt sie in die Rippen. „Größenwahnsinnig bist du gar nicht, oder?"

„Nö, wieso?", sagt sie vergnügt und angelt nach einem Brötchen. Küsst ihn auf den Hals, mehr erwischt sie nicht, denn er ist mindestens zweieinhalb Köpfe größer als sie.

Ich packe aus und wühle mich durch knallbuntes Papier. Und noch immer fehlt Kim.

Ich umarme Rieke für ihre CD von *Wir sind Helden*, Paul für Dutzende von kleinen Packungen mit Tee.

„Ich wusste nicht genau, was du magst, also habe ich einfach von allem etwas genommen", sagt er und grinst, „Leni hatte mir verraten, an was sie für dich arbeitet, da dachte ich mir, das passt doch. Nicht sehr originell, ich geb's zu."

Martin überreicht mir eine Strickmütze mit den Worten „Ist natürlich nicht selbstgemacht, aber ich dachte mir, du könntest sie brauchen"

„Allerdings", sage ich und fahre mir über den kurzgeschorenen Schädel, „das ist sehr aufmerksam von dir."

Meine Stimme muss sich selbstständig gemacht haben, ich denke nur ein einziges Wort, und das hat drei Buchstaben.

Ich erhebe mich. „Entschuldigt mich kurz, ich bin gleich wieder da."

Ich klopfe an die blaue Tür mit den Blumen darauf.

„Komm rein", sagt Kim, „da bist du ja endlich!"

„Ja, da bin ich, aber wo bist du?", sage ich, und kann spüren, wie die Wut in meinem Bauch wieder erwacht.

„Ich wollte allein mit dir sein, wenigstens für ein paar Minuten", antwortet Kim. „Ich stehe nicht so auf den Rummel da unten." Sie nimmt mich in den Arm und gibt mir einen schlichten weißen Umschlag.

„Was ist das?"

„Mach es auf!"

Ein Gutschein fällt mir in die Hände, zehn Massagen, „an jedem meiner freien Wochenenden, an denen ich es schaffe, von Köln herzukommen, eine."

Sie küsst mich und mein Herz schlägt so schnell, dass ich meine, es müsste jeden Moment explodieren. Ich bin traurig und glücklich zugleich. Ich wusste nicht, dass das geht, nur weil da jemand ist, den man liebt. Und der sich jetzt an einen lehnt.

Es ist ganz egal, was morgen ist, wenn man gerade achtzehn geworden ist und eine so beschissene Zeit hinter sich hat wie ich.

„Du fährst also wirklich?", frage ich an ihrem Ohr.

„Ja. Ein Freund von mir ist Anwalt, er hat mir versprochen, dass er meinen Fall durchboxt. Er sagt, sie müssen zahlen, ob sie wollen oder nicht. Und zur Not gehe ich kellnern, um mir den Rest dazuzuverdienen."

Ich nicke. Mehr geht nicht, nicht jetzt.

Eine halbe Stunde, bevor Olivers Fähre ankommt, mache ich mich auf den Weg zur Klinik, dem vereinbarten Treffpunkt.

Hülle mich in einen von Kims dicken Pullovern, genau das Richtige heute. Als ich vor dem Eingang stehe, bin ich viel zu früh dran und beschließe, Maren einen Besuch abzustatten.

„Ich habe geahnt, dass du heute kommst", sagt sie und hält mir ein Päckchen in rotem Papier entgegen. „Alles Gute zum Geburtstag!"

„Du hast daran gedacht?"

„Na klar, was denkst du denn?"

Ich befördere eine kleine Duftlampe und ein Fläschchen mit Orangenöl zutage. Lächle sie an. „Du hast manchmal ein paar Tropfen davon benutzt, wenn du mich massiert hast, oder?"

„Ja. Ich dachte, so habe ich die größte Chance, dass du mich nicht so schnell vergisst." Sie zwinkert mir zu und betrachtet fachmännisch mein Bein. „Wie läuft es?"

„Ich komme klar. Wenn ich zu große Sprünge mache, meldet es sich, aber immerhin: Ich komme klar."

Sie nickt und deutet neben sich auf die Bank. „Setzt du dich einen Moment zu mir?"

„Ja", antworte ich und sehe auf die Uhr, mir bleiben mindestens noch zehn Minuten, bevor Oliver kommt.

„Mach dir keine Sorgen, dein Körper ist jung, der steckt das weg, früher oder später", sagt Maren.

Ich schweige und genieße es, wieder hier zu sein, obwohl ich zwischen diesen Wänden so viel Schmerz und Frust durchlebt habe.

„Manchmal habe ich nicht daran geglaubt."

„Wann?", fragt sie.

„Als sie mir gesagt haben, dass sie sich nicht sicher sind, ob ich das Bein behalten kann, zum Beispiel?"

Ich betrachte meine Gestalt in dem großen Wandspiegel. Vermeide dabei ihr Gesicht.

„Das ist normal, Juli. Unfälle wie deiner bedeuten immer einen Abschied von dem Leben davor. Erst wenn man das begriffen hat, kann man einen Neuanfang wagen."

Ich betrachte das Fläschchen in meiner Hand. „Mein Bruder kommt heute zum ersten Mal zu Besuch."

„Das klingt nicht gerade begeistert", stellt Maren fest.

„Nein. Doch. Aber es gibt ein paar Sachen, die er noch nicht weiß. Die ich ihm dringend sagen muss."

„Und du bist dir nicht sicher, ob sie ihm gefallen?"

„Genau."

„Was hätten denn deine Eltern dazu gesagt?"

„Ich habe keine Ahnung."

„Das glaube ich dir nicht. Es ist nicht so, dass du ein Baby warst, als sie starben, nicht wahr? Es ist noch nicht einmal zwei Jahre her. Du musst dich an *etwas* erinnern."

Ich schweige. Maren rührt sich nicht.

„Ich bin mir nicht sicher, ob ich darüber nachdenken will."

„Was kann schlimmstenfalls passieren, wenn du es endlich an dich ranlässt?"

„Alles Mögliche. Ich könnte die Kontrolle verlieren, zum Beispiel", sage ich und betrachte ihren ungeschminkten Mund. Ich würde ihn gerne fotografieren, doch meine Kamera liegt zu Hause auf meinem Bett. Diese Lippen, sie sind schön, wenn man sich auf sie einlässt.

„Das hast du doch schon längst, als der LKW damals in dich reingerast ist. Aber du hast es überlebt."

„Ja", sage ich und sehe sie an. Habe das Gefühl, als würde sie direkt hineinblicken in meine Seele. „Ich habe es überlebt."

„Du gibst dir die Schuld an dem, was mit ihnen passiert ist, nicht wahr?"

„Woher willst du das wissen?"

„Ich weiß es nicht, aber ich vermute es. Und wenn ich Recht habe, dann hältst du das nicht ewig durch."

Ich senke den Kopf.

„Ich wünschte, ich hätte meine Mutter an jenem Abend nicht so angeschrien, bevor sie gefahren ist", sage ich zu meinen Händen. „Ich wünschte, meinen Vater hätte sein Leben an jenem Abend nicht so angekotzt, dass er unbedingt trinken musste, um es zu ertragen."

„Vielleicht geht es deinem Bruder genauso? Hast du schon mal darüber nachgedacht?"

„Ich weiß nicht. Er hat sich so verändert, seit Mia da ist. Manchmal denke ich, er erinnert sich an nichts mehr, was vor ihr war."

„Vielleicht liegt das an der Verantwortung, die er plötzlich tragen muss", sagt Maren sanft, „erst du, jetzt auch noch das Baby. Ich wette mit dir, er schiebt eine ziemliche Panik davor, das alles zu versauen."

„Meinst du wirklich?"

„Hundertprozentig!"

Ich sehe erneut auf die Uhr und erhebe mich.

„Danke für alles."

Maren lächelt und nimmt mich in den Arm.

„Alles Gute, Juli."

Damit verschwindet sie im Nebenraum, wo der nächste Patient bereits wartet. Die Sohlen ihrer Turnschuhe machen kein Geräusch.

29

Ich warte. Warte auf Oliver, der nicht kommt. Die Sonne hat sich verzogen und dicken, grauen Wolken Platz gemacht. Erste Tropfen klatschen auf den Asphalt.

„Na klasse", knurre ich und vergrabe die Hände noch tiefer in den Taschen.

Ich muss es ihm sagen, heute noch. Kann sein, dass für ihn dabei eine mühsam aufrechterhaltene Welt zusammenbricht, aber das ist mir egal.

Seine letzte SMS, von heute Morgen: *Ich bin echt gespannt auf den Kerl, der es wagt, meine Schwester anzugraben!* Das Ganze mit einem augenzwinkernden Smiley versehen.

Ich muss verrückt sein, wenn ich glaube, dass es funktionieren wird. „Oliver, der Kerl ist eine Frau." Soll ich ihm das etwa sagen?

Er wird so lange auf mich einreden, bis ich selber nicht mehr weiß, was ich will. Von Chancen und Karriere und dass „wir ihnen das verdammt noch mal schulden". Ich kenne das schon. Er zieht die Nummer jedes Mal ab, wenn ich eine schlechte Note nach Hause bringe.

Was bringt es meinen Eltern, wenn ich meinen Abschluss mache? Sie sind tot, das Einzige, das wir noch für sie tun können, ist, die Blumen auf ihrem Grab zu gießen, und selbst dafür haben wir einen Gärtner engagiert. Es ist leicht wegzusehen, wenn man Kohle hat. Ich war nach der Beerdigung nie wieder dort, ich weiß nicht einmal, welche Blumen dort gepflanzt wurden!

Der Wagen, der auf mich zukommt und vor dem Eingang hält, ist eine spießige Familienkutsche. Am Steuer sitzt Oliver und grinst.

„Was hast du um Himmels willen mit deinem Sportwagen gemacht?"

Er kurbelt das Fenster runter. „Verkauft, wegen Luca."

„Wer ist Luca?", frage ich begriffsstutzig und starre auf den riesigen Strauß gelber Rosen, den Mia beim Aussteigen wie eine Trophäe vor sich herträgt.

„Dein zukünftiger Neffe. Wer sonst?"

Oliver umarmt mich stürmisch. „Herzlichen Glückwunsch zum Geburtstag, Kleine!"

Es riecht plötzlich nach Meer und Herbstkälte.

Mia drückt mir die Blumen in den Arm und umarmt mich ebenfalls. „Alles Gute", sagt sie und ich spüre ihren gewölbten Bauch. Sie trägt flache Riemchenschuhe in hellgrün, viel zu dünn für diese Jahreszeit. Ich versuche, ihn mir vorzustellen, Luca, wie er da drinnen hockt und auf den großen Moment wartet, wenn er in diese Welt hinausdarf. Er hat keine Ahnung, wie hart sie sein kann. „Bleib da drin, so lange du kannst!", würde ich ihm am liebsten zurufen.

„Wie geht es dir?", frage ich Mia.

„Besser. Die Übelkeit ist endlich vorbei. Dafür könnte ich allerdings permanent futtern", lacht sie und sieht sich um. „Was mich daran erinnert, dass bald Kaffeezeit ist."

Ich gehe voraus. Oliver hat den Wagen geparkt und folgt uns auf dem ausgetretenen Schleichpfad zwischen Reetdachhaus und Klinik, den Kim jeden Morgen und jeden Abend entlangläuft. Sie hat die Abkürzung entdeckt, weil sie es leid war, immer die Straße zu nehmen, außerdem kommt man so ziemlich nahe an die Dünen heran und kann für ein paar Sekunden einen Blick auf das Meer riskieren, und allein dafür lohnt sich der Weg zwischen Heidekraut, Dornengestrüpp und Ferienhäusern!

„Scheußliches Wetter hier", sagt er und schüttelt sich, „ich kann mich nicht erinnern, dass es früher genauso war."

„Wir waren auch nie um diese Jahreszeit hier", sage ich und starre ihn an. „Erinnerst du dich nicht mehr?"

Anstatt zu antworten, joggt er hinauf in die Dünen, stellt sich auf die Spitze und stößt einen Schrei aus.

„Kindskopf", sagt Mia kopfschüttelnd, doch sie lächelt dabei.

„Das hat er früher immer schon getan. Obwohl es verboten ist."

„Wenn die Insel irgendwann der Sturmflut zum Opfer fällt, bist du schuld", ruft Mia ihm zu. Oliver tippt sich an die Stirn und blickt hinaus aufs Meer. „Das ist so wahnsinnig schön hier oben!"

Mia legt mir die Hand auf den Arm. Ich starre sie an. Den Verlobungsring auf ihrem Finger.

„Wie geht es dir hier, Juli?"

„Gut. Okay. Ich habe einen Job gefunden, bei einer Fotografin. Ich fange am Montag an."

Ihre Zehen in den Riemchenschuhen müssen beinahe abfrieren, aber sie beißt die Zähne zusammen. „Oh", sagt sie und fährt sich durch das sorgfältig frisierte Haar, das der Wind zerzaust. „Ich bin ein bisschen überrascht, weißt du – bist du denn schon so weit?"

„Ich weiß es nicht, Mia. Aber wenn ich es nicht versuche, werde ich noch verrückt! Ich muss endlich etwas tun. Mir selber beweisen, dass ich es schaffen kann."

Oliver taucht wieder aus den Dünen auf. Für eine Sekunde ist sie wieder da, die vertraute Sehnsucht nach seiner Nähe. Dann fällt sie zusammen wie ein Kartenhaus, als er den Arm um sie legt.

„Julia hat einen Job gefunden", sagt Mia zu dem Fremden an meiner Seite. Das Schweigen, das ihren Worten folgt, ist endlos.

„Ich fange bei einer Fotografin an, als Praktikantin", sage ich schließlich und sehe ihn nicht an. Blicke auf das Haus, dem wir uns nähern.

David öffnet uns die Tür, als hätte er auf uns gewartet. Oliver und Mia schütteln Hände und machen Konversation am Kaffeetisch. Ich sitze da und halte den Mund. Weiß nicht, was ich sagen soll. Habe wieder einmal das Gefühl, unsichtbar zu sein in seiner Anwesenheit.

„Wann ist denn der Termin?", fragt Paul und deutet auf Mias Bauch.

„Im Mai", antwortet Oliver, „bis dahin geht Mia noch weiter zur Uni." Er schenkt Kaffee ein. Sieht Kim an wie alle anderen, freundlich, höflich, interessiert. Er hat nicht die geringste Ahnung, wer sie ist. Er erwartet einen jungen Mann und ich kann alles zerstören, mit einem einzigen Satz. Ich habe eine Scheißangst. Davor, dass er sie hinterher betrachtet wie ein seltenes Insekt. Eines, das sich ausgerechnet seine Schwester als Beute ausgesucht hat.

„Juli? Willst du nicht langsam den Kuchen anschneiden?" Rieke berührt mich sanft am Arm und sieht mich an.

„Wie fühlst du dich eigentlich jetzt mit achtzehn, Schwesterherz?", fragt Oliver fröhlich und mustert den Schokoladenkuchen.

„Auch nicht anders als gestern", antworte ich lahm und greife nach dem Messer.

Kims Blick ruht auf mir, auf meiner zitternden Hand, die Kuchen auf Teller schaufelt. Mir wird schlecht, wenn ich nur ans Essen denke.

Was ist los mit dir?, fragen ihre Augen. Nichts, antworte ich mit einem Nicken, es geht mir gut.

Aber das ist eine Lüge.

„Sie hat echt tolle Fortschritte gemacht hier", wirft Oliver in die Runde, „als sie sie aus dem Krankenhaus entlassen haben, konnte sie ohne die Krücken keinen einzigen Meter gehen."

Vielen Dank, Idiot! Was weißt du schon von meinen Kämpfen und den Schmerzen, die mich nächtelang wach gehalten haben?

Er beginnt von seinen Seminaren zu erzählen und ich schalte ab. Mein altes Leben droht mich mit Macht einzuholen. Es war so leicht zu vergessen, solange er nicht da war.

Ich trinke den Kaffee schwarz, ohne Zucker. Bitter rinnt er meine Kehle hinunter. Wie viel von dem Zeug muss ich trinken, bis ich fliegen kann?

Ich antworte nur, wenn er mich etwas fragt, meine Stimme ist leise, dabei will ich nie mehr leise sein. Irgendwann werde ich schreien müssen, um nicht an dem Klumpen aus Worten in meiner Kehle zu ersticken. Mit jeder Sekunde wird es eines mehr. Irgendwann werden sie hervorquellen und alles ist vorbei, die ganze schöne Geburtstagsillusion.

Ich suche nach einer passenden Antwort auf die Frage, die unweigerlich kommen wird, die Frage nach meinem Freund. Doch keines der Worte, das mir einfällt, passt auch nur annähernd zu dem, was zwischen Kim und mir ist.

„Sind wir eigentlich schon komplett?", fragt Oliver nach einer Ewigkeit und ich zucke zusammen. „Fehlt da nicht noch jemand?" Er sieht mich an und grinst neugierig.

Als niemand etwas sagt, räuspert sich Leni. „Habt ihr zwei eigentlich schon die tollen Fotos gesehen, die Juli gemacht hat?"

Danke, formen meine Lippen stumm. Gern geschehen, antworten ihre.

„Nein, zeigt mal her", hakt Mia ein und greift nach der Collage, die Leni ihr reicht. Ihr unglaubliches, kupferfarbenes

Haar fällt ihr ins Gesicht, als sie sich darüberbeugt, Oliver folgt ihrem Beispiel und pfeift durch die Zähne.

„Alle Achtung, das hätte ich dir ja gar nicht zugetraut!"

Weil du mich nicht kennst, denke ich und möchte aufstehen und Kims Hand nehmen, doch ich sitze auf meinem Stuhl wie festgeschraubt. Steuere mitten hinein in die Katastrophe.

Kims Arm ist irgendwo zwischen Tischplatte und ihrem Mund hängen geblieben, der Becher schwebt in der Luft.

„Ach übrigens, wolltest du mir nicht jemanden vorstellen heute?"

Oliver hat die Bilder nur flüchtig betrachtet, jetzt ruht sein Blick wieder auf mir. „Ich bin echt neugierig!"

Die hellen Sprenkel in seinen Augen sind mir nie so aufgefallen wie jetzt. Er muss sie von unserer Mutter geerbt haben.

„Ja, das stimmt. Sie sitzt dort drüben", sagt eine Stimme, die meine sein muss. „Oliver, darf ich dir Kim vorstellen? Wir sind zusammen."

Sie stellt den Becher mit einem lauten Knall ab.

Geh jetzt bitte nicht!

Oliver sieht von mir zu ihr, dann wieder zurück. Verständnislos. Dann dämmert es ihm langsam. „Sie? Aber Julia, seit wann stehst du auf … Frauen?"

Ich gebe ihm keine Antwort, rede einfach weiter, so schnell ich kann. Ich habe Angst, dass ich, wenn ich einmal aufhöre, den Anfang nicht wieder finde.

„Ich habe mich einfach in Kim verliebt, deshalb werde ich für eine Weile hier bleiben. Und ich will für meinen Lebensunterhalt arbeiten."

Jedes einzelne Molekül in meinem Körper hält den Atem an. Ich habe meinen Bruder selten sprachlos gesehen, aber jetzt scheinen ihm die Worte ausgegangen zu sein. Ich nehme die Geräusche um mich herum wahr und gleichzeitig nicht. Es gibt nur noch ihn und mich auf dieser Welt, und

Kim, die ihre Finger ineinander verknotet und voneinander löst, immer wieder.

„Na ja", sagt Oliver schließlich mit heiserer Stimme, „es ist nicht das, womit ich gerechnet habe. Aber …"

Kein Aber. Mein Bedarf an Katastrophen ist gedeckt. Lebenslänglich!

„Liebe schert sich nun mal einen Dreck darum, ob sie den Leuten gerade in den Kram passt", beginne ich.

Doch er unterbricht mich: „Ich wollte eigentlich nur sagen: Warum hast du es mir nicht eher gesagt?"

Oliver steht auf, tritt hinter mich und legt mir von hinten die Arme um die Schultern.

„Weil ich keinen blassen Schimmer hatte, wie du reagieren würdest", antworte ich und atme seinen vertrauten Geruch ein.

„Na ja, ich finde es okay", sagt er. „Warum auch nicht?"

Langsam erhebt sich Kim. Ich habe gewusst, dass sie irgendwann gehen wird, weil es ihr zu viel wird. Vielleicht liegt es daran, dass dieselbe Szene mit ihren eigenen Eltern nie stattfinden wird, oder daran, dass sie das Gefühl hat, dass über ihren Kopf hinweg entschieden wird. Aber was auch immer es ist: Es ist in Ordnung, wenn sie jetzt abhaut. Weil ich sie liebe. Und weil diese Liebe endlich kein Geheimnis mehr ist.

Ich drehe den Kopf, Olivers Pullover kratzt an meiner Wange, und plötzlich sind sie wieder da, die Bilder aus meiner Kindheit. Das Sonnenlicht, das Muster auf unsere Haut malt, mein Kopf an seiner Seite, sein Arm um meine Schulter. Es gibt nur noch uns auf dieser Welt, warm und sicher, sein Haar kitzelt an meiner Schläfe, ich schließe die Augen und lausche auf den fernen Klang der Wellen und das Möwengezeter. Dann kehre ich zurück in die Wirklichkeit. Und begreife: Es ist vorbei. Endgültig. Doch ich werde ihn nie ganz verlieren, er ist mein Bruder, und das ist verdammt gut so, selbst wenn ich in letzter Zeit ziemlich oft sauer auf ihn gewesen bin.

„Entschuldigt mich, ich muss hier raus", sagt Kim und ihre Stimme klingt rau.

„Wieso? Sei doch froh, dass sie so zu dir steht!", wirft Rieke ein.

„Sag bloß, du hast es auch die ganze Zeit gewusst?"

„Gewusst nicht, aber geahnt schon. Ich habe gehofft, dass ihr es mir irgendwann von selber erzählt, eine von euch beiden."

„Was geht dich das an? Scheiße, was geht irgendwen von euch das eigentlich an, was ich fühle?", schreit Kim.

Als sie zur Tür sprintet, sehe ich für eine Sekunde wieder den Abend auf der Veranda vor mir und die Polizisten an der Tür, höre meine eigenen Schritte, die sich rasch entfernen.

Ich muss weiß wie eine Wand geworden sein, denn Leni starrt mich entsetzt an.

„Wenn Julia entscheidet, dass es der richtige Zeitpunkt ist, es ihrer Familie zu sagen, dann ist das ihre Sache", sagt Paul ruhig.

„Und du kennst dich damit ganz besonders gut aus, nicht wahr?", höhnt Kim und funkelt ihn an. Für einen Moment bin ich überzeugt, dass sie ihm eine knallen wird, aber das wagt sie dann doch nicht.

„Nein. Aber ich sehe, dass es ihr wichtig ist. Und das ist im Moment das Einzige, das zählt", antwortet Paul ruhig und ohne den Blick zu senken.

Die Tür fällt ins Schloss, mit einem Knall, der die Wände zum Einstürzen bringen könnte.

„Mensch", sagt Mia und atmet durch, „hier ist ja richtig was los. Da fährt man auf eine einsame Nordseeinsel und erwartet nichts als Ruhe und Idylle – und dann das!"

Ich lächle sie an. Es ist das erste Mal, dass sie in meinem Beisein etwas von sich gegeben hat, das nicht sorgfältig durchdacht klingt, sondern wie aus tiefstem Herzen kommend.

Als ich mich erhebe, legt Paul mir die Hand auf den Arm. „Du musst ihr jetzt nicht nachlaufen, das weißt du, oder?"

„Ja, aber ich will es", sage ich und gehe zur Tür. Pfeife auf meinen Geburtstag und alles andere. Ich spüre ihre Blicke in meinem Rücken. Sie sind mir gleichgültig.

Hinter der blauen Tür ist es still, ich drücke die Klinke herunter, doch das Zimmer ist leer. Ich muss sie suchen. Dies ist eine Insel, also wird sie irgendwo sein. Leider eine Insel mit Dutzenden von Verstecken, von denen ich noch nicht einmal die Hälfte kenne.

Ich schnappe mir Riekes Fahrrad, das an der Hauswand lehnt. Es gibt nur einen Ort, an den ich jetzt will, ohne sie, und auf dem Weg dahin hält mich auch mein Bein nicht auf, das überrascht protestiert, als ich zum ersten Mal nach dem Unfall wieder in die Pedale trete. Mit dem rein körperlichen Schmerz kann ich umgehen, mit dem Rest dagegen ...

Vor Friedas Laden lasse ich das Rad ins Gras fallen. Das Klangspiel über meinem Kopf scheppert, als ich hereinstürme, und sie sieht überrascht auf.

„Hallo. Ich habe gar nicht damit gerechnet, dich vor nächstem Montag zu sehen."

„Ich ehrlich gesagt auch nicht", antworte ich und erwehre mich Bobbys feuchter Hundeschnauze. „Sorry, aber ich hab's einfach nicht mehr ausgehalten auf der Geburtstagsfeier."

„Kein Problem. Wer hat denn heute Geburtstag?"

„Ich", sage ich und könnte heulen, in diesem Augenblick.

Emma sitzt in der Küche am Tisch und malt. „Ist für dich", sagt sie und strahlt mich an, während sie mir das Bild entgegenhält. Ich drücke meine Nase in ihr Haar, schließe die Augen und versuche, die Kim-Sehnsucht in meinem Bauch zu unterdrücken.

Frieda hält mir ein Glas hin.

„Komm, dann lass uns etwas trinken, zur Feier des Tages."

„Sekt? Um die Uhrzeit?"

„Gerade um diese Uhrzeit! Du wirst schließlich nur einmal achtzehn, oder?"

Jetzt heule ich doch. Keine Ahnung, warum. Vielleicht, weil mein Leben so beschissen kompliziert ist in letzter Zeit? Vielleicht, weil ich keine Ahnung habe, wie es weitergehen soll.

„Ich bin verknallt, in eine Frau", sage ich. „Ich habe es ihnen gesagt, ausgerechnet heute, und jetzt sitzen sie alleine am Kaffeetisch, weil ich abgehauen bin. Ich wollte Kim suchen, aber ich habe keine Ahnung, wo sie steckt. Sie war so zornig, so habe ich sie noch nie gesehen."

Frieda streichelt meinen Rücken. „Ich kann dir keinen Rat geben, Juli. Aber als es mit mir und Sabine anfing, war es ähnlich, wenn nicht sogar noch schlimmer, weil ich ja Emma damals schon hatte. Die Leute haben getratscht ohne Ende."

Ich sehe ihr in die Augen. „Du und Sabine, ihr seid also wirklich ein Paar?"

Natürlich habe ich es geahnt. Als ich die beiden damals zusammen an der Mole gesehen habe und später im Auto, da war eine solche Vertrautheit in der Art, wie sie miteinander umgingen. Aber wirklich gewusst? Nein.

Frieda nickt. Sie hat einen zärtlichen Ausdruck im Gesicht, der ihre Züge weich macht.

„Was ist mit Emmas Vater?", frage ich leise.

„Er hat uns verlassen, als sie erst ein paar Wochen auf der Welt war. Ist nach Amerika gegangen, beruflich. Er ist Journalist, weißt du. Ich schätze, das Leben hier auf der Insel, noch dazu mit einem schreienden Säugling, war nicht das, was er sich vorgestellt hat."

„Wo hast du Sabine kennengelernt?"

Frieda schenkt mir das zweite Glas ein und beobachtet nachdenklich ihre Tochter, die völlig in ihre Zeichnung vertieft ist. „Emma wollte unbedingt beim Voltigieren zusehen, sie liebt Tiere über alles."

„Hast du es gleich gewusst?"

„Dass ich mich in Sabine verliebt habe? Nein. Im Gegenteil: Es hat lange gedauert, bis ich ihre Einladung zum Kaffee angenommen habe. Aber sie war hartnäckig und das hat mir irgendwie imponiert."

Sie lächelt und umarmt mich, und ich lasse mich hineinfallen in ihre Arme. Da ist es wieder, dieses absolute Glücksgefühl. Ich sehe plötzlich glasklar. Weiß, was ich nicht verlieren will, und dieses Gefühl gehört definitiv dazu.

Ich betrachte die Fotos an den Wänden, die Bilder von Himmel und Meer.

„Würdest du gerne nur noch Landschaften fotografieren?"

„Ja, aber davon kann ich leider nicht leben, Hochzeiten und Konfirmationen sind das, was wirklich Geld bringt." Frieda hockt sich neben mich.

„Mein Geschenk kann man zwar nicht auspacken, Juli, aber vielleicht gefällt es dir trotzdem? Ich dachte, wir renovieren dir oben im ersten Stock das Gästezimmer. Natürlich musst du nicht ganz einziehen, wenn du nicht willst. Aber du hättest hier einen Ort, an den du dich zurückziehen kannst und musst nicht immer um die halbe Insel fahren. Ist natürlich auch nicht ganz uneigennützig von mir gedacht ..." Sie lächelt und nickt zu Emma hinüber. „Ich war schon ewig nicht mehr abends aus, und ich dachte, vielleicht hast du Lust, ab und zu auf sie aufzupassen, wenn ich mich mit Sabine treffe?"

Traue ich mir das zu, mit Emma allein? Mit allem, was dazugehört? Trösten, Geschichten vorlesen, Kakaoschnute putzen? Die Antwort lautet ja. Meine ganz persönliche Herausforderung für die kommenden Monate!

Ich stehe auf. „Ich sollte jetzt zurückgehen."

Frieda nickt. „Versuche, Kim zu finden, versprichst du mir das?"

„Ja."

Ich berühre sie sacht am Arm, bevor ich hinausgehe. Da ist eine Verbindung zwischen uns, schon jetzt. Nicht körperlich, so wie bei Kim und mir, sondern rein freundschaftlich. Sie nimmt mich so, wie ich bin, mit allen Macken, und ich fühle mich unglaublich lebendig in ihrer Gegenwart.

„Bis Montag?", ruft sie mir hinterher.

„Bis Montag", sage ich.

Auf der Straße ist es kalt und einsam, es sind kaum Autos unterwegs. Ich trete wie im Rausch, jede einzelne Zelle meines Körpers ist vollgesogen mit Energie. Es wird dunkel, während ich unterwegs bin, eine Handvoll Sterne hängt über meinem Kopf wie festgeklebt in der Dunkelheit.

Ob Oliver noch da ist, wenn ich zurückkomme? Vielleicht hat er sich beleidigt davongemacht. Ich könnte versuchen, mir einzureden, dass es mir gleichgültig ist, aber das ist es nicht, wird es nie sein. Wir haben uns einen Schritt voneinander entfernt, der längst überfällig war, das ist alles. Aber wir haben eine gemeinsame Vergangenheit, daran kann niemand etwas ändern.

David ist der Einzige, der noch im Wohnzimmer sitzt.

„Du bist zurück", sagt er ruhig und legt sein Buch weg.

„Ja", antworte ich und hocke mich ihm mit angezogenen Beinen gegenüber.

„Wo sind sie?"

„Ins Hotel gefahren, Mia wollte sich ein bisschen hinlegen. Dein Bruder hat einen Zettel mit der Adresse dagelassen."

Ich mache mich auf den Weg in die Hauptstadt der Insel, dorthin, wo die Schiffe vom Festland anlegen, um im Sommer Hunderte von Touristen auszuspucken. In den Fußgängerzonen drängen sich Eisdielen, Souvenirgeschäfte, Restaurants, dazwischen die Konzerthalle und das Theater. Unten am Wasser stecken die Strandkorbverleiher ihre Reviere ab. Jetzt, im Spätherbst, sind die Straßen leergefegt und die Tische und Stühle hochgestellt. Die bunten Fähnchen sind ausgeblichen und die Fensterläden verrammelt.

Ich gehe durch eine Geisterstadt, die Hände in den Taschen, und genieße die Stille, die Chance, in die Fenster zu sehen, ohne gleich Gefahr zu laufen, überrannt zu werden. Ein schwarzer Mischling läuft mit hängender Zunge an mir vorbei, biegt um eine Ecke und verschwindet, dann bin ich wieder allein.

Ich finde das Hotel sofort, die protzige Fassade ist nicht zu übersehen. Der Kombi steht auf dem Parkplatz und passt perfekt zu dem Typen an der Rezeption mit seiner dunkelgrünen Uniform.

„Sie wünschen?", fragt er und mustert mich arrogant. Wahrscheinlich gehöre ich nicht gerade zu seiner bevorzugten Zielgruppe.

Ich will mein Leben auf die Reihe kriegen, das ist alles.

„Ich möchte zu meinem Bruder", sage ich stattdessen und nenne Olivers Namen. Beobachte, wie er auf die Gästeliste im Computer starrt.

„Er isst gerade zu Abend. Wenn Sie warten wollen?"

Ich unterdrücke ein Grinsen und schüttele den Kopf. „Wissen Sie was? Genau das will ich nicht mehr!"

Ich schiebe mich an seinem Tresen vorbei, in Richtung der Tür, an der „Speisesaal" steht.

„Aber ...", will er protestieren, doch ich komme ihm zuvor: „Aber ich finde den Weg schon allein, danke."

Soll er von mir denken, was er will. Ich werde sicherlich nie in die Verlegenheit kommen, in diesem Haus übernachten zu wollen!

Die dicken Teppiche verschlucken meine Schritte. Oliver hört mich erst, als ich direkt vor ihm stehe.

„He, du hast uns gefunden!" Er deutet auf einen freien Stuhl. „Setz dich doch. Hast du Hunger?"

Einen Bärenhunger sogar, aber den will ich nicht hier stillen, sondern zu Hause, mit Kim.

„Bist du sauer, weil ich vorhin abgehauen bin?"

„Eigentlich nicht. Eher neugierig. Hast du mit ihr gesprochen?"

„Nein, ich habe sie noch nicht gefunden", sage ich und lasse meinen Blick durch den überheizten Raum wandern. Über schneeweiße Tischdecken mit passenden Servietten und Sträuße aus lachsfarbenen Rosen. Ob das die Romantik ist, mit der das Hotel im Internet wirbt?

„Es tut mir leid, wenn ihr unseretwegen Stress habt, Juli."

„Muss es nicht."

Schweigen breitet sich zwischen uns aus wie ein dunkler Strom, der alles zu verschlingen droht. Mia räuspert sich schließlich und sieht mich an.

„Das mit der Fotografie … ist das etwas Ernstes? Ich meine, ist es das, was du machen willst, dein Leben lang?"

„Mia, ich weiß nicht, was in dreißig Jahren sein wird. Ich weiß nur, dass es das ist, woran ich denke, beinahe jeden Tag. Dass es das ist, was ich will, jetzt."

Sie nickt und trinkt einen Schluck von ihrem Orangensaft. Mein Herz rast. Ich habe in die Bilder, die sie vorhin gesehen haben, so viel Energie und Kraft und Begeisterung hineingesteckt, die Vorstellung, dass sie ihnen nicht gefallen und wie Hirngespinste eines Teenagers vorkommen könnten, bringt mich beinahe um den Verstand.

Ich stehe auf, als Oliver mir etwas zu trinken bestellen will. „Ich möchte jetzt gehen."

„Warum bleibst du nicht noch ein bisschen? Wir haben uns ewig nicht gesehen!"

„Ich möchte erst, dass du mir ehrlich sagst, was du denkst", antworte ich und starre auf seinen Mund. „Ich kann das vertragen, auch wenn es vielleicht nicht so aussieht."

„Ich denke, du kannst es schaffen", antwortet er, „aber ich habe auch nie daran gezweifelt, dass aus dir etwas wird, wenn du wirklich dafür kämpfst. Du hast so einen starken Willen, ganz im Gegensatz zu mir."

Ich lasse mich wieder auf meinen Stuhl fallen. Mein großer Bruder, geplagt von Selbstzweifel? Das passt einfach nicht. Zum ersten Mal kommt mir in den Sinn, dass er vielleicht doch nicht unbesiegbar ist, wie ich immer geglaubt habe.

„Du bist doch derjenige von uns beiden, der auf dem besten Weg ist, Karriere zu machen, oder?"

Er schüttelt den Kopf. „Ich mache die Karriere, die Vater sich gewünscht hat, die jeder von mir erwartet, das ist alles. Das ist nicht besonders mutig, weißt du?"

Ich sehe ihn an, kann es einfach nicht lassen, ihn anzustarren. In meinem Kopf dreht sich alles, die Worte weigern sich, einen Sinn zu ergeben. „So habe ich das noch nie gesehen", sagt meine Stimme schließlich, „es tut mir leid."

„Muss es nicht", antwortet er und lächelt mich traurig an.

Ich warte, bis ich draußen bin, dann schalte ich mein Handy ein, um nachzusehen, ob eine Nachricht von Kim gekommen ist. Fehlanzeige, stattdessen eine SMS von Katja: *Herzlichen Glückwunsch du treulose Tomate, wann sieht man sich endlich mal wieder?*

Ich wähle ihre Nummer, die ich im Schlaf auswendig kenne, und warte, bis es klingelt.

„Hier ist die treulose Tomate", sage ich, als sie rangeht, „hast du nicht Lust, mich mal zu besuchen?"

30

Kim ist zu Hause. Ich höre es sofort, als ich die Treppen in den ersten Stock hinaufgehe. Sie spielt Gitarre. Ich klopfe nicht an.

„Darf ich reinkommen?"

„Das bist du schon", antwortet sie und legt das Instrument weg.

„Warum hörst du auf? Es hat mir gefallen."

„Ich hab's selber geschrieben, ist schon lange her."

„Ich weiß so wenig von dir", sage ich und nehme ihre Hand. „Wo bist du gewesen?"

„Am Meer unten. Meistens laufe ich, wenn ich den Kopf frei kriegen will. Hier drinnen starre ich bloß die Wände an."

„Und, hat es gewirkt?"

„Ich glaube schon."

Sie greift in ihre Tasche und zieht eine Muschel in Form eines Schneckenhauses hervor. „Habe ich gefunden. Der Krebs, dem es gehört hat, ist schon lange ausgezogen. Vermutlich hat er sich etwas Komfortableres gesucht."

Sie lächelt. Ich fahre mit den Fingerspitzen über die Oberfläche der Spirale.

„Tut mir leid, dass ich dich vorhin sitzen gelassen habe", sagt sie, „das war nicht okay."

„Nein, war es nicht."

Ich wühle in ihrem Haar und flechte es um meine Finger.

„Aber es war auch nicht okay, dass ich es ihm ausgerechnet vor versammelter Mannschaft erzählen musste. Ich könnte mich ohrfeigen dafür."

Ich lasse mich zu Boden gleiten, den Rücken gegen die Wand. Bin plötzlich nur noch müde.

„Tut dir was weh?", fragt Kim.

„Nein, nicht mehr als sonst."

Sie nimmt mein Gesicht in beide Hände und küsst jeden einzelnen Quadratmillimeter.

„Wir sollten damit aufhören, uns gegenseitig das Leben schwer zu machen."

„Ich weiß nicht, ob das geht", sage ich. „Aber wir könnten es probieren."

31

Es ist der einunddreißigste Dezember. Rieke steht in der Küche und packt einen Korb mit Essen.

„Drei, vier, fünf, verdammt, wo sind die restlichen Sektgläser geblieben?"

Markus steht hinter ihr und zwinkert mir zu. Er ist ihr neuer Freund und studiert Pädagogik in Kiel. Er ist nur an den Wochenenden auf der Insel, die beiden haben sich neulich erst auf einer Weihnachtsfeier kennengelernt.

Markus reicht Rieke einen Karton mit Gläsern vom Tisch.

„Da sind sie doch! Und jetzt? Fertig?"

Sie nickt, ihre Wangen sind gerötet vor Aufregung.

„Dann lass uns anfangen, die Sachen ins Auto zu laden."

Eine Silvesterfeier am Strand haben wir geplant. Jetzt ist es früher Nachmittag und die Sonne scheint, als wollte sie die letzten zwei Monate Regenwetter wettmachen.

„Kommst du mit uns, Juli?"

Sie hält mir die Tür ihres Wagens auf, doch ich schüttle den Kopf.

„Danke, ich komme nach."

Ich brauche ein wenig Einsamkeit vor dem großen Abend. Fahre mit dem Rad bis zu den Dünen, wo wir uns verabredet haben, dann lasse ich es stehen und gehe zu Fuß weiter.

Entferne mich, Schritt für Schritt, von den anderen, bis vor mir nichts als Sand und Horizont zu sehen ist. Drehe mich nicht um, obwohl ich weiß, dass sie noch in Sichtweite sein müssen. Das hier geht niemanden etwas an, nur mich.

Es ist so einsam, als würde ich mich auf einem anderen Planeten befinden. Ich laufe, hinke nur noch ein bisschen, es fällt kaum auf, zumindest auf Asphalt, hier am Strand sieht man es deutlicher.

Wenn ich stehen bleibe, schlagen meine Füße Wurzeln. Sie halten mich fest, zwingen mich in die Knie. Der Sand ist kalt unter meinen Jeans, er rinnt durch meine Finger. Ich war schon einmal hier. Ich war gerade acht Jahre alt, und meine Mutter ging schwimmen, obwohl die Wellen hoch waren, es hatte eine Sturmwarnung gegeben, aber sie wollte ins Wasser, sie ließ sich durch nichts davon abbringen. Ich beobachtete ihren Kopf, der auf den Wellen tanzte, hinauf und hinab, wie eine Boje. Mein Vater stand direkt neben mir; ich konnte seine behaarten Beine in den Sandalen sehen, ohne mich zu bewegen.

Dann war meine Mutter plötzlich verschwunden.

Wir starrten beide auf die Stelle, für ein paar Sekunden waren wir wie versteinert, dann löste sich mein Vater und begann zu rennen. Er rannte schnell, doch die Wellen waren schneller, sie schlugen über ihr zusammen und begruben sie unter sich.

Ich hörte einen Schrei und dachte, sie wäre es, die schrie, doch das konnte nicht sein, sie war unter Wasser. Es musste überall sein, in ihrem Mund, in ihren Augen, ihren Lungen. Und dann begriff ich, dass ich es war, die schrie. Ich schrie und schrie und konnte nicht damit aufhören, selbst dann nicht, als mein Vater den leblosen Körper meiner Mutter auf den Sand legte und begann, seine Lippen auf ihre zu pressen.

Ich fragte mich, warum er sie küsste, ausgerechnet jetzt. Ich wollte ihm sagen, dass er damit aufhören musste, doch ich konnte nicht. Er stützte sich auf ihren Brustkorb und drückte zu. Ich hörte, wie eine Rippe krachte, es war ein Geräusch, als würde trockenes Holz brechen, dann hörte ich nichts mehr, nur seinen Atem. Er keuchte, es war nur eine Frage der Zeit, bis er schlappmachen würde, da begann sie sich plötzlich wieder zu bewegen. Es kam Leben in ihre bleichen Arme und Beine, sie hustete und spuckte, und dann drehte sich mein Vater um und knallte mir eine. Ich weiß, er tat das nur, damit ich endlich zu schreien aufhörte, aber damals wusste ich es nicht. Ich stand auf und lief schluchzend davon, hinauf in die Dünen.

Dort entdeckte ich Oliver in einer geschützten Mulde. Er war nicht allein. Ich kannte den Namen des Mädchens nicht, aber es war mir auch egal. Ich sah nur, wie sie ihre Lippen auf seine presste. Sie waren rot, diese Lippen, himbeerrot.

Ich öffne die Augen. Liege flach ausgestreckt auf dem Rücken, mir ist arschkalt, der Frost ist durch meine Klamotten gedrungen und es beginnt bereits zu dämmern.

Jemand ruft meinen Namen. Ich stehe auf und winke den Gestalten am Horizont zu.

Vielleicht bin ich im September die Straße so schnell hinuntergefahren, weil ich wissen wollte, was sie gedacht haben, meine Eltern, in jener Sekunde, bevor sie starben?

Nichts.

Ich habe einfach an nichts gedacht, in dem Augenblick, ehe der LKW mich berührte. Es ist eine Lüge, dass das ganze Leben an einem vorbeizieht in so einem Augenblick. Aber es ist nicht das Schlechteste, an nichts zu denken.

Vielleicht wollte ich auch ausprobieren, ob ich wirklich unsterblich bin. Ich habe ein Riesenglück gehabt. Einfach nur Glück. Das Ganze hätte auch anders ausgehen können.

Ich drehe mich um und gehe den anderen entgegen.

32

Es ist Juni geworden, und ich bin immer noch auf der Insel. Frieda und ich haben die endlosen Januar- und Februartage überstanden, mit Hilfe ganzer Kartons voll Rotwein und Schokolade. Dabei haben wir sogar noch ganz ansehnlich gearbeitet, haufenweise Bilder warten in der Dunkelkammer auf mich. Daneben die üblichen Bewerbungsfotos. Manchmal frage ich mich, wohin sie geschickt werden. Die meisten wandern aufs Festland, da mache ich mir keine Illusionen. Auch wenn einige von den jungen Leuten wiederkommen, wie Frieda steif und fest behauptet. Weil das Inselleben sie nicht loslässt, trotz der Wintereinsamkeit.

Sie selber bildet da keine Ausnahme. Sie ist mit Anfang zwanzig nach Hamburg gegangen, um dort als Fotografin zu arbeiten. Erst nach Emmas Geburt wollte sie endgültig zurück, auch wenn sie geahnt hat, dass es sie womöglich die Beziehung zu deren Vater kosten könnte. Sie sagt, es hat auch sein Gutes, dass er gegangen ist, so hat sie sich endlich selbstständig gemacht, denn nur Windeln wechseln wäre nie ihr Ding gewesen. Und so hat sie auch Sabine getroffen.

Emma geht mittlerweile in den einzigen Waldkindergarten der Insel und ich hole sie abwechselnd mit Frieda mittags ab. Heute bin ich spät dran, wir sind den Kunden einfach nicht früher losgeworden. Er hatte seine ganz eigenen Vorstellungen davon, wie er aussehen will auf seinen Fotos, und manchmal klafft zwischen Anspruch und Wirklichkeit eine ganz schöne Lücke, die wir nicht immer schließen können. Trotzdem ist Fotografin immer noch mein Traumjob.

Schon von Weitem sehe ich die Segelflugzeuge, die neben dem Waldstück starten und landen. Ich blinzle in das helle Sonnenlicht und der Fahrtwind greift in meine mittlerweile wieder länger gewordenen Haare. Als ich zwischen den Bäumen einbiege, rieche ich den vertrauten Geruch von Erde und Holz. Vermisse Kim für einen Moment so sehr, dass ich kaum atmen kann.

Seit April ist sie in Köln, um dort ihre Ausbildung zu machen. Ich lebe für die Wochenenden, wenn wir uns sehen. Dennoch: Es war nie ein Thema für mich, ebenfalls zu gehen. Ich bin geblieben und habe durchgehalten, doch jetzt, im Sommer, muss ich endgültig eine Entscheidung treffen, wie es mit meinem Leben weitergehen soll.

Energisch hole ich mich zurück in die Realität, als ich in den schmalen Sandweg einbiege, der zu der Lichtung mit dem Bauwagen führt.

Schon von weitem höre ich Kindergeschrei, und für eine Sekunde denke ich an Luca, der im Frühjahr geboren wurde. Ich war nicht dabei, aber ich habe ihn besucht, gleich am nächsten Tag. Als ich das Krankenhaus betrat, wurde mir nur für ein paar Sekunden übel durch den Geruch des Desinfektionsmittels, dann war es vorbei. Der Kleine musste gar nichts tun; ich hatte ihn sofort gern. Er fehlt mir. Ich bedaure es, nicht dabei sein zu können, wenn er sein erstes Wort spricht und anfängt zu laufen.

Emma fliegt in meine Arme, als sie mich entdeckt. „Juli, komm gucken!", ruft sie. Zappelt, damit ich sie absetze, und zieht mich mit ihren klebrigen Fingern hinter sich her zu einer Höhle aus Tannenzweigen.

Heidrun, die Kindergärtnerin, winkt mir lachend zu.

Gebückt krieche ich in die Höhle und drücke meine Nase in Emmas Nacken. Nach ein paar Sekunden beginnt sie zu quietschen, „Iih, Juli, das kitzelt!"

Ich schnappe sie mir und trage sie auf den Schultern zum Fahrrad, wo ich sie in ihren Sitz hieve. Sie ist ganz schön schwer geworden; es wird Zeit, dass sie endlich selber Rad fahren lernt.

Langsam fahren wir zwischen Wiesen und Ferienhäusern heimwärts. Nach ein paar Minuten schläft Emma ein, ihr Kopf sinkt zur Seite, ihre Lippen sind halb geöffnet.

Es scheint Lichtjahre her, dass ich hier angekommen und Kim zum ersten Mal begegnet bin. In letzter Zeit überfällt sie mich immer öfter, diese verdammte Sehnsucht nach ihr, gerade dann, wenn ich eben noch glaubte, total glücklich zu sein.

Ich bekomme ein Bild von ihrer Abschiedsfeier Ende März nicht aus dem Kopf: wie sie auf dem Boden sitzt und Gitarre spielt, mit geschlossenen Augen, total versunken. Wenn ich daran denke, bin ich mir manchmal nicht sicher, ob ich die nächste Woche überstehe, ohne sie.

Die erste Nacht nach ihrer Abfahrt war die schlimmste: Atmen. An sie denken. Nicht schlafen können. Wegdämmern. Von ihr träumen. Aufwachen. Weiteratmen und dabei feststellen, dass sie tatsächlich fort ist.

Zwei Wochen später bin ich bei Frieda eingezogen. Habe es nicht ausgehalten im Reetdachhaus, wo die Erinnerung in jeder Ecke lauerte.

David hat mir geholfen, das Zimmer im Dachgeschoss zu renovieren. Es ist klein, aber gemütlich. Frieda hat mir freie Hand gelassen, sie hat es sowieso nie gebraucht und wir haben die uralten Blümchentapeten von den Wänden gerissen und neu gestrichen, in Hellgelb. Dazu passende Vorhänge, der gleiche Farbton wie in Lucas Kinderzimmer. Keine Chance für Regentage und trübe Gedanken.

David und ich haben gewartet, bis Frieda mit Emma zum Reiterhof gefahren ist, dann haben wir die Stereoanlage auf volle Lautstärke gestellt und die CD eingelegt, die Rieke mir damals zum Geburtstag geschenkt hat. Haben die Songs von *Wir sind Helden* mitgegrölt und Sonnenlicht an meine Wände gestrichen, Bilder aufgehängt, meinen ganzen Krempel in neue Schränke sortiert.

Als wir fertig waren, haben wir uns rücklings auf mein Bett fallen lassen, Bier getrunken, direkt aus der Flasche, gespürt, wie der Schweiß auf unserer Haut langsam getrocknet ist. Die Bässe sind durch meinen Körper gekrochen, und ich habe Davids Hand genommen. Nicht, weil ich etwas von ihm wollte. Oder doch, aber eben nicht dieses Besondere. Er hat es verstanden. Meine Finger gestreichelt.

„Warum lachst du?"

„Weil es das erste Mal ist, dass ich mit einem Mann in meinem eigenen Bett liege!"

Irgendwann sind wir eingeschlafen, aber als ich aufwachte, war da immer noch dieses gute Gefühl im Bauch. Glücklich und traurig, einsam und verliebt zugleich.

Wenn Kim zu Besuch kommt: Stunden im blauen Halbdämmerlicht auf ihrer Matratze. Ich hinterlasse Knutschflecken, Kratzspuren auf ihrer Haut. Wir essen Pizza mit bloßen Händen, nackt und verschwitzt, hören *Walkabouts* und belegen stundenlang das Bad, versinken in Duftschaumbergen, bis Paul zornig an die Tür klopft.

„He, hier wohnen auch noch andere Leute!"

„Echt?", kichert Kim und taucht unter in Rosarot.

Auf Fotos sehen wir müde aus, mit zerrauftem Haar, die Augen schmal vor Schlaflosigkeit. Wir gehen schwimmen, spazieren am Meer, trinken literweise Vanilletee, bis wir wieder ins Bett und übereinander herfallen, dabei sind wir vor vier, fünf Stunden erst aufgestanden.

Wenn sie fort ist: Mitternachtsgespräche am Telefon.

„Vermisst du mich, Kim?"
„Ja."
„Siehst du dir manchmal andere Frauen an?"
„Nein, nie."
„Du lügst!"
„Na gut, aber nur manchmal. Und ich denke dabei immer nur an dich!"

Hinterher lehne ich mich an Lenis Backofen, mit geschlossenen Augen, bei 225 Grad, aber warm wird mir auch davon nicht mehr.

Manchmal laufe ich durch Juniregen, sehnsüchtig, und atme salzige Nordseeluft, mein T-Shirt durchnässt, es klebt an mir und erinnert mich an Kims Berührungen. Ich bin atemlos und voller Erinnerungen an selbst komponierte Gitarrensongs, trunkene Küsse und zigarettenrauchgefiltertes Sonntagmorgenlicht. Zärtliche Verabschiedungen am Hafen, den ich zu hassen beginne.

Martin hat mir eine kleine Buddhastatue geschenkt, die ich stundenlang anstarre, wenn die Angst übermächtig wird.

Was, wenn sie nicht mehr zurückkommt?

33

Heute Nacht sitze ich, nachdem ich Emma zu Bett gebracht habe, allein auf meinem Bett unter der Dachluke. Ich mache kein Licht. Öffne das Fenster weit und lasse die Sommerluft herein. Lehne mich gegen die Wand und drehe mir eine Zigarette, mehr Ritual als Sucht, Erinnerung an Kims Hände.

Ich zähle die Sterne über meinem Kopf. Lausche auf die Inselnacht, meinen eigenen Atem, ansonsten ist es still im Haus, Frieda und Sabine sind noch nicht zurück aus dem Kino, Bobby liegt unter meinem Schreibtisch und winselt leise im Schlaf.

Ich drücke eine Taste, *Von hier an blind* dreht sich noch immer im CD-Player, wie oft habe ich diese Lieder gehört seit meinem Geburtstag? Mit Kim, ohne sie.

Bevor die Sehnsucht wieder zuschlägt, schnappe ich mir meine Turnschuhe.

„Was ist, alter Junge, gehen wir eine Runde laufen?"

Bobby bellt einmal kurz, dann läuft er vor mir her, die Treppe hinunter. Ich sehe nach Emma, sie schläft, ihren Teddy fest im Griff. Ob ich es riskieren kann, sie kurz allein zu lassen?

Nur für ein paar Minuten. Nur dieses eine Mal …

Wir sind die Einzigen am Strand, es ist beinahe taghell, obwohl kein Mond zu sehen ist, aber da sind Sterne, unzählige. Ich renne, bis ich glaube, dass meine Lungen platzen, dann lasse ich mich keuchend in den Sand fallen. Bobby versucht, mir das Kinn abzulecken, sein liebstes Hobby. Mein Bein tut weh. Es hat sich schon lange nicht mehr gerührt, aber ich bin seit dem Unfall auch nicht mehr laufen gewesen. „Gewöhn dich besser wieder daran", sage ich und starre nach oben.

Die Lichtpunkte sind so nah, als bräuchte ich nur hinaufzulangen, um sie zu berühren. Aber bestimmt fühlen sich Sterne nicht halb so schön an, wie sie aussehen.

Der Liedtext von vorhin ist in meinem Kopf hängen geblieben:

Darf ich das behalten? Ich brauche nichts mehr. Darf ich das behalten? Ich geb alles her.

Er passt perfekt hierher, in diesen Augenblick. Ich wünschte, Kim wäre hier. Aber da ist auch noch ein Morgen und ein nächstes Wochenende und ein nächstes Jahr, das uns gehört. Wenn ich eines gelernt habe in den vergangenen Monaten, dann, dass es weitergeht. Es gibt nichts, das man vor Veränderung bewahren kann, und Gefühle schon gar nicht!

Darf ich das behalten? Zwischen zwei Blicken, zwei Schritten im Sand fand ich's in meiner Hand.

Ja, ich werde dieses Jahr behalten, egal, wo ich lande. Die Erinnerung daran bleibt für immer.

Ich stehe auf und gehe langsam zurück. Die Müdigkeit kriecht in meine Glieder, Bobby trottet hinter mir her mit heraushängender Zunge. Es ist eine gute Erschöpfung, anders als die, die ich zu Hause manchmal gefühlt habe, wenn der Tag sich endlos und öde dahinzog. Heute werde ich schlafen, tief und traumlos.

Und morgen?

Buche ich mein Zugticket.

Zu ihr.

Danksagung

Mein Dank gilt dem Querverlag, allen voran Jim Baker, und meiner Lektorin Regina Nössler. Es macht Spaß, mit Euch zu arbeiten!

Weiterhin danke ich meiner Freundin Annett Oertel für ihre Geduld mit mir in den vergangenen fünf Jahren.

Der zitierte Song von *Wir sind Helden* stammt von der CD *Von Hier An Blind*. Die Zeile „*It's a damn cold night ...*" am Anfang des Buches ist aus dem Album *Let Go* von Avril Lavigne.

Dank an die Macher von *Rhythm Is It*, *Million Dollar Baby* und *American Beauty*, drei wirklich großartigen Filmen.

Und schließlich: Danke an Fabian Kremser, Tara und alle anderen, die mit mir laufen, irgendwo dort draußen – Ihr seid die wahren Helden!